1

»Die Riemer-Bau wird die Wände auswechseln, ansonsten sehen wir uns vor Gericht wieder.«

Ludwig von Lichthagen sah, wie aus Hirthammers schmalem Gesicht die Farbe wich. Seine blauen Augen hielten Ludwigs Blick nicht stand, er schaute verlegen auf die Mineralwasser- und Colaflaschen in der Mitte des Tisches. Ludwig stand auf, holte aus einem Regal hinter seinem Schreibtisch einen Stapel Prospekte und knallte sie vor Hirthammer auf den Tisch: »Die waren bereits gedruckt, die Präsentation im Netz habe ich gerade noch stoppen können.«

Hirthammer nickte schuldbewusst. Seine linke Hand umfasste den Knöchel seiner rechten. »Wir werden dafür aufkommen.« Seine Stimme klang brüchig.

Mit seiner schmalen Statur und seinen feinen Gesichtszügen war Hirthammer das Gegenteil von Berger, seinem Vorgänger. Der hätte das nicht so leicht mit sich machen lassen, hätte einen Kompromiss gesucht, die Kosten auf mehreren Schultern verteilt. Doch Berger hatte mit fünfzig noch einmal den Job gewechselt. Er wolle »noch einmal ganz neu durchstarten«, hatte er Ludwig bei seinem Abschiedsbesuch erzählt. Ludwig hatte ihn für die Kraft, alles noch einmal auf eine Karte zu setzen, beneidet und sich gefragt, wann ihm seine eigene verloren gegangen war.

»Ich erwarte, dass Sie noch im April mit der Renovierung beginnen. Ich habe fünfzehn Millionen investiert, Ende des Jahres will ich die Wohnungen verkauft haben.«

Hirthammer nickte. »Ich werde mir die Schäden gleich nächste Woche anschauen und dann den nächstmöglichen freien Trupp schicken.«

»Ich will Riemer nicht anrufen müssen.«

Hirthammer nickte beflissentlich. »Ich tue mein Bestes.«

Der junge Mann streckte Ludwig die Hand hin. Sein Übereifer wirkte unbeholfen. Ludwig berührte leicht Hirthammers Ellbogen. »Ich begleite Sie noch zu Ihrem Auto.«

LUDWIG HATTE GERADE die ersten Schritte in Richtung Parkplatz genommen, als er realisierte, dass Hirthammer ihm nicht gefolgt war. Er drehte sich um und sah ihn noch immer vor der Eingangstür zum Büro stehen. Beeindruckt blickte Hirthammer auf das Schloss, das am entgegengesetzten Ende des Parks lag. Trotz der Kälte hatte die Mittagssonne für Mitte März schon eine beeindruckende Strahlkraft und schaffte es, den morbiden Charme des Schlosses ins rechte Licht zu rücken. Auf der rechten Seite des viereckigen Baus mit den großen Fenstern rankte wilder Wein, der sich bis zur Mitte des äußersten Fensters zog und dem großen Klotz etwas Romantisch-Märchenhaftes verlieh.

Nadja, seine erste Frau, war Innenarchitektin und hatte nach dem Tod seines Vaters mit ihrem Sinn für Stil und Qualität das Schloss wieder auf Vordermann gebracht. Und ohne dafür Unsummen von Geld zu verbrauchen, was Ludwig ihr noch heute hoch anrechnete, denn nach dem Tod seines

Vaters hatte er Frederik und Caro auszahlen müssen. Allein ein Wechsel der Fassadenfarbe von Kirchengelb zu einem Beige mit nur einem Hauch von Rosé hatte den Bunker, wie ihn Ludwig in seiner Jugend genannt hatte, die Leichtigkeit verliehen, die er dort immer vermisst hatte. Auch die Innenräume mit teilweise dreihundert Jahre altem schwerem Mobiliar verstand Nadja, mit gut ausgewählten Stoffen und Farben und Bildern als Blickfang an den Wänden, zeitlos schön und farbenfroh zu gestalten.

Ludwig hätte es seiner zweiten Frau zugestanden, das Schloss nach ihren eigenen Vorstellungen zu gestalten – im Gegensatz zu der Zeit am Anfang seiner ersten Ehe stand er seit Jahren finanziell auf sicheren Beinen.

DOCH DAS EINZIGE, was Lisa verändert hatte, war es, Nataschas ehemaliges Kinderzimmer vor Emils Geburt komplett neu zu gestalten. Ihre Frage, ob er nicht Figuren aus Astrid Lindgrens Büchern wie Pippi Langstrumpf und Michel aus Lönneberga an die Wände malen könnte, hatte er mit einem müden Lächeln quittiert. Sie hatte schließlich einen Kunststudenten beauftragt, der seine Arbeit nicht einmal schlecht gemacht hatte. Doch ansonsten hatte Lisa nach ihrem Einzug nicht einmal einen Stuhl an eine andere Stelle geschoben. Alles war genau so, wie es Nadja hinterlassen hatte. Ludwig fragte sich gelegentlich, ob Lisas mangelnder Gestaltungswille der ursächliche Grund oder nur der Beweis dafür war, dass sie sich nie richtig im Schloss zu Hause zu fühlen schien.

»Stammen die alle vom selben Künstler?«, fragte Hirthammer und deutete auf eine Skulptur, auf der eine filigrane Kugel auf einer deutlich massiveren Säule zu schweben schien.

Ludwig nickte. »Ja. Sie interessieren sich für Kunst?«

»Im Rahmen meiner Möglichkeiten.«

Ludwig verließ den kleinen Weg, der zum Parkplatz führte, und trat auf den Rasen. Dieses Stück war nicht unbedingt Ludwigs Lieblingsskulptur, weshalb er sie am Rand des Parks an der östlichen Seite des Bürotrakts aufgestellt hatte. Doch Hirthammer schien sie zu gefallen, fasziniert schaute er auf die Kugel. Ludwig klopfte auf die Säule. »Sie heißt Leichtigkeit.«

»Obwohl das Material so schwer ist.« Vorsichtig strich Hirthammer über den gebürsteten Stahl. »Muss ein Vermögen gekostet haben.«

Ludwig sah, wie Hirthammer errötete. »Nein, gar nicht«, entgegnete Ludwig. »Fast alle der Skulpturen stammen vom selben Künstler, einem Litauer. Ab Mitte der Neunzigerjahre war ich viel im ehemaligen Ostblock unterwegs, schien mir als Goldgrube damals.«

»Sie haben im Osten investiert?«

»Eine Zeit lang, aber irgendwann ist es mir dann zu unsicher geworden. Die interessanten Projekte am Immobilienmarkt stiegen rasend schnell im Preis und mir fehlte ein geeigneter Mittelsmann.« Hirthammer nickte, schien aber nichts sagen zu wollen, weshalb Ludwig fortfuhr. »Meine Geschäftsreisen verbinde ich immer mit Museums- oder Galeriebesuchen. Und da bin ich in Vilnius auf Andrej Majowicz gestoßen. Heute könnte ich ihn mir nicht mehr leisten, stellt mittlerweile in Mailand und Miami aus.«

Ludwig vermutete, dass Hirthammer eher verunsichert als beeindruckt war, weshalb er sich beeilte, die entstandene Distanz aufzuheben. Er würde noch länger mit Hirthammer Geschäfte machen müssen. Er hatte das Gefühl, vorhin, mit seinem fordernden Auftreten, übers Ziel hinausgeschossen zu haben und war jetzt bemüht, die Wogen zu glätten.

»Ich zeige Ihnen meine Lieblingsskulptur.« Er steuerte vom Rasen auf den mit Granitplatten befestigten Weg zu, der in der Mitte des Schlossparks das Büro der Lichthagen Immobilien mit dem Schloss verband.

»Als ich Majowicz kennenlernte, war er noch auf der Suche nach seinem eigenen Stil, hatte gerade damit begonnen, mit Stahl zu arbeiten. Ein Verrückter mit einer Wahnsinnsenergie.«

»Stehen Sie noch in Kontakt zu ihm?«

»Dann und wann hören wir voneinander. Lassen Sie mich überlegen, ja, das letzte Mal habe ich ihn auf der Biennale in Venedig getroffen.«

Hirthammer nickte wieder beflissentlich.

»Wir haben uns kurz unterhalten, er hat mich zu einem Abendessen eingeladen, das sein italienischer Agent für ihn organisiert hatte. Aber wie das so ist, bei solchen Events, wir hatten nicht wirklich Gelegenheit, über Persönliches oder seine Arbeit zu sprechen. Außerdem mag ich seine frühen Arbeiten lieber, ich finde, sie haben mehr Kraft.«

Ludwig deutete auf eine rostbraune Skulptur, in der vier rund drei Meter hohe Stahlstelen sich auf eine Seite neigten und an ihrem obersten gemeinsamen Punkt von einem Querbalken berührt wurden. Nur eine von den vier Stelen ragte über die anderen hinaus, wobei sie die Richtung des gemeinsamen Endes nicht fortsetzte, sondern zur entgegengesetzten Seite abknickte.

»Seilziehen«, murmelte Hirthammer vor sich hin.

»Heißt auch Zugkraft.«

Hirthammer schien froh, ins Schwarze getroffen zu haben.

Ludwig hob seinen Arm und klatschte mit der rechten Hand auf das Äußere der Stele. »Bevor der Zahn der Zeit an ihr nagte, war sie knallrot. Ich sollte sie mal wieder anstreichen lassen.«

Wie ein Rumpelstilzchen, das aus dem Nichts auftauchte,

stand plötzlich Emil vor ihnen, streckte Hirthammer die Zunge raus und schrie: »Alles Lüge!«

»Emil«, rief Ludwig. Doch Emil hatte sich längst umgedreht und lief in Richtung Schloss. Ludwig spürte, wie Hitze in sein Gesicht stieg. Er hob ein Blatt vom Boden auf und seufzte: »Der neue Gärtner übersieht einiges.«

Dann wandte er sich wieder Hirthammer zu. »Sie entschuldigen. Ich glaube, ich muss mit Emil mal ein ernstes Wort sprechen.«

Hirthammer winkte ab: »Enkelkinder sind doch zum Verwöhnen da.«

»Emil ist mein Sohn.«

»Entschuldigen Sie, ich wusste nicht …«, stammelte Hirthammer.

»Ach, halb so schlimm. Vielleicht hätten Sie sich bei Berger einmal informieren sollen, bevor die Riemer-Bau Sie zu Kundenbesuchen schickt.«

»Ich habe mich informiert. Berger meinte: »Lichthagen kann man nicht beschreiben, den muss man erleben.« Hirthammer schien erleichtert, die Kurve noch gekriegt zu haben.

2

»Schon wieder Spaghetti Bolognese? Muss das wirklich jede Woche sein?«

»Ist doch mein Lieblingsgericht, Papa!«, rief Emil fröhlich.

Du kennst doch gar keine richtige Bolognese, dachte Ludwig. Weil er Lisa nicht verärgern wollte, verzichtete er darauf, es auszusprechen.

Margot bekam sie nie richtig hin. Wie auch? Margot war erst in den von Lichthagenschen Haushalt gekommen, als Ludwigs Mutter Beatrice nach Italien zurückgekehrt war. Zwei Jahre nach ihrem Auszug war auch Marianne, die viele Jahre die gute Seele im Schloss gewesen war, weggegangen. Ludwig hatte es ihr nicht übelgenommen, war doch sein Vater, nachdem sich seine Mutter von ihm getrennt hatte, herrischer denn je. Zwischen Marianne und Margot hatte es noch eine andere Haushälterin gegeben. Ludwig fiel der Name nicht mehr ein, er wusste nur noch, dass sie ungefähr sein Alter hatte und hübsch war. Warum sie gekündigt hatte, hatte Ludwig nie erfahren. Er war zu dieser Zeit bereits im Studium gewesen und nur noch sporadisch nach Lichtenberg gekommen. Wenn ihm nach Familie war, hatte er lieber Beatrice besucht.

Ludwig stocherte lustlos in seiner Pasta herum. Im Gegensatz zu ihm schien sie Emil zu schmecken.

Der Junge rollte die Spaghetti um seine Gabel, stopfte sich dann eine viel zu große Menge in den Mund und summte vor sich hin, was er immer tat, wenn es ihm schmeckte. »Spielst du heute mit mir Fußball?«

»Meinetwegen.«

Ludwig hasste Fußballspielen. Insgeheim fand er sich mit seinen zweiundsechzig Jahren zu alt, um einen Ball zu holen, den sein Sohn viel zu weit übers Tor hinausschoss. Wenn er mit dem Fuß den Ball zu stoppen versuchte, verspürte er einen schmerzenden Zug in der Leiste; wenn er sich bückte, um den Ball aufzuheben, tat ihm der Rücken weh. Aber nach dem Vorfall mit Berger im Park hatte er das Gefühl, dem Jungen etwas Gutes tun, ihn irgendwie befriedigen zu müssen.

»Papa spielt mit mir Fußball, Papa spielt mit mir Fußball«, sang Emil fröhlich vor sich hin.

Lisas Gesichtszüge entspannten sich wieder. Wenn sie lächelte, sah Ludwig die junge Frau wieder, in die er sich vor zehn Jahren verliebt hatte. Damals hatte Lisa etwas in sich Ruhendes gehabt, eine Ausgeglichenheit, die nur wenige junge Menschen mit achtundzwanzig Jahren haben, von der aber nach fast elf Jahren an seiner Seite nicht mehr viel übriggeblieben war. Die Lippen waren meistens zusammengepresst, der einst strahlende Blick hatte jetzt stets etwas Kontrollierendes, als dürfe sie in keiner Sekunde irgendetwas - und am allerwenigsten Emil - aus den Augen lassen.

Ludwig empfand es als erleichternd, Lisa so zu sehen. Sie strich Emil übers Haar. »Dann kannst du endlich deine neuen Fußballschuhe ausprobieren.«

»Ja, ich hole sie gleich.« Emil lief in sein Zimmer, um kurz darauf mit zwei knallig blauen Fußballschuhen mit orangen

Streifen an den Füßen ins Esszimmer zurückzukehren. »Komm, Papa.« Er zog an Ludwigs Hand.

»Emil, lass mich noch einen Espresso trinken.«

Emil boxte mit seinen kleinen Fäusten an Ludwigs Flanke. »Ich gehe schon mal in den Park. Du kommst aber echt, oder?«

Ludwig nickte.

Im Türrahmen drehte sich Emil noch einmal um. »Warum hast du denn dem Mann nicht erzählt, dass du die Skulpturen gemacht hast, Papa?«

Ludwig zuckte mit den Schultern. »Der muss ja auch nicht alles wissen«, murmelte er.

»Und wer ist Majowicz?«

Lisa schaute Ludwig prüfend an. »Majowicz? Majowicz? War das nicht der Bildhauer, der mal einen Kurs bei dir belegt hatte und dann ziemlich bekannt wurde? Was Besseres ist dir nicht eingefallen?«

Lisas Elefantengedächtnis verblüffte Ludwig jedes Mal aufs Neue. Er fragte sich, wann er ihr von Majowicz und den Kursen erzählt hatte. Beides war lange vor ihrer Zeit gewesen. Majowicz war damals ein unheimlich talentierter, aber wenig disziplinierter junger Mann gewesen, der jeden Morgen mindestens eine halbe Stunde zu spät gekommen war, Finger hatte, die gelb vom Nikotin waren, und dessen Atem am Morgen noch nach Rotwein gerochen hatte. Jeden anderen hätte Ludwig rausgeschmissen, aber die Unbekümmertheit, mit der Majowicz ihm und den anderen Kursteilnehmern begegnet war, hatte er auch im Umgang mit Stahl. Jedem Stück, ganz gleich, ob er es mit Hammer, Säge oder einer Feile bearbeitete, näherte er sich mit einer Sicherheit, als ob er Jahrzehnte nichts anderes gemacht hätte. Das hob ihn von den anderen Teilnehmern ab, die zaudernd und zögernd vor einem riesigen Stück Blech standen und x-mal grübelten, bevor ihr Hammer endlich das vor ihnen liegende Material traf.

Ludwig schmunzelte. Alles war nicht gelogen gewesen. Er hatte Majowicz tatsächlich noch einmal am Rande der Biennale getroffen.

Mit den Worten »*Mi maestro importante*« hatte ihn Majowicz seiner hübschen italienischen Agentin vorgestellt. Ludwig erinnerte sich daran, weniger stolz als neidisch auf Majowiczs Erfolg gewesen zu sein.

»Wem hast du die Geschichte überhaupt erzählt?« Lisa klang eher spöttisch als neugierig.

»Bergers Nachfolger, dem neuen Geschäftsführer von Riemer. Er war heute zum ersten Mal da.«

»Fängt ja gleich gut an, eine neue Geschäftsbeziehung mit einer Lüge zu beginnen.«

Ludwig schüttelte genervt den Kopf. »Ich gehe jetzt raus zum Fußballspielen, Emil wird schon warten.«

Als er Ludwig kommen sah, strahlte Emil übers ganze Gesicht.

»Stell dich ins Tor, Papa«, wies er Ludwig an. Kaum hatte sich Ludwig positioniert, zielte er aufs Tor. Für seine neun Jahre hatte er schon einen kräftigen Schuss. Ludwig hatte Mühe, den Ball zu fangen.

Den nächsten Ball schoss Emil übers Tor hinaus. Ludwig drehte sich um und sah den Ball wegrollen.

»Den holst jetzt aber du, Emil.«

»Du hättest ihn ja nur fangen brauchen. Ist dein Job.«

Ludwig lief zum Ball. Er wunderte sich, wie schnell er außer Atem geriet. Er würde mehr Sport treiben müssen.

3

Ludwig saß an dem alten Schreibtisch in seinem Atelier. Ein Gefühl der Ruhe stellte sich bei ihm ein; er liebte diesen Platz vor dem Fenster, von dem er auf den Rosengarten blicken konnte. Die Bank vor der Hecke war der Zufluchtsort seiner Mutter gewesen, wenn der Alte sie mit seinen überzogenen Ansprüchen mal wieder zum Verzweifeln gebracht hatte.

Lange Zeit schien es, als ob ihr seine Kritik an der Kindererziehung und der Organisation des Haushalts nichts ausmachten. Als ob sie zwischen sich und ihm wie aus dem Nichts eine unsichtbare Mauer hochziehen konnte, hatte sie sich ihre Fröhlichkeit behalten und stoisch dem Groll des Vaters entgegengesetzt. Die Jahre vor ihrem Rückgang nach Italien hatte Ludwig nur aus der Ferne verfolgt. Er hatte damals ein Internat besucht und war nur noch für ein paar Wochenenden im Jahr und zu den typischen Familienfesten wie Weihnachten oder dem alljährlichen Cousin- und Cousinentreffen nach Hause gekommen. An einem dieser Besuche war sie ihm dünner und nachdenklicher erschienen als sonst, ihre sprudelnde Lebensfreude und ihr lebenstüchtiger Pragmatismus waren einer stillen

Nachdenklichkeit gewichen, als ob sie unablässig über etwas zu grübeln schien.

Ein paar Monate später hatte sie ihn im Internat besucht - er musste damals in die elfte Klasse gegangen sein – und ihm erzählt, dass sie bei einem Klassentreffen einen Jugendfreund wieder getroffen habe und wegen ihm in ihre italienische Heimat zurückkehren werde. Sie habe eigentlich noch warten wollen, bis er sein Abitur in der Tasche hatte, aber festgestellt, dass sie allen Beteiligten das Ausharren in dieser Konstellation nicht länger zumuten könne.

Sie hatte tatsächlich das Wort »Konstellation« gebraucht. Ludwig hatte an die Formeln im Chemieunterricht denken müssen, die darstellten, wie Atome in chemischen Prozessen mit anderen zusammengingen, um ein Molekül zu bilden, dann diese Verbindung wieder lösten, um kurze Zeit später mit anderen Atomen eine neue Verbindung einzugehen. Er fragte sich, ob er, Caro und Frederik in den Gleichungen seiner Mutter überhaupt auftauchten.

Jahre später hatte ihm der Alte erzählt, dass er die Mutter wegen ihres »Fehltritts« aus dem Schloss geschmissen habe. Welche Version der Wahrheit entsprach, hatte Ludwig nie feststellen können, und Marianne, die Haushälterin, die oft mehr mitbekommen hatte als dem Alten recht gewesen war, hatte er nicht fragen wollen.

Als Ludwig mit Caro seine Mutter in den darauffolgenden Sommerferien zum ersten Mal in ihrem neuen Heim in Varese besuchte, stellte er erleichtert fest, dass es ihr gut ging. Die räumliche Enge ihres neuen Zuhauses – das Schloss war einem Bungalow gewichen – schien ihr nichts auszumachen, sie hatte ihre Fröhlichkeit zurückgewonnen. Eduardo verhielt sich gegenüber den Kindern seiner neuen Partnerin zwar zurückhaltend, aber höflich. Der kleine und stille Mann konnte es zwar nicht mit der Präsenz und der Stattlichkeit von Ludwigs Vater aufnehmen, aber er betete Beatrice an, was Ludwig dazu veranlasst hatte, fortan die Version seiner Mutter zu glauben.

Ein paar Jahre später, wohl in seinem ersten Jahr an der Kunstakademie, musste die Skizze entstanden sein, die Ludwig jetzt in den Händen hielt. Eine Kugel, deren Oberfläche nicht glatt, sondern wie ein Relief mit Höhen und Tiefen war, sodass sie wie ein Planet mit Gebirgen und Wasserflächen wirkte. Auch auf den anderen Skizzen hatte er geometrische Formen gezeichnet. Es musste eines der Themen im ersten Semester gewesen sein. Nachdem er vor Stolz fast geplatzt war, weil er die Aufnahmeprüfung bestanden hatte, war er vom ersten Semester fast ein bisschen enttäuscht gewesen; viel Werkstoffkunde und Theorie und wenig praktisches Arbeiten hatten auf dem Stundenplan gestanden.

Er griff zum Kohlestift und zeichnete einen Zylinder und war überrascht, wie leicht ihm die geometrische Form im Gegensatz zu damals von der Hand ging.

»Hier bist du, ich habe dich überall gesucht.« Lisa legte ihren Arm auf Ludwigs Schulter.

»Was zeichnest du?«

»Ach, nur so vor mich hin. Ich habe mir alte Skizzen angeschaut.«

»Und Lust zu arbeiten bekommen?«

»Irgendwie schon, mal sehen.«

»Du solltest dranbleiben.« Sie zögerte einen Moment, dann fuhr sie fort: »Emil hat einen anderen Jungen in seiner Klasse geschlagen.« Ihre Stimme wurde leiser, sodass Ludwig sich anstrengen musste, sie zu verstehen. »Der Junge wurde im Krankenhaus behandelt, weil er eine Platzwunde über dem Auge hat, und jetzt wollen seine Eltern ein Gespräch mit uns und Frau Hagenauer, der Klassenlehrerin.«

»Welcher Junge hatte noch keine Platzwunde?« Fast wäre ihm ein »Für solche Banalitäten habe ich keine Zeit« herausgerutscht. Stattdessen entschied er sich für ein aufmunterndes Lächeln und den Satz »Mit deinem Charme machst du das schon«.

»Sie wollen mit uns beiden sprechen. Ludwig, du musst mitkommen.«

»Das ist alles so weit weg von mir. Vergiss nicht, dass ich schon zweiundsechzig bin.«

»Dein Sohn ist zu weit weg von dir?« Lisas Stimme überschlug sich fast. »Ist dir eigentlich klar, dass du Verantwortung für ihn trägst? Frau Hagenauer hat gesagt, falls Emil noch einmal ausfallend wird, will der Rektor ihn von der Schule ausschließen.«

Ludwig schüttelte den Kopf. »Da wird eine normale Rangelei zwischen Jungs hochgespielt.«

»Hochgespielt?« Ihre Stimme wurde noch eine Nuance schriller. »Dein Sohn schlägt einem anderen Jungen so brutal ins Gesicht, dass der im Krankenhaus genäht werden muss, und du sprichst von Hochspielen? Du baust an deiner Umwelt so lange rum, bis sie in dein starres Weltbild passt, nur damit du weiter in deiner Lethargie versinken kannst.«

»Lisa, Emil ist neun, da will er die eigene Kraft ausprobieren, ohne sie richtig einschätzen zu können.«

»Und deshalb bräuchte er dich jetzt. Dass du mit ihm herumtollst, dich für ihn interessierst.«

Zumindest im Tonfall hatte sie sich wieder beruhigt. Sie klang jetzt weniger aufgebracht, eher appellierend. Ludwig sah den zierlichen Emil vor sich, einen neunjährigen, oft verträumten Jungen, der Tiere, Fußball und Computerspiele liebte, und keiner Fliege etwas zuleide tun konnte. Sein Sohn war kein Schläger.

»Der andere wird ihn schon richtig geärgert haben.«

»Mag sein. Aber Tatsache ist, dass Frau Hagenauer die

Lehners gerade noch davon abhalten konnte, die Polizei einzuschalten.«

»Lehners? Sagt mir nichts, wer ist das denn eigentlich?«

»Ist doch egal, für uns geht es nicht um die Lehners, sondern um Emil.« Lisas Stimme klang wieder etwas gereizter.

Ludwig streckte seine Hand aus, um ihren Unterarm zu berühren, doch Lisa lehnte sich so weit zurück, dass eine Berührung unmöglich wurde, und verschränkte die Arme vor ihrer Brust.

»Das Gespräch läuft unter Frauen bestimmt besser.« Noch ehe Ludwig die letzte Silbe beendet hatte, bereute er, den Satz ausgesprochen zu haben.

»Kann ich mir nicht vorstellen«, zischte Lisa. »Wahrscheinlich kommt auch der Rektor dazu, und Herr Lehner wird es sich auch nicht nehmen lassen, bei diesem Gespräch dabei zu sein. Es gibt Väter, die sich um ihre Kinder kümmern.«

Lisa machte kurz Pause, dann sprach sie ruhig weiter, jedes Wort einzeln betonend. »Ludwig, ich habe mich die letzten neun Jahre fast ausschließlich allein um Emil gekümmert. Du stehst nicht am Fußballplatz, um ihn anzufeuern, gehst auch nicht mit ihm in den Wald, um Blätter für den Natur- und Technikunterricht zu suchen, und die paar Mal in seinem Leben, in denen du ihm eine Gutenachtgeschichte erzählt hast, kann ich an einer Hand abzählen.«

Sie atmete tief durch, bevor sie weitersprach. »Ich habe bislang alles mitgemacht, aber wenn du zu diesem Gespräch nicht mitkommst, gehe ich an den Ammersee zurück.«

Sie stand auf und verließ das Atelier, Ludwig nahm den Kohlestift in die Hand. Mit ein paar Linien zeichnete er ein schmales Kindergesicht, dessen Augen ihn traurig anblickten. Bei Nataschas Geburt hatte er sich vorgenommen, ein besserer Vater zu sein, als der Alte es für ihn gewesen war. Wenn er sein Verhältnis zu der Zweiunddreißigjährigen anschaute, war ihm das wahrscheinlich gelungen.

Als Lisa Emil auf die Welt gebracht hatte, war er bereits dreiundfünfzig gewesen, zu alt für Neuanfänge.

Ludwigs Blick fiel auf die Skulptur in der Ecke des Raums, mit der er sich bei der Kunstakademie beworben hatte. Er erinnerte sich an seinen Vater, der hämisch gelacht hatte, als er ihn, bei seiner obligatorischen Runde nach dem Mittagessen, im Schlosspark mit Meißel und Hammer das Stück Holz bearbeiten sah. Keinem seiner beiden Kinder war Ludwig je so gehässig begegnet. Aber machte er es sich nicht zu einfach, zu glauben, dass er Emil ein guter Vater war, nur weil er ihn nicht niedermachte?

4

Als Ludwig und Lisa das Klassenzimmer der 3b betraten, saßen Frau Hagenauer und das Ehepaar Lehner schon im Stuhlkreis zwischen Tafel und Bänken. Herr Lehner kam ihm bekannt vor, ihm fiel aber nicht ein, wo er ihn schon einmal getroffen hatte. Er hatte einen weichen Händedruck, hängende Schultern und eine leise, hohe Stimme. Die graublauen Augen steckten hinter einer goldumrandeten runden Brille, was ihm etwas Oberlehrerhaftes verlieh.

Wenn Ludwig an Lehners Stelle gewesen wäre, hätte er es nicht zugelassen, auf vierzig Zentimeter niedrigen Stühlen Platz nehmen zu müssen, doch Martin Lehner schien es nichts auszumachen, seine Hände lagen zusammengefaltet auf den angewinkelten Beinen, wobei die Knie bis zur Brusthöhe ragten.

Lisa setzte sich auf einen der beiden leeren Stühle im Stuhlkreis. Ludwig blieb so lange stehen, bis Frau Hagenauer ihm schließlich ihren höheren Stuhl, der hinter dem Lehrerpult stand, anbot und in den Stuhlkreis schob. Als alle einen Platz gefunden hatten, begann Frau Hagenauer, den Grund des Treffens zusammenzufassen.

»Wir sitzen hier zusammen, weil Emil Silas so fest geschlagen hat, dass Silas im Krankenhaus genäht werden musste.«

Frau Hagenauer sprach langsam und bedächtig, jede einzelne Silbe betonend, als ob sie kleine Kinder vor sich sitzen hätte. Als sie Emil sagte, zeigten die Fingerspitzen ihrer gefalteten Hände auf Ludwig und Lisa, als der Name Silas fiel, auf Martin Lehner und seine Frau, die Frau Hagenauers Worte mit einem Kopfnicken quittierten, als ob sie ihnen mit dieser Geste noch mehr Nachdruck verleihen könnte. Frau Lehner hatte ihre rötlich gefärbten Haare zu einem unordentlichen Dutt aufgesteckt, der – wenn sie besser gekleidet und geschminkt gewesen wäre – vielleicht lässig ausgeschaut hätte, in Kombination mit dem gekringelten Rollkragenpulli und dem bordeauxfarbenen Wollrock aber nur schlampig wirkte. Feindselig richtete sie ihre blauen Augen auf Lisa und Ludwig. Ludwig fiel auf, dass ihr Gesicht mit den großen Augen und vollen Lippen zwar kindlich, aber auch hübsch wirkte.

Kaum hatte Frau Hagenauer den ersten Satz beendet, ergriff Lisa das Wort. »Wir«, sagte sie und zeigte dabei auf Ludwig und sich, »haben mit Emil schon gesprochen. Das alles tut ihm furchtbar leid. Er hat sich bei Silas entschuldigt.«

»Ich habe natürlich auch mit Emil gesprochen, ihm ist bewusst, dass er falsch gehandelt hat«, fügte Frau Hagenauer hinzu und nickte aufmunternd in Richtung der Lehners.

»Sprechen ist das eine«, stieß Herr Lehner hervor. »Aber wer sagt uns, dass so etwas nicht noch einmal vorkommt?« Er streckte sein spitzes Kinn noch weiter hervor, wohl um seinen sowieso schon besserwisserischen Worten noch mehr Ausdruck zu verleihen. Ludwig musste sich beherrschen, ihn nicht nachzuäffen.

»Aggressivität hat meistens tiefere Ursachen und ist oft unkontrollierbar«, fuhr Herr Lehner fort.

Lisa nickte und sagte ruhig: »Es wird nicht mehr vorkommen, Emil hat aus seinem Fehler gelernt.«

Sie hielt einen Moment inne, dann fuhr sie fort. »Vielleicht können sich er und Silas besser kennenlernen? Silas könnte bei uns zum Spielen vorbeikommen.«

Ludwig glaubte, sich verhört zu haben. Normalerweise besaß Lisa die untrügliche Fähigkeit, immer die genau für einen Moment passenden Worte zu finden. Er war sich sicher, dass sich Lisa vor dem Gespräch Gedanken, sich vielleicht sogar Notizen gemacht hatte. Warum sie jetzt nichts als diese belanglose Entschuldigung von sich gab, war ihm schleierhaft. Auch einen Jungen einzuladen, den Emil nicht mochte und von dem er sich so in die Enge getrieben fühlte, dass er nur noch mit Gewalt reagieren konnte, widersprach ihrem Naturell, unbekannten Menschen und Situationen mit einer gewissen Distanz gegenüberzustehen. Doch die Drohung der Lehners, Emils Eltern anzuzeigen, und die daraus resultierende Reaktion der Schule, einen Ausschluss Emils ins Gespräch zu bringen, schien sie so aus der Fassung gebracht zu haben, dass ihre ureigensten Instinkte versagten.

Gerade als Ludwig Lisas Einladung relativieren wollte und zu einem »Silas und Emil müssen ja nicht gleich die besten Freunde werden, fürs Erste reicht schon ein respektvoller Umgang miteinander in der Schule« ansetzen wollte, erhob Silas Mutter die Stimme, nicht ohne zuvor theatralisch lange auszuatmen. »Ihr Emil hat unseren Silas krankenhausreif geschlagen und soll jetzt als Wiedergutmachung beim kleinen Grafen im Schloss vorbeischauen? Ich glaube, da werden die Fakten verdreht.«

Plötzlich fiel Ludwig wieder ein, woher er Herrn Lehner kannte. Beim Weihnachtsmarkt im Schlosshof hatte Lehner zuerst die Miete für seinen Holzspielzeugstand anstandslos bezahlt; als wegen eines Regenschauers aber die Besucher ausgeblieben waren, hatte er sich im Nachhinein über die hohen Standmieten beklagt. Als Ludwig ihm schließlich einen Nachlass gewähren wollte, hatte Lehner etwas wie »Sie sitzen im Schloss und können sich da gar nicht reindenken« gesagt, was Ludwig so ärgerte, dass er weiter auf die volle Standmiete bestanden hatte.

»Wenn hier jemand die Fakten verdreht, sind Sie das.« Ludwig war selbst erschrocken, wie aggressiv seine Stimme klang. »Sie stilisieren eine normale Rangelei unter Buben zu einem Gewaltverbrechen hoch.« Obwohl Lisa den Atem anhielt, fuhr er unverdrossen fort: »Mein Sohn ist eigentlich ein ruhiger und zurückhaltender Junge. Ihr Silas wird Emil gereizt haben. Haben Sie ihn mal gefragt, was dem Streit eigentlich vorausging?«

»Ihr Sohn darf also zuschlagen, wenn ihm irgendetwas nicht passt?«, giftete Herr Lehner. »Eine durchaus interessante These.«

Ludwig stand von seinem Stuhl auf. »Mir wird das zu blöd, man muss sich nicht mit jedem unterhalten. Komm Lisa, wir gehen.« Er stand auf und ging zur Tür.

»Herr von Lichthagen, so wird das doch nichts«, rief Hagenauer ihm hinterher.

Lisa murmelte ein leises »Tut mir leid« und folgte ihm.

Die Heimfahrt verlief schweigsam. Lisa schaute demonstrativ aus dem Fenster. Als er den Wagen im Schlosshof abgestellt hatte, sagte Ludwig: »Entschuldigung, ich hab's verdorben.«

»Wenigstens dieses eine Mal hättest du dich zusammenreißen können, aber das ist natürlich zu viel verlangt.«

»Dein Vorschlag, den kleinen Scheißer ins Schloss einzuladen, war auch wirklich zu anbiedernd.«

»Jetzt bin ich also schuld?« Sie fuhr sich mit den Fingern durch ihr kurzes blondes Haar. »Du hättest ja selbst einen Vorschlag machen können.«

»Wer hat denn vor dem Gespräch gesagt, ich solle mich zurücknehmen?« Ludwigs Stimme klang fast beleidigt.

Lisa wendete ihm ihren Kopf zu und sagte ruhig: »Ludwig, hier geht es ausnahmsweise mal nicht um dich, sondern um Emil.«

Sie öffnete die Autotür und stieg aus.

5

Ludwig hatte geahnt, dass die Sache mit Riemer-Bau nicht so einfach werden würde. Das Baustellengespräch am Vortag war nicht ergiebig gewesen. Hirthammer hatte – in der Hoffnung, den Fehler ihm zuschieben zu können – den Transportbetonhersteller eingeschaltet, der nachweisen konnte, dass in der Bestellung kein Sichtbeton angeordnet gewesen war.

»Wir liefern, was bestellt ist. Für die richtige Bestellung ist der Bauunternehmer zuständig«, sagte Rabenhauer, ein feister Mann mit rotem Gesicht. Als Hirthammer klar wurde, dass er den Transportbetonhersteller unterschätzt hatte, wechselte er seine Taktik und argumentierte, dass im Ausschreibungsverzeichnis, das Ludwig ja abgesegnet hatte, von Sichtbeton nie die Rede gewesen wäre.

Ludwig war erstaunt über Hirthammers Wandel. Aus dem schüchternen, sich ständig entschuldigenden jungen Mann, war in wenigen Wochen ein kühl auftretender Geschäftsmann geworden. Wenn ihm die fünfzehn Millionen nicht schwer auf der Seele lasten würden, hätte Ludwig Riemer angerufen und ihm zu seinem Glücksgriff bei Bergers Nachbesetzung gratuliert. Doch er hatte nach dem Flop mit dem Projekt »Reifenberg Tor«, bei dem nach einem halben Jahr nach Fertigstellung gerade mal fünfundvierzig Prozent der Büros verkauft waren, nur noch mit Mühe und Not von seiner Hausbank den Kredit über zehn Millionen für die Wohnanlage erhalten. Hätte ihm vor zwei Jahren jemand gesagt, dass eine Sichtbetonwand ihm schlaflose Nächte bereiten würde, hätte Ludwig ihn für verrückt erklärt.

Als er die Lichthagen Immobilien von seinem Vater übernommen hatte, bestand deren Geschäftsfeld ausschließlich aus der Vermietung der eigenen Immobilien. Ein Freund aus Internatstagen hatte Ludwig auf die Idee gebracht, es als Bauträger zu versuchen. Ludwig mochte das Wort nicht und hatte die Lichthagen Immobilien um den Begriff Projektentwicklung erweitert. Den Aufbau eines weitaus risikoreicheren Geschäftszweiges hatte Ludwig sich selbst gegenüber mit der Aussicht auf eine größere Rendite gerechtfertigt. Erst viel später war ihm klar geworden, sich damit mit voller Absicht von der traditionsbewussten, soliden Geschäftsphilosophie seines Vaters abgegrenzt haben zu wollen. Mit großen Summen zu spekulieren hatte ihm immer einen gewissen Kick gegeben. Ein nicht kleiner Teil seines Selbstbewusstseins als Unternehmer resultierte aus dem Erfolgsgefühl, das sich einstellte, wenn sich ein Grundstück, von dem Mitbewerber wegen einer schwierigen Erschließung oder gar der Vermutung auf kontaminierte Rückstände im Boden die Finger ließen, nach seiner Bebauung als Glücksgriff mit Wahnsinnsrendite entpuppte.

»Ludwig, du hast wie immer den richtigen Riecher gehabt«, pflegte Riemer dann beim Golfspielen zu sagen, und Ludwig lächelte geschmeichelt.

Umso mehr war Ludwig beim Aufwachen verstört, als ihm einfiel, dass er in den letzten Phasen seines Schlafs in den frühen Morgenstunden von der grauen Sichtbetonwand geträumt hatte. Im Traum hatte er sich mit einem jungen Ehepaar in der obersten Etage befunden und den beiden stolz das lichtdurchflutete Penthouse gezeigt. Plötzlich begann ein kaum erkennbarer Riss sich zu einer großen Kluft auszuweiten. Die beiden Hälften gingen immer weiter auseinander, bis die Mauer schließlich einstürzte. Er und die beiden hatten sich gerade noch ins Badezimmer retten können.

»Komm Georg, lass uns heimfahren«, hatte die hübsche Blondine, die Ludwigs Flirtversuche wegen der Anwesenheit ihres Ehemanns nicht erwidert, aber ihm zumindest mehrmals ein bezauberndes Lächeln geschenkt hatte, ihrem Gatten zugeraunt. Ludwig konnte ihr nur noch nachschauen, wie sie an der Hand ihres Mannes mit ihren roten Riemchensandalen über die Betonhaufen auf dem Boden stieg und dabei den Kopf schüttelte.

Sein noch schlaftrunkener Blick, den Ludwig im Spiegel sah, kreuzte sich mit dem Lisas, die in einem dunkelgrünen Wollkostüm am Waschbecken dicht vor dem Spiegel stand und rosa Lippenstift auftrug.

»Ich bin gleich fertig«, murmelte sie.

Lisa und er schliefen schon seit Jahren in getrennten Schlafzimmern. Es war Lisa gewesen, die immer öfter mitten in der Nacht mit ihrem Bettzeug ins Gästezimmer gegangen war.

»Ich kann nicht schlafen, wenn du dich ständig von einer Seite zur anderen drehst.« Irgendwann hatte sie die nächtlichen Fluchten satt und war ganz ins Gästezimmer gezogen, wo sie sich in den darauffolgenden Wochen wohnlich eingerichtet hatte.

»Hast du einen Termin?«

Lisa nickte, ohne Ludwig im Spiegel anzusehen.

»Frau Hagenauer hat mich um ein weiteres Gespräch gebeten.«

»Was soll Emil denn jetzt schon wieder angestellt haben?«

»Er hat einem Mädchen das Federmäppchen weggenommen und es ihr nicht mehr zurückgegeben. Emil ist mit dem Mäppchen weggelaufen, dabei auf die Bänke geklettert, das Mädchen ist ihm nach und dabei so blöd von der Bank gestürzt, dass sie sich den Arm gebrochen hat.«

Während ihrer Schilderung der Ereignisse hatte Lisa sich um einen sachlichen Ton bemüht. Jetzt wurde ihre Stimme brüchig. »Der Elternbeirat sammelt Unterschriften für Emils Schulausschluss.«

»Ich komme mit. In zehn Minuten bin ich fertig.« Lisa schüttelte den Kopf.

»Lass mal, du warst mir beim letzten Gespräch keine große Hilfe.« Mit gespitzten Lippen wandte sie ihren Kopf leicht nach beiden Seiten, um ihr Make-up zu prüfen. Dann ging sie an Ludwig vorbei aus dem Badezimmer.

Ludwig schaute in den Spiegel, wo er einen alten Mann mit unfrisiertem Haar und dicken Tränensäcken sah.

»Ich hätte mich auch nicht mitgenommen«, murmelte er.

6

Lisa war überrascht, dass nicht der Rektor Herr Götze zum Gespräch erschienen war. Stattdessen stellte ihr Frau Hagenauer eine dünne Frau mit ebenso dünnen blonden Haaren und einer eckigen Brille mit roter Fassung vor.

»Frau Brauker, die Schulpsychologin. Sie betreut neben der Lichtenberger Schule auch die Weißhöringer und Reibendorfer Grund- und Mittelschule.«

Frau Brauker nickte und lächelte verständnisvoll.

»Ich habe es für sinnvoll gehalten, Frau Brauker einzubeziehen, da es wichtig ist, Emils Verhalten nicht nur in pädagogischer, sondern auch in psychologischer Hinsicht zu analysieren«, fuhr Hagenauer fort. »Ich beobachte seit Längerem, dass Emil sich immer mehr in sich zurückzieht.« Sie schaute Lisa direkt ins Gesicht. »Er nimmt nur noch selten Kontakt zu anderen Kindern auf, und wenn er es tut, ausschließlich in aggressiver Form.«

»Zu Hause ist er anders.« Lisa machte eine kurze Pause. »Ruhig, zugewandt.«

Doch Hagenauer schüttelte energisch den Kopf. »Das kann

ich hier nicht bestätigen. Frau von Lichthagen, die Gewalt gegen Silas Lehner war – sagen wir es mal so – die Spitze eines Eisbergs. Emil hat sich im ganzen Schuljahr selbst isoliert und mit Grafenallüren bei seinen Mitschülern zunehmend unbeliebter gemacht.«

»Gerade Jungen im Alter Ihres Sohnes spiegeln oft das Verhalten der Väter wider«, fing Brauker zu säuseln an und versuchte, Lisas Blick einzufangen. »Frau Hagenauer hat mir erzählt, dass Ihr Mann um einiges älter ist als Sie, da liegt wahrscheinlich noch ein ganz anderes Rollenverhalten vor. Und kombiniert mit Ihrem besonderen sozialen Status kann das schon dazu führen, dass ein Junge wie Emil ein machohaftes Verhalten an den Tag legt, mit dem er bei den anderen Schülern aneckt, gerade wenn er selbst aus den verschiedensten Gründen ein niedriges Selbstwertgefühl hat wie Emil.«

Lisa war den Tränen nahe. Sie war nicht darauf vorbereitet gewesen, dass fremde Menschen ihr Leben und ihre Beziehung analysierten. Am liebsten hätte Lisa das Gespräch abgebrochen, aber das würde sie von ihrem Ziel, Emil auf der Schule zu halten, nur weiter entfernen. Gleichzeitig stellte sie sich die Frage, ob ein Schulwechsel für Emil nicht ein befreiender Neuanfang wäre.

»Wenn Kinder aggressiv werden, liegen die Ursachen meistens im Elternhaus. Sehr oft haben die Eltern keinen gemeinsamen Erziehungsstil gefunden. Welche Beziehung hat Ihr Mann zu Emil?«

Brauker war geschickt darin, ihre Neugierde wie Anteilnahme aussehen zu lassen, dachte Lisa. Mit aller Kraft versuchte sie, die aufsteigenden Tränen zurückzuhalten, doch je mehr sie sich dagegen wehrte, desto weniger gelang es ihr. Schließlich senkte Lisa den Kopf und sah zu, wie dicke Tränen auf den Rock ihres Kostüms fielen.

»Den Großteil von Emils Erziehung habe ich übernommen«, hörte sich Lisa – von mehrmaligem Schluchzen unterbrochen – sagen.

»Und dann entsteht eine Lücke, die Jungs nicht zu füllen wissen, und die leider häufig zu Aggressivität führt«, beendete Brauker Lisas Satz.

Hagenauer ergriff wieder das Wort. Sichtlich bemüht, ihre Neugier hinter einem betroffenen Ton in ihrer Stimme zu verstecken, wollte sie wissen, wie lange Lisa und Ludwig schon Eheprobleme hätten. Lisa steckte das zusammengeknüllte Taschentuch in ihre Jackentasche und strich mit ihren Handflächen ihren Rock glatt.

»Zwei oder drei Jahre.« Hagenauer nickte verständnisvoll.

Als zum Ende des Gesprächs Hagenauer auf die Unterschriftenliste des Elternbeirats zu sprechen kam, fragte sich Lisa, ob sie dafür kämpfen sollte, dass Emil auf der Schule bleiben könnte, aber ihr fehlte die Kraft. Sie selbst hatte oft das Gefühl, in Lichtenberg nicht am richtigen Ort zu sein. Warum sollte es Emil anders ergehen?

Im Auto schämte sich Lisa, ihre Eheprobleme vor Hagenauer und Brauker ausgebreitet zu haben. Dass sie der plumpen Indiskretheit der beiden auf den Leim gegangen war, zeigte ihr, wie einsam sie war. Unter normalen Umständen hätte sie Fremden gegenüber nie so viel von ihren Problemen preisgegeben. Doch Kerstin, ihre beste Freundin, hatte keine Kinder. Wenn Lisa ihr von den Schwierigkeiten mit Emil erzählte, rollte sie nur mit den Augen. Auch ihre Eltern hatten die Ehe mit Ludwig von Anfang an mit Skepsis betrachtet und Lisa davor gewarnt, ihren eigenen Ludwigs Lebensentwurf unterzuordnen. Genauso wie Hagenauer und Brauker würden sie die Ursache für Emils Aggressivität einzig in der schwierigen Beziehung zwischen ihrer Tochter und deren Ehemann sehen.

7

Ludwig sah Lisa vom Fenster des langen Flurs aus dabei zu, wie sie aus dem Auto stieg. Der Rock des grünen Kostüms rutschte etwas hoch und Ludwig konnte den unteren Teil ihrer schlanken Oberschenkel sehen. Lisa hatte noch immer die gleiche gute Figur wie zu der Zeit, als er sie kennengelernt hatte.

Wegen eines auffälligen Muttermals über seiner linken Augenbraue hatte er damals die Hautarztpraxis aufgesucht und war erfreut gewesen, statt dem meist missmutigen Dr. Hornberger im Sprechzimmer eine hübsche langbeinige Blondine vorzufinden. Als sie sich mit der Lupe über sein Gesicht beugte, musste sich Ludwig zusammenreißen, damit vor Aufregung seine Lippen nicht zitterten. Kurz darauf hatte er ein weiteres Muttermal vorgeschoben, um erneut ihre Sprechstunde aufsuchen zu können. »Da müssen Sie sich keine Sorgen machen, völlig unauffällig«, hatte sie gesagt, aber nicht genervt, sondern liebenswürdig, was ihn ermutigt hatte, sie zu fragen, ob sie nicht einmal mit ihm essen gehen wolle. »Oder auch nur auf ein Glas Wein.«

Das grüne Kostüm stand ihr gut, fand Ludwig. Im Laufe

ihrer Zeit an Ludwigs Seite war ihr Kleidungsstil immer klassischer geworden: im Sommer Etuikleider und ausstehende Röcke, im Winter Hosenanzüge und Kostüme in Wollbouclé. Zur ersten Verabredung war sie in engen Jeans und orangen Slingpumps erschienen, unter der Lederjacke hatte sie ein cremefarbenes, mit Pailletten besticktes Top getragen. Ihm hatte Lisa mit lässigerer Kleidung besser gefallen. Als Grund für den Stilwechsel fiel ihm nur der große Altersunterschied ein, den sie mit klassischer Kleidung zu überspielen versuchte.

Ludwig rückte mit dem Gesicht näher ans Fenster, um Lisas Gesicht sehen zu können. Sie wirkte erschöpft und angespannt, die Augenbrauen zusammengezogen, als ob sie intensiv nachzudenken schien. Ludwig beeilte sich, zum Eingang zu kommen.

»Wie ist das Gespräch verlaufen?«

Die noch immer in Gedanken versunkene Lisa schaute auf. »Schlecht.«

»Ach, das wird schon wieder. Wenn ich mir vorstelle, dass meine Mutter bei jeder Rangelei in die Schule gerannt wäre.«

»Ludwig.« Lisa fixierte ihn mit ihren grau-blauen Augen. »Sei bitte einfach mal still.« Ludwig hörte sie tief einatmen. »Es geht nicht um Rangelei. Es geht darum, dass unser Sohn in der Klasse isoliert ist, dass er andere drangsaliert, einzuschüchtern versucht und schlägt.« Ludwig schüttelte leicht den Kopf. »Hagenauer und die Schulpsychologin glauben, dass Emil zu wenig Selbstwertgefühl hat und das mit aggressivem und arrogantem Verhalten zu überspielen versucht.«

»Lisa.« Ludwig machte einen Schritt auf Lisa zu. Als er seine Hand auf ihren Unterarm legen wollte, wich sie zurück.

Ludwig griff ins Leere.

Emil schien von den Gesprächen in der Schule nichts mitbekommen zu haben. Gut gelaunt war er am Mittagstisch erschienen und erzählte, dass seine Fußballmannschaft, die er am Ende der Sportstunde zusammengestellt hatte, das Abschlussmatch gewonnen hatte. Im Laufe des Mittagessens sprach er immer lauter und schneller. Für Ludwig ein Zeichen, dass er von der Spannung, die zwischen seinem Vater und seiner Mutter in der Luft lag, abzulenken versuchte. Ludwig war froh, mit dem Versprechen, vor dem Abendessen mit Ludwig Fußball zu spielen, sich vom Mittagstisch verabschieden zu können.

Obwohl der Gutachter, den die Riemer-Bau geschickt hatte, bereits mittleren Alters war, konnte sich Ludwig nicht daran erinnern, ihn schon einmal getroffen zu haben. Die fünf Minuten, die Ludwig vor dem Termin an der Baustelle sein wollte, hatten nicht ausgereicht. Als er eintraf, standen Hirthammer und der Gutachter, der sich als Markus Schmiededer vorstellte, vor der Tür, die zum ersten Trakt der Wohnanlage führte, und unterhielten sich angeregt. Ludwig fragte sich, ob sich die beiden bereits kannten. Schmiededer war klein, etwas dicklich und trug trotz seines nicht mehr jugendlichen Alters die braunen, mit grauen Strähnen durchzogenen Haare zu einem Pferdeschwanz gebunden.

»Dann sehen wir uns die ganze Chose mal an«, sagte er.

»Der Aufzug ist noch nicht fertig, wir müssen Treppen steigen«, erklärte Ludwig. Er wollte Schmiededer erst das Penthouse im siebten Stock zeigen. Es hätte das Vorzeigestück der ganzen Anlage werden sollen. Von den Fenstern aus sah man über die Dächer der Nachbargebäude. Die Türme der Margaretenkirche und der Klosterkirche schienen zum Greifen nahe zu sein. Wer auf dem großen Balkon stand, von dem ein kleines Areal ein Dachgarten werden sollte, hatte das Gefühl, über dem Fluss zu schweben, an dessen leichter Biegung die Anlage gebaut worden war.

Als Ludwig völlig außer Atem endlich im Appartement stand, sagte er: »Ein Traum, der mit diesen Schäden zum Ladenhüter wird.«

Er deutete auf die fünf Meter lange Sichtbetonwand. Das ruhige, dunkle Grau im oberen Bereich wurde in der Mitte zu einem verwaschenen Hellgrau, in dem sich mehrere Rostflecke zeigten. An nicht wenigen Stellen war die Oberfläche aufgesprungen und graue Kieselsteine kamen zum Vorschein.

Schmiededer griff mit seinen Fingern in die Kerbe, Zementstaub fiel auf den Boden.

»Definitiv keine Sichtbetonqualität«, stellte er fest.

»War auch keiner bestellt, ich kann Ihnen das Ausschreibungsverzeichnis zeigen«, sagte Hirthammer und öffnete seine Aktentasche. Er nahm aus einer Aktenhülle das Verzeichnis, hielt es dem Gutachter unter die Nase und deutete auf eine mit Textmarker orange markierte Stelle, wo Beton, aber nie Sichtbeton stand. Bei dem Gespräch mit dem Transportbetonhersteller hatte Ludwig noch geglaubt, dass Hirthammer geblufft hatte, und bei Rosner, seinem Architekten nachgefragt, der die Frage nach dem Sichtbeton in der Ausschreibung mit »klar doch« beantwortet hatte.

Ludwig begriff, dass es ein Fehler gewesen war, zum jetzigen Zeitpunkt einen Gutachter einzuschalten. Denn die Eigentümer der bereits verkauften Wohnungen der Anlage »Wohnen am Fluss« konnten sich ab jetzt auf die fehlende Sichtbetonqualität berufen.

Hirthammer kehrte dem Gutachter den Rücken zu und wandte sich an Ludwig. »Herr von Lichthagen, wir finden eine Lösung. Ein bisschen verspachteln und anstreichen, dann ist es halt kein Sichtbeton mehr, aber sieht auch gut aus.«

Ludwig hatte Mühe, ruhig zu bleiben: »Verspachteln und Anstreichen? Sie wissen genau, wie anspruchsvoll die Klientel ist, die sich diese Wohnungen leisten kann.«

Ludwig ärgerte sich über sich selbst und dass er sich auf den Architekten verlassen hatte, zuerst auf die Prüfung des Ausschreibungsverzeichnisses, dann auf sein Wort. Früher wäre ihm ein solcher Fehler nicht passiert. Während er nach dem Gespräch hinter Hirthammer und dem Gutachter die Treppen hinunterstieg, fragte er sich, wann er begonnen hatte, nachlässig zu werden.

Als Ludwig vom grauen Estrich des Rohbaus der Appartementanlage auf das Sand-Kies-Gemisch der Baustelle trat, sich von Hirthammer und Schmiededer verabschiedete und zu seinem Auto ging, bemerkte er einzelne Regentropfen, die auf sein Leinenjackett fielen. Bei seiner Ankunft im Schloss war das stetige Tröpfeln noch immer nicht zu einem richtigen Regen geworden, wie Ludwig mit Bedauern feststellte.

Emil kam ihm bereits auf der Treppe mit einem Fußball in der Hand entgegen. Ludwig zeigte auf die große dunkle Wolke, die hinter dem Schloss hervorkam. »Es wird gleich regnen, Emil, was hältst du davon, wenn wir stattdessen Mensch-ärgere-dich-nicht spielen?«

Er sah den Hauch von Enttäuschung, der sich auf Emils Gesicht breitmachte. Trotzdem machte er auf dem Treppenabsatz kehrt und ging wieder ins Schloss zurück. Ludwig folgte ihm, erleichtert und überrascht, dass der Junge sich so schnell hatte umstimmen lassen. Wenn sich Emil einmal etwas in den Kopf gesetzt hatte, war er normalerweise nur schwer davon abzubringen.

Ludwig erinnerte sich an den vergangenen April, als Emil mit einem Klassenkameraden ein Treffen auf der Frühjahrsdult vereinbart, es auf der Autofahrt zur Dult aber zu schneien begonnen hatte. Im Wagen hatten Ludwig und Lisa abwechselnd mit Engelszungen auf Emil eingeredet, dass es keinen Sinn mache auszusteigen, denn der Freund werde bei dem Wetter bestimmt nicht kommen. Erst hatte Emil seine Eltern gebeten, doch zum Autoscooter gehen zu dürfen, dann hatte er geschrien und schließlich bei der nächsten roten Ampel die Autotür aufgerissen und war ausgestiegen. Lisa und Ludwig hatten durch die Frontscheibe gesehen, wie er sich durch die Lücken der in der Nebenspur stehenden Autos einen Weg gesucht hatte.

»Ich kann bald nicht mehr«, hatte Lisa gestöhnt, bevor sie aus dem Auto gestiegen war, um Emil nachzulaufen. Erst als Emil an der Kasse des Autoscooters festgestellt hatte, dass sein Freund gar nicht zum Treffpunkt erschienen war, willigte er ein, nach Hause zu fahren. Ludwig hatte damals entnervt im Auto gewartet. Als er beim Nachhauseweg im Rückspiegel sah, dass Emil Mühe hatte, seine Tränen zu unterdrücken, war sein Groll über Emil, der immer seinen eigenen Kopf durchsetzen musste, einem hilflosen Mitleid gewichen.

Vor dem Zubettgehen hatte er mit Lisa noch einmal den Vorfall besprochen. »Er hat keine Geschwister und umso größer ist seine Angst, Freunde zu verlieren, zum Beispiel wenn sie nicht zum versprochenen Treffpunkt kommen.« Sie hatte es nüchtern gesagt, doch Ludwig glaubte, in ihren Worten den Vorwurf zu hören, dass er einem zweiten Kind mit Lisa nicht zugestimmt hatte.

EMIL HOLTE das Mensch-ärgere-dich-nicht-Spiel aus dem Regal, breitete es auf dem Tisch aus und stellte die Figuren auf.

»Ich nehme die blauen, du kriegst die roten«, tönte er. Die ersten beiden Runden lag Emil in Führung. Ludwig würfelte eine Fünf und überlegte kurz, ob er Emil schmeißen oder die fünf Schritte mit der weiter zurückliegenden Figur machen sollte. Emil neigte dazu, die Spielregeln zu ignorieren, hatte zuvor fünf- statt dreimal nach einer Sechs gewürfelt, um seine zweite Figur eher auf dem Spielfeld positionieren zu können. Der Junge registrierte sein Zögern und grinste, und Ludwig schmiss Emils kurz vor dem Haus stehende Figur vom Feld. Ludwig sah, wie Emil die Augen zusammenkniff, die Unterlippe vorschob, von seinem Stuhl aufsprang und die Fäuste ballte.

»Immer musst du gewinnen«, schrie er.

»Das stimmt doch gar nicht«, sagte Ludwig.

»Doch.« Emil warf seinen Stuhl um.

»Komm, setz dich wieder, das Spiel ist doch noch lange nicht entschieden.«

Ludwig beugte sich vor, um Emil berühren zu können, doch der wich aus, und fegte mit einem Handstreich das Spiel vom Tisch.

Ludwig seufzte. Mit seiner Tochter aus erster Ehe hatte es solche Szenen nie gegeben. Er erinnerte sich, dass auch Natascha, wenn es für sie schlecht stand, manches Spiel abgebrochen hatte. Mit der Begründung »Ich habe keine Lust mehr«, hatte sie sich dann auf ihr Zimmer verkrochen, aber nie wäre es ihr in den Sinn gekommen, so einen Aufstand zu machen.

Womöglich hatte Frau Hagenauer doch recht und Emil war auffälliger, als es sich Ludwig je eingestanden hatte.

»Vielleicht sollten wir doch einen Kinder- und Jugendpsychiater zurate ziehen.«

»Habe ich längst gemacht.« Lisa klang zynisch. »Emil musste sich einer Reihe von Tests unterziehen, die alle keine signifikanten Auffälligkeiten ergaben.« Sie sah ihn abwartend an. »Zum Schluss bekam ich den Tipp, dass wir eine Eheberatung machen sollen, aber die hast du ja schon vor zwei Jahren abgelehnt.«

Ludwig schaute zu Boden. Er konnte sich nur noch bruchstückhaft an Lisas damaligen Vorschlag erinnern. »Ich will nicht vor Dritten persönliche Probleme analysieren«, glaubte er damals gesagt und ihr einen Urlaub zu zweit vorgeschlagen zu haben. »Nur wir zwei wie früher, Sonne, Strand, zum Frühstück Champagner, am Abend schön essen.«

Er versuchte, Lisas Blick einzufangen, doch sie weigerte sich, ihn anzusehen.

»Ich habe meine Meinung geändert. Jetzt wäre ich bereit zu solchen, nennen wir es Gesprächen.«

»Tut mir leid, Ludwig, es ist zu spät.«

»Schatz, es ist doch nie zu spät.«

»Ich gehe an den Ammersee zurück.«

»Was willst du denn da? Der Ammersee ist doch nur etwas für alte Leute.«

»Ich meine es ernst, Ludwig.«

»Und was wird aus Emil?«

»Was glaubst du denn? Dass ich ihn hierlasse?«

Nach einer Wohnung am Ammersee gefragt, konnte Lisa keine konkrete Antwort geben. Die Tatsache, dass es in Oberbayern noch schwieriger war als im Rest Bayerns, eine erschwingliche Wohnung zu finden, beruhigte Ludwig. Wie so oft würde auch dieses Mal mit dem Verstreichen der Tage und Wochen Gras über die Sache wachsen. Die Eltern von Emils Klassenkameraden würden sich beruhigen, Lisa würde wieder merken, dass ihr Platz an seiner Seite war.

LUDWIG TRAUTE SEINEN AUGEN NICHT, als er eine Woche später einen weißen Sprinter mit der Aufschrift »Maier Umzüge – schnell und sicher« im Schlosshof stehen sah. Er hörte, wie Lisa die Tür öffnete und den Möbelpacker in Emils Zimmer schickte.

Im Wohnzimmer fand er Emil. »Was macht der Möbelwagen im Hof?«

Emil fing zu weinen an. »Wir ziehen zu Oma und Opa.«

»Und mir sagt keiner was?«

»Zieh den Jungen da nicht mit rein.« Lisas Ton war schneidend. Sie nahm Emil an der Hand und zog ihn aus dem Wohnzimmer.

Ludwig nahm ein paar Zeitungen und ging in sein Atelier. Als er nach zwei Stunden wieder zurückkam, war der Möbelwagen weg, auch Lisas Auto stand nicht mehr im Hof.

8

Die Mittagessen verliefen jetzt ruhiger, am Anfang hatte es Ludwig genossen, endlich einmal in Ruhe essen zu können. Wie er selbst als kleiner Junge hatte auch Emil die Angewohnheit, zu summen, wenn ein Gericht ihm besonders gut schmeckte. Meistens war das bei süßen Mehlspeisen wie Pfannkuchen oder Milchreis der Fall, die nur selten auf den Tisch kamen. Die vergangenen beiden Jahre hatte Lisa peu à peu den Speiseplan umgestellt. Das Steak wurde nicht mehr mit Kartoffeln, sondern mit Salat serviert. Fleisch und Fisch lagen ohne Soße, nur mit einigen Tropfen des Garsuds auf den Tellern, den Margot wahrscheinlich mühsam mit einem kleinen Löffel aus der fast fettfreien Pfanne gekratzt hatte. Als Ludwig in seinen geliebten gefüllten Paprikaschoten keine Fleischfüllung mehr gefunden und Margot fragend angesehen hatte, hatte sie den Blick gesenkt und peinlich berührt auf ihren eigenen Teller gestarrt. »Lupinenschrot, ein echter Fatburner«, hatte Lisa gesagt. Ludwig hatte den Tisch verlassen und war in den »Lichtenberger Hof« gefahren. Der kurz darauf servierte Schweinebraten mit Knödel hatte nicht nur seinen Hunger, sondern auch seine Rachegefühle gegenüber Lisa befriedigt.

Bei den ersten Mahlzeiten ohne Emil und Lisa hatte Ludwig sich zusammenreißen müssen, Margot nicht zu fragen, ob sie von Lisas Plan gewusst hatte. Nach ein paar Tagen war er froh, seinen Mund gehalten zu haben. Wozu auch? Es hätte an der Situation nichts geändert, Margot höchstens noch verschlossener gemacht. Die Haushälterin war sehr schnell wieder zu den vor Lisa Gesundheitsspleen bewährten Gerichten zurückgekehrt. Es schien, als ob sie Ludwig mit Rehragout mit Semmelknödel, Fingernudeln mit Sauerkraut und Rindergulasch mit Serviettenknödeln trösten wollte.

Trotz der guten Gerichte hatte sich die anfangs so wohltuende Ruhe nach wenigen Tagen in eine angespannte Stille verwandelt. Als er überlegte, was er Margot fragen konnte, wurde ihm bewusst, wie wenig er von ihr wusste, obwohl sie mittlerweile fast fünfundzwanzig Jahre bei ihm arbeitete.

Als Nadja vor fünfzehn Jahren das Schloss verlassen hatte, hatte sich Ludwig gewundert, dass Margot sich keine neue Stelle gesucht hatte. Mit ihrem sonnigen Gemüt hatte Nadja schon bald nach der Hochzeit einen freundschaftlichen Umgang mit Margot gepflegt. Er erinnerte sich, die beiden fast gleichaltrigen Frauen oft gemeinsam in der Küche kichern gehört zu haben. Jetzt saß Ludwig einer schweigenden, hageren, jeden Bissen zigmal kauenden Frau gegenüber und fragte sich, worüber er mit ihr sprechen konnte, um die lähmende Stille zu durchbrechen. Ihm fiel ein, sie im vergangenen Sommer einmal lesend auf einer Bank im Park sitzend gesehen zu haben.

»Lesen Sie noch immer so gerne?« Kaum hatte Ludwig die Frage ausgesprochen, wurde ihm klar, wie bemüht sie klang.

Margot schaute kurz auf. »Wenn ich Zeit habe, ja.«

»Und was lesen Sie?«

»Viele Klassiker, Tolstoi, Böll. Ich habe einiges nachzuholen.«

Ludwig nickte. Er hatte sich vor Jahren von der Belletristik verabschiedet. Wenn er schon mit seinem eigenen Leben nicht klarkam, warum sollte er sich auch noch mit den Problemen anderer Leute beschäftigen, die meistens darin thematisiert wurden? Wenn er las, dann meistens nur Zeitungen, Fachliteratur und Magazine.

Auch die darauffolgenden Essen verliefen ähnlich: Ludwig stellte Fragen, die Margot knapp beantwortete. Dazwischen saß sie ihm kerzengerade und schweigend gegenüber.

Wenn sich zuweilen beim Essen ihre Blicke kreuzten, glaubte Ludwig, einen stillen Vorwurf in ihrem Blick zu sehen. Er beschloss, wieder öfter in ein Restaurant zu gehen. Die Möglichkeiten in Lichtenberg waren begrenzt. Es gab einen Italiener, der – wenn er wollte – seine Spaghetti Vongole in einer leichten Tomatensauce ganz ohne Sahne besser hinbekam, als Ludwig sie je in einem der Nobelitaliener in München gegessen hatte. Aber ihm und seiner Frau fehlten das nötige Organisationstalent und die beständige Disziplin, um ein Restaurant zu führen. Mal fehlte der Campari, dann hatten sie vergessen, Wein einzukaufen und statt des schweren Chiantis nur einen wässrigen Merlot mit flachem Abgang anbieten können. Als Ludwig das zweite Mal in einer Woche das »Da Angelo« aufgesucht hatte und Laura, die Frau des Wirts, ihm sagte, sie könne ihm nur einen Cappuccino mit Sahne anbieten, weil ihr die Milch ausgegangen sei, hatte Ludwig beschlossen, lieber doch öfter in den »Lichtenberger Hof« zu gehen oder gleich einen Italiener in der Stadt aufzusuchen.

Der »Lichtenberger Hof« hatte seit Jahren dieselbe Speisekarte und zwei bis drei wöchentlich wechselnde Gerichte. Ludwig hatte schnell herausgefunden, dass, wenn er sich an diese hielt, er nicht wirklich etwas falsch machen konnte.

Er hatte sich gerade den ersten Bissen des Zwiebelrostbratens in den Mund geschoben, als Pregler, zu dem Ludwig bei kleinen Reparaturen seinen Landrover zum Richten brachte, wenn er nicht in das Rover-Autohaus in die Stadt fahren wollte, auf seinen Tisch zusteuerte. »Heute ganz allein, ohne Frau beim Essen?«

»Die hatte heute keine Zeit«, erwiderte Ludwig. »Und ist auch gesundheitsbewusster als ich, isst viel Salat und so.«

Pregler grinste. »Ich habe sie schon lange nicht mehr gesehen, die Frau Gräfin. Ihr geht es aber schon gut, oder?«

Ludwig nickte und war froh, als Pregler »dann noch einen guten Appetit« wünschte und sich einen Tisch suchte. Er beschloss, zukünftig in die Stadt zum Essen zu gehen.

Doch auch da würde er allein an einem Tisch sitzen. Wie war es ihm nach dem Scheitern seiner ersten Ehe ergangen, bevor er Lisa kennengelernt hatte? Er konnte sich nicht erinnern, damals die Einsamkeit so bewusst empfunden zu haben wie jetzt. Es musste an seinem Alter gelegen haben – er war damals zwölf Jahre jünger als heute. Außereheliche Affären hatten seine erste Ehe stetig begleitet. Im Gegensatz zu seiner Mutter war Nadja eine sehr unabhängige Frau, die es schaffte, seine Affären als das zu nehmen, was sie für Ludwig waren: Spielereien, die sein Leben aufregender machten und ihn auf irgendeine Weise auch dafür entschädigten, seiner eigenen Bestimmung als Bildhauer nicht gefolgt zu sein. Oft redete sich Ludwig ein, er hätte trotz seines Talents als Bildhauer von diesem Beruf nie leben können. Bei Frauen den Charmeur zu geben, sie groß und teuer auszuführen, um sie nach einer kurzen Affäre ziemlich unsanft wieder fallen zu lassen, gab ihm ein Gefühl der Überlegenheit.

Die Frau, die mit einer Freundin an einem der Ecktische im »Bellini«, Ludwigs Lieblingsitaliener in der Stadt, saß, war ihm bereits beim Betreten des Lokals aufgefallen: schulterlange dunkle Haare, die mit der Blässe ihres Gesichts kontrastierten, und große Augen unter dunklen, mit Schminke betonten Brauen. Er schätzte sie so auf die vierzig, also in Lisas Alter. Ludwig war der einzige Gast, der allein an einem Tisch saß und bemüht, so zu wirken, als ob ihm das nichts ausmachte. Obwohl die Brünette ins Gespräch mit ihrer Freundin vertieft zu sein schien, versuchte er immer wieder, Augenkontakt mit ihr aufzunehmen, und lächelte ihr sogar zu. Aber statt positiv darauf zu reagieren, blickte sie ihn nur ernst an und schüttelte irritiert den Kopf.

Nach einiger Zeit wagte Ludwig noch einmal ein Lächeln. Kaum hatte er den Blick wieder einem anderen Tisch zugewandt, stand die Freundin von »Schneewittchen«, wie er die hübsche Schwarzhaarige im Geiste genannt hatte, vor seinem Tisch. Wie ihre Freundin war sie mit einem Oversized-Shirt, das ihre rechte Schulter freigab, und großen Ohrringen gekonnt gestylt, aber weniger hübsch als ihre Freundin. Ihre Schultern waren für Ludwigs Geschmack etwas zu breit, die überlange Nase dominierte das Gesicht.

»Könnten Sie dieses alberne Hinstarren bitte unterlassen? Meine Freundin fühlt sich dadurch gestört.«

Als er ein leises »Entschuldigung« murmelte, war die Freundin bereits wieder auf dem Weg zurück zu ihrem Tisch. Ludwig spürte, dass ihm heiß wurde. Irritiert schaute er sich um, ob andere Gäste die Szene mitverfolgt hatten. Die Frau des älteren Ehepaars zwei Tische weiter musterte Ludwig missbilligend. Ein etwa dreizehnjähriges Mädchen, das mit seinen Eltern beim Essen war, lachte höhnisch und tuschelte mit seiner Mutter, die sich schließlich nach Ludwig umdrehte.

Der Kellner kam, schaute auf den halbvollen Teller mit Pasta und fragte: »Signor Ludovico, hat es Ihnen nicht geschmeckt? Ich bringe Ihnen noch einen Grappa.

Ludwig lehnte ab, zahlte und war froh, als er die Tür des Restaurants hinter sich schließen konnte.

Auf der Rückfahrt nach Lichtenberg dachte er darüber

nach, ob ihm so etwas schon einmal passiert war. Aber er konnte sich an keine annähernd ähnlich peinliche Begebenheit erinnern. Im Schloss angekommen, sah er in den Spiegel der Garderobe. Wie bei jedem Zweiundsechzigjährigen hatte das Leben auch bei ihm Spuren hinterlassen. Obwohl er noch immer sehr schlank war, hatte er ein leichtes Doppelkinn, die Schatten unter seinen Augen, die er sein ganzes Erwachsenenleben hatte, waren in den vergangenen Jahren noch dunkler geworden.

Doch er war dankbar, wegen seiner tiefen Augenhöhlen keine Schlupflider zu haben, wie sie die meisten Menschen in seinem Alter hatten. Er griff sich in die noch vollen, leicht gewellten Haare und fragte sich, ob er sich die grauen Schläfen dunkelbraun tönen sollte, doch Lisa hatten sie so immer gefallen. Vielleicht war es gar nicht sein Äußeres gewesen, das Schneewittchen missfallen hatte, vielleicht hatte er einfach nicht mehr die nötige Leichtigkeit, die früher jeden seiner Flirtversuche erfolgreich gemacht hatte. In den vergangenen Jahren hatte sich viel verändert. Von Natascha wusste er, dass die meisten Paare sich heute auf einschlägigen Plattformen im Internet kennenlernten. Vielleicht waren die beiden Frauen auch gar nicht beste Freundinnen, sondern ein Paar gewesen. Ludwig konnte sich nicht daran erinnern, schon einmal so abgeblitzt worden zu sein.

AM NÄCHSTEN TAG rief er Sonja an. Sie war nur kurz unterkühlt, als sie merkte, wer sie anrief, aber die unkomplizierte Vertraulichkeit von früher stellte sich schnell wieder ein. Bereits während seiner ersten Ehe hatte er eine Affäre mit ihr gehabt, die er nach Emils Geburt wieder hatte aufleben lassen, dann aber ziemlich schnell beendet hatte, aus Angst, dass Lisa etwas mitbekommen könnte. Lisa hatte sein Fremdgehen im

Gegensatz zu Nadja nie toleriert. Sonja, die selbst selten nur eine Geschichte am Laufen hatte, hatte seine Entscheidung akzeptiert.

»Lisa ist ausgezogen? Oh Mann, du lernst auch nicht wirklich aus deinen Fehlern«, stellte sie fest. Sie lachte auf, was typisch für sie war. Sonja nahm das Leben von der leichten Seite. Grübeleien, Schuldzuweisungen oder Selbstvorwürfe waren nicht ihr Ding. Die Gesellschaft eines solchen Menschen war es, was Ludwig jetzt brauchte.

»Hast du Lust auf ein Abendessen im ›Bräuhaus‹? Dann erzähle ich dir die ganze Geschichte.« Das »Bräuhaus« war immer ihr Lieblingslokal gewesen. Die dunkel lackierten Tische waren um alte große kupferne Braukessel gruppiert, hinter denen sie sich gut verstecken konnten. Das Lokal war meistens proppenvoll. Die Küche war gutbürgerlich, aber im Vergleich zum »Lichtenberger Hof« innovativer. Neben den Klassikern wie Schnitzel und Rinderbraten gab es Risotto und diverse Salate.

»Abendessen gern. Aber die Geschichte mag ich nicht hören. Du kennst mich, ich wälze nicht gerne Probleme und schon gar nicht die anderer Leute.«

»Hast du heute Abend Zeit?« Als Ludwig auffiel, wie gehetzt sein Vorschlag klingen musste, hatte er ihn schon ausgesprochen.

»Heute treffe ich mich schon mit einer Freundin, aber morgen gern. Und danach gehen wir noch ins ›Betty Blue‹, das ist eine neue Bar. Du hörst dich an, als könntest du eine Aufheiterung dringend gebrauchen.«

Sonja hatte sich kaum verändert, ihr Blick aus den großen blauen Augen war noch immer strahlend. Ihr Gesicht wirkte nicht älter als damals, Ludwig fand keine Falten, selbst die

Haut um Sonjas Augen und um die Mundwinkel war straff. Ludwig bezweifelte, dass Sonja ihre jugendliche Erscheinung allein ihrem Spaß am Leben verdankte. Die regelmäßige Nachhilfe mit einer mit Botox gefüllten Spritze schien ihm die wahrscheinlichere Alternative zu sein. »Klarer Fall von Botox, aber gekonnt eingesetzt«, hätte Lisa gesagt.

Vor ein paar Jahren hatte er Sonja zum letzten Mal getroffen. Wenn ihm seine Erinnerung keinen Streich spielte, musste es auf einer Vernissage gewesen sein, auf die er mit Lisa gegangen war. Als Sonja – in Begleitung eines älteren Herrn – auf Ludwig und Lisa zugesteuert war, hätte er sich ihr am liebsten mit einem ausgestreckten Arm in den Weg gestellt und »Stopp« gerufen. Doch Sonja hatte verstanden, die Situation derart natürlich aussehen zu lassen, dass Lisa keinen Verdacht geschöpft hatte.

Auf den Kuss auf die Wange, den Ludwig jetzt Sonja zur Begrüßung gab, hatte er damals selbstverständlich verzichtet.

Er bestellte ein Wiener Schnitzel und Sonja einen Salat mit Gambas, und während sie auf das Essen warteten, fragte sich Ludwig, was es war, das ihn an Sonjas Gesicht störte. Bis er draufkam, dass es die langen künstlichen Wimpern waren. Lisa mit ihrem sie nie täuschenden Sinn für Stil und Klasse hätte nie solche Dinger getragen. Er überlegte kurz, ob er Sonja sagen sollte, dass die künstlichen Wimpern lächerlich an ihr wirkten, unterließ es dann aber. Schließlich beabsichtigte er nicht, den Abend allein mit einem Essen und einem anschließenden Absacker in einer Bar enden zu lassen.

Sonja erzählte ihm, dass sie jetzt einen österreichischen Geschäftsmann datete, weshalb sie die meisten Wochenenden in dessen Ferienhaus in Kitzbühel verbrachte. Ludwig habe Glück, dass sie zufällig dieses Wochenende zu Hause geblieben sei.

Seinen fragenden Blick fing sie auf und sagte: »Du musst

dir keine Sorgen machen, er ist verheiratet. Also muss ich ihm auch nicht treu sein.«

Ludwig war dankbar, dass Sonja in all den Jahren neben ihrer Lebensfreude auch ihre Direktheit behalten hatte. Zum Nachtisch teilten sie sich ein Tiramisu, und wie selbstverständlich parkte Ludwig nach dem Essen das Auto vor Sonjas Wohnung und stieg mit aus. Den Abstecher ins »Betty Blue« hatten sie spontan ausfallen lassen.

Ihm war klar gewesen, dass er nach einem Essen mit Sonja zwangsläufig mit ihr im Bett landen würde, hatte deshalb die Begegnung auch gesucht. Die Wohnung hatte sich nur ein bisschen verändert. Die frühere cremefarbene Stoffcouch war einem curryfarbenen Ledersofa gewichen.

Das Bett war noch immer das gleiche. Doch als er neben Sonja auf den weißen Laken lag, begriff er schnell, dass ihm die Routine und die Leichtigkeit fehlten. Obwohl im Gegensatz zu ihrem faltenfreien Gesicht die Zeichen der Zeit an Sonjas Körper nicht spurlos vorbeigegangen waren – um den Hals legten sich Falten wie Ringe, ihr Po war nicht mehr so straff wie früher –, hatte Sonja sich gut gehalten. Dass der Busen hing, nahm Ludwig mit einer gewissen Erleichterung wahr, denn er hatte keine Erfahrung mit Silikonbrüsten. Dennoch fehlte jetzt die sich beim Essen im Nu eingestellte Vertraulichkeit. Ludwig gelang es nur schwer, sich wirklich auf Sonja und ihren Körper zu konzentrieren. Er fragte sich, ob er Mundgeruch haben könnte, und empfand seine Bewegungen als behäbig und unästhetisch und war erleichtert, als der Liebesakt vorbei war.

Früher hatte er oft bei Sonja übernachtet. In der Nähe ihrer Wohnung war ein französisches Bistro, wo sie frühstücken gegangen waren. Jetzt war er froh, sich ein Taxi rufen zu können, um ins Schloss zurückzufahren. Ludwig hatte den Eindruck, dass es Sonja ähnlich erging. Obgleich sie ihm an der Haustür einen Kuss auf die Wange hauchte, schien sie erleichtert zu sein, ohne weitere Verwicklungen aus der peinlichen Situation herauszukommen. Im Taxi fragte er sich, ob er den Rest seines Lebens allein verbringen würde.

Erst jetzt wurde ihm die Misere, die mit Lisas Auszug verbunden war, in ihrer ganzen Deutlichkeit bewusst. Lisa war noch jung genug, ein eigenes Leben anzufangen und einen neuen Partner zu finden. Er selbst fand sich zu alt für einen Neuanfang.

Er wollte nicht mehr in irgendwelche Bars gehen und sich überlegen müssen, was er fremden Frauen, die ihm mehr oder weniger gefielen, um dreiundzwanzig Uhr erzählen könnte, um sie so zu beeindrucken, dass vielleicht mehr daraus würde. Er erinnerte sich, kürzlich die Fernsehwerbung einer Partnerschaftsvermittlung im Internet gesehen zu haben, und nahm sich vor, Natascha bei ihrem nächsten Telefongespräch danach zu fragen.

Die nächsten Abende verbrachte er im Schloss, schaute fern oder las. Als er im Bücherregal nach einem Kunstband suchte, fand er eine Weihnachtskarte von Dietmar. Der Umriss eines Christbaums in blauer Farbe war auf die Karte gezeichnet, darunter »Happy X-Mas«. Dietmar war einer der wenigen Freunde, die Ludwig aus seiner Internatszeit geblieben waren. Wie lange hatten sie sich schon nicht mehr getroffen? Es musste zwei oder drei Jahre her sein. Aber sie schrieben sich regelmäßig Karten zum Geburtstag oder zu Weihnachten. Dietmar hatte nach dem Abitur Medizin studiert und dann seinen Facharzt in Lungenheilkunde und Allergologie gemacht. Anschließend hatte er in verschiedenen Kliniken im europäischen Ausland gearbeitet. Bis er sich eine eigene, von Anfang an gut laufende Praxis in München aufgebaut hatte, war er Oberarzt am Mannheimer Universitätsklinikum gewesen.

Ludwig schaute auf die Uhr, es war einundzwanzig Uhr, auch wenn Dietmar berufsbedingt viel früher aufstand als er, fand Ludwig, dass er ihn um diese Zeit noch anrufen konnte.

»Rönsch.« Nach all den Veränderungen, die in letzter Zeit sein Leben auf den Kopf gestellt hatten, war Ludwig erleichtert, dass Dietmars Stimme wie immer klang: tief und ruhig.

Ludwig hatte sich zuvor keine Gedanken darüber gemacht, wie er den plötzlichen Anruf begründen sollte, und atmete erst einmal tief durch, was Dietmar dazu veranlasste, noch einmal seinen Namen zu wiederholen.

»Ludwig am Apparat.«

»Ludwig, schön, von dir zu hören. Wie geht es dir?«

»Ganz gut.« Ludwig hörte selbst, dass seine Stimmlage eine Spur zu hoch war, um ehrlich zu wirken.

»Wirklich?«

»Nicht wirklich.« Ludwigs Stimme brach. »Lisa hat mich vor zwei Wochen verlassen.«

Sein Entsetzen, die Tatsache ausgesprochen zu haben, wich in Sekundenschnelle einer Erleichterung, endlich die Wahrheit gesagt zu haben. Wie oft hatte er in den vergangenen vierzehn Tagen Ausreden erfunden? Der Frau des Bauunternehmers Passreiter hatte er erzählt, Lisa sei mit Emil bei ihren Eltern. »Ein Notfall«, hatte Ludwig hinzugefügt, als Mathilde Passreiter nachgefragt hatte, ob man während der Schulzeit Emil einfach aus dem Unterricht nehmen könne. Anderen Bekannten hatte er erzählt, Lisa sei mit Freundinnen auf Wellness-Urlaub. Nicht einmal Natascha hatte er von Lisas Auszug erzählt und sich nach dem Telefonat geschämt, seiner Tochter gegenüber nicht ehrlich gewesen zu sein.

»Das tut mir leid«, hörte er Dietmar am anderen Ende der Leitung sagen. »Ist Lisas Entscheidung endgültig?«

Ludwig schluckte. »Ich glaube schon.«

»Ein anderer Mann?«

»Nein. Wir hatten schon länger Probleme. Manchmal denke ich, dass sie sich in Lichtenberg nie wirklich wohlgefühlt hat. Sie hat mir immer vorgeworfen, dass wir kein gemeinsames Leben führen. Und Emil ist auch kein einfacher Junge.« Ludwig fühlte, wie gut es ihm tat, darüber zu sprechen.

»Ludwig«, unterbrach ihn Dietmar. »Wir müssen gleich weg. Robert, der Mann von Sieglindes Freundin, hat Geburtstag. Du besuchst uns einfach am nächsten Wochenende. Wir haben uns schon so lange nicht mehr gesehen.«

»Ich überlege es mir.«

»Da gibt es nichts zu überlegen, ich buche dir für Freitag bis Sonntag ein Zimmer im ›Tristan‹, ein kürzlich eröffnetes Hotel ganz in unserer Nähe.«

Ludwig legte Wert auf seine Privatsphäre. Sogar bei engen Freunden vermied er es, im Gästezimmer zu übernachten.

Ihn störte, dass jemand vor dem Badezimmer darauf warten könnte, dass er es verließ. Zudem schlief er oft schlecht und konnte dann nicht wie zu Hause einfach ins Wohnzimmer gehen, um fernzusehen. Er erinnerte sich daran, einmal bei Dietmar im Gästezimmer geschlafen zu haben. Dietmars Frau Sieglinde hatte das Gästezimmer eigens für ihn hergerichtet, Bildbände über Kunst auf den Nachttisch gelegt, ein paar selbst gepflückte Blumen auf den Tisch neben dem Schrank gestellt. Ludwig war es nicht leichtgefallen, Dietmar beim darauffolgenden Besuch mitzuteilen, er würde ein Hotelzimmer bevorzugen.

»Du kennst mich, mir wird alles schnell zu eng.«

In all den Jahren ihrer Freundschaft hatte Dietmar Ludwig noch nie irgendetwas nachgetragen. Dietmar begrüßte ihn stets mit einer freundschaftlichen Herzlichkeit, ganz egal, ob Ludwig sich ein halbes Jahr lang nicht gemeldet oder sich für die alljährliche Weihnachtskarte erst zu Ostern bedankt hatte.

Ludwig merkte zwar, dass Sieglinde sich an seiner Unverbindlichkeit störte, mochte das Dietmar gegenüber auch thematisiert haben, würde aber nie ihren Ehemann so weit beeinflussen, den Kontakt zu seinem Freund aus Schülertagen abzubrechen. Ludwig hatte die Ehe der beiden stets bewundert, Dietmar fast darum beneidet. Das Ehepaar Rönsch hatte zwei gemeinsame Kinder großgezogen.

Bis die Kinder Teenager waren, hatte Sieglinde, die Historikerin war, halbtags in einem Archiv gearbeitet, später dann für eine private Stiftung. Ludwig erinnerte sich daran, dass Sieglinde, die über die Zeit des Nationalsozialismus promoviert hatte, lange unentschlossen war, ob sie die Stellung annehmen sollte oder nicht. Die Stiftung war von den Nachfahren eines Unternehmers gegründet worden, der durch die Enteignung eines Juden in der Zeit des Nationalsozialismus zu seinem Vermögen gekommen war. Ihr Zweck war es, zu forschen, wie die Ausbreitung von Antisemitismus in der heutigen Gesellschaft bekämpft werden kann.

Dietmar hatte Sieglinde damals geraten, die Stelle anzunehmen. »So eine Chance wird so schnell nicht wiederkommen«, hatte er zu bedenken gegeben.

Diese gegenseitige Unterstützung, dem anderen Mut machen und ihm uneingeschränkt den Erfolg zu gönnen, ihm aber auch in schwierigen Situationen beizustehen, machte die Beziehung der beiden für Ludwig zu etwas ganz Besonderem. Nach Besuchen bei den Rönschs hatte sich Ludwig oft gefragt, warum ihm das in keiner seiner Ehen gelungen war.

Als er jetzt in der geräumigen Wohnküche einen Espresso trank, saß ihm eine noch immer attraktive Frau gegenüber, deren schwarzes Haar mittlerweile mit vielen grauen Strähnen durchzogen war. Hatten sie und Lisa sich eigentlich je kennengelernt? Er war zumindest erleichtert, dass Sieglinde keine Fragen zu Lisas Auszug stellte. Am frühen Abend entschuldigte sie sich, dass sie sich mit einer Freundin verabredet habe. Ludwig fragte sich, ob sie – diskret und höflich wie sie war – diese Verabredung eigens arrangiert hatte, damit die Männer ungestört bei einem Abendessen reden konnten.

Das Lokal, das Dietmar ausgewählt hatte, bestand aus einem lang gezogenen Raum. An der Wand standen der Länge nach Tische und Stühle, ihr gegenüber befand sich eine Bar mit einem langen Tresen. Ludwig gefielen die bunten Bilder, die zwischen einem Lichtband über den vielen Flaschen mit verschiedenen Spirituosen leuchteten und dem fast fensterlosen Raum eine fröhliche Atmosphäre gaben, war aber erstaunt, dass Dietmar nicht ein gediegeneres Lokal ausgewählt hatte.

»Sie haben die besten Steaks in ganz München, deswegen sind wir hier, auch wenn wir vielleicht nicht so recht in das hippe Ambiente passen.«

Die bestellten sie schließlich auch, als Vorspeise empfahl Dietmar ein Thunfisch-Carpaccio. Kaum hatte der Kellner den Wein eingeschenkt, fing Ludwig zu erzählen an. Von Emil, der in der Schule durch Aggressivität auffiel, von Lisa, die sich aus Enttäuschung über seine fehlende Unterstützung völlig in sich selbst zurückgezogen hatte und nur noch dann Worte für ihn fand, wenn es darum ging, den Alltag zu bewältigen. Ludwig räumte ein, zu spät erkannt zu haben, was es bedeutete, mit dreiundfünfzig noch einmal ein Kind in die Welt zu setzen.

»Da brauchst du Kraft und Geduld. Letzteres hatte ich noch nie und die Kraft ist mir in den letzten Jahren Stück für Stück abhandengekommen.«

Dietmar war der erste Mensch, dem gegenüber Ludwig seine Einsamkeit eingestand. Er und Lisa hatten vielleicht keine harmonische Beziehung mehr geführt, waren meistens nicht wirklich liebevoll miteinander umgegangen.

»Aber zumindest war jemand da.« Dietmar nickte. »Du kannst dir gar nicht vorstellen, wie oft mich Emil genervt hat, aber jetzt fehlt er mir. Ich habe es gehasst, mit ihm Fußball spielen zu müssen, weil mir dabei meine Hüfte und der Rücken wehtaten.« Er seufzte tief. »Was würde ich jetzt drum geben, wieder die übers Tor hinausgeschossenen Bälle holen zu können.«

Dietmar streckte seine Hand aus und legte sie auf Ludwigs Unterarm. »Vielleicht wendet sich alles zum Guten, vielleicht habt ihr noch eine Chance. Du musst mit Lisa sprechen.«

Ludwig schüttelte den Kopf. »Die hätten wir vielleicht noch vor einem Jahr gehabt.« Er erzählte Dietmar von Lisas Vorschlag, eine Eheberatung aufzusuchen. Ludwig hob den Kopf und zuckte mit der Schulter. »Ich habe abgelehnt. Ich dachte, es würde schon irgendwie laufen, wie das meiste in meinem Leben gelaufen ist, meine Firma, das Schloss, die Immobilien.« Er atmete tief durch. »Aber das mit Lisa habe ich in den Sand gesetzt.«

»Selbst wenn die Trennung endgültig ist, bleibst du Emils Vater. Besucht er dich?«

»Bislang nicht. Wahrscheinlich ist das Ganze noch zu frisch.« »Du solltest den Kontakt zu ihm halten, er kann dich besuchen, oder du holst ihn ab und unternimmst etwas mit ihm. Wo wohnt Lisa jetzt?«

»In Starnberg, soweit ich weiß, in der Nähe ihrer Eltern.«

»Auch nicht der nächste Weg.«

Ludwig nickte. »Zumindest näher als Italien.« Er dachte an seinen Vater, der sich vor mehr als vierzig Jahren in der gleichen Situation wie er jetzt befunden hatte: im bereits fortgeschrittenen Alter von der Ehefrau verlassen. Ihm, der nie so werden wollte, erging es jetzt genauso. Das barg doch eine gewisse Ironie des Schicksals, die Ludwig jetzt zum Schmunzeln brachte.

»Jetzt lachst du zumindest schon ein bisschen.« Dietmar schien erleichtert.

Der Kellner hatte mittlerweile den Hauptgang – zwei riesige Sirloin-Steaks serviert. Ludwig wechselte das Thema, das Letzte, was er wollte, war, Dietmar den ganzen Abend lang was vorzujammern.

Mittlerweile hatten zwei Frauen an der Bar Platz genommen, eine hatte rotgelockte Haare, die zu einem Bob geschnitten waren, die andere lange schwarze Haare. Beide schätzte Ludwig zwischen Mitte und Ende dreißig. Er war überrascht, dass Dietmar nach dem Hauptgericht den Vorschlag machte, doch an die Bar zu gehen. Ludwig konnte sich an keine Situation erinnern, in der Dietmar den Flirt mit Frauen gesucht hätte. Wahrscheinlich wich er ihm zuliebe an diesem Abend von seinen Prinzipien ab.

»Was können Sie uns empfehlen?«, fragte Dietmar die beiden.

»Wir kämpfen uns gerade durch die verschiedenen Gin-Sorten.« Die Schwarzhaarige kicherte.

»Sind aber erst bei der zweiten angekommen«, fügte die Rothaarige fast entschuldigend hinzu. Sie hatte eine dunkle weiche Stimme und grün-braune Augen, die etwas melancholisch wirkten.

Ludwig fand sie auf Anhieb sympathisch und fragte sie, ob sie öfter in dieses Lokal komme.

»Ich wohne gleich um die Ecke, da bietet es sich an.«

Ludwig erzählte ihr, dass er bei Dietmar zu Besuch war.

Dietmar hatte inzwischen zwei Gin Tonics bestellt und unterhielt sich mit der Dunkelhaarigen. Obwohl Ludwig genau wusste, dass er nur ihm zuliebe an die Bar gegangen war, ließ er es sich nicht anmerken. Er plauderte mit der Schwarzhaarigen. Ludwig hörte, wie er von seinen beiden Enkelkindern schwärmte.

Die Rothaarige war nicht nur eine elegante Erscheinung – sie trug einen langen schwarzen Rock, der an einer Seite hoch geschlitzt war und immer dann, wenn sie ihre Beine übereinanderschlug, einen Blick auf den unteren Teil ihrer schlanken Oberschenkel zuließ. Wie Ludwig bald feststellte, war sie auch eine interessante Gesprächspartnerin. Sie erzählte ihm, dass sie stellvertretende Leiterin des politischen Ressorts einer größeren Tageszeitung war.

»Schreiben Sie dann überhaupt noch selbst, oder müssen Sie nur Themen bestimmen und die Berichte ihrer Mitarbeiter lesen?«

»Manchmal, wenn ein Minister interviewt wird, bin ich noch dabei, und den einen oder anderen Kommentar für die Samstagsausgabe verfasse ich auch noch.« Sie machte eine Pause und seufzte. »Manchmal würde ich gern selbst noch mehr schreiben.«

»Politik und Religion sind zwei Themen, zu denen ich mich ausschließlich im engsten privaten Kreis äußere«, erzählte er der Rothaarigen. Er spürte, wie der Alkohol – mittlerweile war er beim zweiten Gin angekommen – in seinen Kopf stieg.

»Ein weiser Entschluss, aber auch irgendwie feige«, erwiderte seine Gesprächspartnerin.

»Ich weiß, schützt mich aber davor, potenzielle Partner so vor den Kopf zu stoßen, dass sie keine Geschäfte mehr mit mir machen.«

Die Frau gefiel ihm, neben ihren wohlgeformten Beinen hatte sie ein paar Grübchen in den Wangen, die sich, wenn sie lächelte, noch stärker zeigten. In einem anderen Leben, in dem ihm alles noch leichtgefallen war, war es Ludwig gewohnt gewesen, dass Frauen in seiner Gegenwart viel lächelten. Oft hatte er es als aufgesetzt empfunden. Die Frauen lächelten, wenn er ihnen einen Blick im Vorbeigehen zuwarf. Sie lächelten, wenn er beim Restaurantbesuch fragte, ob sie schon ein Gericht ausgewählt hatten. Sie lächelten, wenn er fragte, ob sie Lust auf ein Wiedersehen hatten. Sie lächelten vor und nach dem Sex. Vielleicht hatte ihn das an Lisa so gereizt. Lisa hatte selten gelächelt, dafür oft gelacht. Später hatte sie weder gelächelt noch gelacht und Ludwig sich öfter gefragt, ob das Leben an seiner Seite wirklich so schlimm war, dass ihr das Lachen vergangen war.

Er hob sein Glas und führte es zu dem der Rothaarigen, um mit ihr anzustoßen. »*Chin-chin.*« Da war es wieder, dieses hinreißende Lächeln, mit dem sie den Trinkspruch erwiderte.

»Habe ich Sie überhaupt schon nach Ihrem Namen gefragt?«

»Schneider, Silvia Schneider.«

»Ludwig Lichthagen.« Das »von« ließ Ludwig bewusst weg, nach fast fünfzig Jahren Erfahrung im Umgang mit Frauen wusste er genau, welcher Typ Frau sich davon beeindrucken ließ und welcher nicht. Er war sich sicher, dass Silvia zur letzten Gruppe gehörte.

Um nicht über sein gegenwärtiges Leben sprechen zu müssen, erzählte er Silvia von seiner Freundschaft mit Dietmar, von den gemeinsamen Tagen im Internat. »Vierzehn pubertierende Jungs in einem Schlafsaal, das kann man sich heute gar nicht mehr vorstellen.«

»Warum waren Sie denn im Internat, hatten Ihre Eltern keine Zeit für Sie?«

»Dietmar und ich sind beide auf dem Land aufgewachsen, zum nächsten Gymnasium musste man eine Stunde mit dem Zug fahren. Außerdem war das noch die Zeit, in welcher besser gestellte Familien ihre Kinder aufs Internat schickten.«

»Soso, der Sohn aus höherem Hause …« Silvia zwinkerte ihm zu. Das Gespräch schien zu einem Flirt zu werden. »Hat es Ihnen denn gefallen, ich meine, im Internat?«

»Ich habe es gehasst.« Ludwig hörte selbst, dass seine Stimme einen aggressiven Ton annahm, der so gar nicht zu einem unverbindlichen Flirt in einer Bar passte, und fügte etwas weicher hinzu: »Um sechs Uhr aufstehen und schon vor dem Frühstück zur Morgenandacht in die Hauskapelle. Immer von Menschen umgeben, nie seine Ruhe haben. Da war keinerlei Intimsphäre. Das ist auch der Grund, warum ich heute, wenn ich Dietmar besuche, nicht bei ihm, sondern im Hotelzimmer übernachte. Obwohl er ausreichend Platz hätte.«

»Kann ich gut verstehen.«

Silvia erzählte ihm von ihrer Kindheit und Jugend, von ihren Eltern, die gemeinsam mit ihr und ihrem Bruder nach Spanien gezogen waren, wo der Vater großen Gefallen an einer Spanierin gefunden hatte. Die Mutter, eine Lehrerin, war mit ihren beiden Kindern nach Deutschland zurückgekehrt. »In den Schuldienst konnte sie wieder zurück, verbeamtet wurde sie aber nicht mehr.«

Obwohl zwischen ihm und Silvia mehr als zwanzig Lebensjahre und völlig andere Lebensumstände lagen, dachte Ludwig, dass er sich schon lange nicht mehr so gut mit einem anderen Menschen unterhalten hatte. Sogar, dass er Bildhauerei studiert hatte, erwähnte er. Irgendwann stand Dietmar neben ihm.

»Ludwig, ich würde jetzt nach Hause gehen.«

»Ach, ich bleibe noch, wir unterhalten uns gerade so gut, stimmt's?« Er zwinkerte Silvia zu.

»Schön. Dann bis morgen, du schaust nach dem Frühstück vorbei?«

Ludwig griff wieder zu seinem Glas. Gerade als er mit Silvia anstoßen wollte, musste er heftig husten. Es war ihm peinlich und er versuchte, den Hustenreiz zu unterdrücken, was ihm nicht gelang. Er hatte das Gefühl, keine Luft mehr zu bekommen. »Kann ich Ihnen irgendwie helfen?«, fragte Silvia. Er schüttelte nur den Kopf und schnappte nach Luft.

»Ludwig, was ist los?« Plötzlich stand Dietmar wieder neben ihm. »Das hört sich ja gar nicht gut an. Ich habe dich bis zur Tür husten gehört. Du kommst morgen gleich nach dem Frühstück in meine Praxis.«

»Jetzt mach mal nicht gleich so ein Drama daraus.«

»Nein, Ludwig, du kommst vorbei.«

»Ihr Freund hat recht«, sagte Silvia.

Wegen eines Hustenanfalls im Mittelpunkt zu stehen war Ludwig peinlich: »Wo waren wir gleich noch mal?«, fragte er Silvia, als Dietmar wieder weg war. Doch der Charme des Gesprächs war verschwunden.

»Wenn Sie das öfter haben, sollten Sie wirklich zum Arzt gehen.«

Ludwig ließ sich von dem Barkeeper ein Taxi rufen. Beim Abschied legte er eine Visitenkarte auf den Tresen vor Silvia. »Falls Sie mal Lust auf ein paar Tage auf dem Land haben, rufen Sie einfach an.«

9

Mit Kopfschmerzen wachte Ludwig am nächsten Tag auf. Er hatte schlecht geschlafen, mehrmals war er aufgewacht und hatte dann immer den Hustenanfall im Restaurant vor Augen gehabt. Seit Längerem fiel ihm das Atmen schwer, bei jeder noch so kleinen sportlichen Anstrengung geriet er aus der Puste – und dieser unangenehme Husten. Ludwig hasste das bellende Geräusch, das meistens zu den unpassendsten Gelegenheiten auftrat, wie gestern Abend an der Bar. Mit Erklärungen, wie Zugluft, in der er auf einer Baustelle zu lange gestanden hatte, oder dem Stress mit Lisa, der sein Immunsystem angriff und ihn deshalb anfälliger für Erkältungen machte, hatte er seine eigenen Zweifel beiseitegeschoben, ob der Husten wirklich so harmlos war.

Vor Dritten war es ihm bislang stets gelungen, den Husten und seine Kurzatmigkeit zu verbergen. Bei geschäftlichen Besprechungen suchte er beim ersten Halskratzen die Toilette auf. Im Hotelbett liegend sah er sich noch einmal mit einem hochroten Kopf an der Bar stehen: laut hustend nach Luft schnappend, vor Erschöpfung sich am Tresen abstützend, neben ihm die attraktive Silvia, die ihn besorgt musterte und ihm ihre Hilfe anbot. Die Situation so präsent vor Augen, spürte Ludwig, wie er wütend auf Dietmar wurde. Durch seine Rückkehr an die Bar hatte Dietmar dem Hustenanfall noch mehr Bedeutung verliehen. Am liebsten hätte er seine Aufforderung, zu einer Untersuchung in seine Praxis zu kommen, in den Wind geschlagen und wäre nach Lichtenberg zurückgefahren. Einzig der Gedanke an eine bedrohliche Erkrankung, die bei früher medikamentöser Behandlung vielleicht leicht in den Griff zu kriegen oder völlig zu therapieren wäre, ließ ihn Dietmars Aufforderung folgen.

»Jetzt schauen wir uns die ganze Sache mal an«, sagte Dietmar. Er setzte das Stethoskop an Ludwigs nackten Rücken. »Einfach mal tief einatmen.« Ludwig holte tief Luft.

Nachdem er ihn an verschiedenen Stellen abgehört hatte, sagte Dietmar: »Klingt alles ganz normal. Du kannst dich wieder anziehen. Trotzdem sollten wir eine Aufnahme machen.« Dietmar verließ das Sprechzimmer und kam in Begleitung einer jungen Mitarbeiterin mit einem kurzen braunen Bubikopf wieder. »Das ist Andrea. Sie wird die Aufnahme machen.« Die Sprechstundenhilfe lächelte ihm ermutigend zu. Ludwig war es dennoch mulmig zumute. Er dachte an Emil. Obwohl er Lisas Kinderwunsch nur widerwillig zugestimmt hatte, hatte er sich bei der Geburt von Emil fest vorgenommen, den Jungen so lange wie möglich zu begleiten.

In seiner Vorstellung war das weit über Emils Volljährigkeit hinaus gewesen. Dietmars Reaktion auf den Hustenanfall war ihm vielleicht peinlich gewesen, hatte ihn aber nicht verwundert. Auch er hatte schon seit Längerem das Gefühl, dass irgendetwas nicht stimmte. Andrea positionierte ihn vor dem Röntgengerät – vor Bauch und Beinen eine Bleischürze, die er mit den Händen halten sollte – und verließ dann den Röntgenraum. Ludwig fühlte sich mit seiner Angst allein.

Die Tür zu Dietmars Zimmer, in das Andrea Ludwig geschickt hatte, stand offen und Ludwig sah Dietmar mit ernstem Gesichtsausdruck vor dem Röntgenbild stehen. Er bemerkte Ludwig und schaute ihn ernst an.

»Da ist etwas auf der Lunge, Ludwig.« Mit seinem Finger zeigte er auf einen faustgroßen Schatten auf Ludwigs rechtem Lungenflügel. »Hattest du kürzlich eine Lungenentzündung?«

Ludwig schüttelte seinen Kopf. »Nicht, dass ich wüsste.«

Dietmar nahm einen kleinen Stab und fuhr an den Konturen des Schattens entlang. »Das könnte durch eine Entzündung vernarbtes Lungengewebe sein. Es könnte aber auch …«

Ludwig vollendete Dietmars Satz: »… ein Tumor sein.«

Dietmar nickte. »Genau. Um festzustellen, was es wirklich ist, brauchen wir ein MRT.«

Er ging an seinen Schreibtisch und griff zum Telefonhörer.

»Thomas. Hallo, lange nichts mehr voneinander gehört. Ich habe gerade einen Freund – Ludwig von Lichthagen – bei mir. Auf dem Röntgenbild der Lunge ist ein Schatten zu sehen.« Dietmar machte eine kurze Pause, dann fuhr er fort: »Ich würde ihn dir einfach gern zur Abklärung vorbeischicken.« Dietmar lauschte wieder Thomas' Worten, dann sagte er: »Ach, das ist schön, dass du so schnell einen Termin finden konntest. Am Dienstag um elf Uhr. Sehr gut. Sonst alles in Ordnung bei dir?« Kurze Zeit später legte Dietmar auf und drehte sich auf dem Rollhocker zu Ludwig um. »Du hast es gehört, am Dienstag im Universitätsklinikum. Professor Thomas Sporrer wird dich anschauen.«

Ludwig nickte.

Er war froh, nach dem Besuch bei den Rönschs wieder in seinem Auto zu sitzen und allein seinen Gedanken nachhängen zu können. Beim Mittagessen nach der Untersuchung hatte ihm Dietmar noch einmal gesagt, dass der Schatten nicht zwangsläufig ein Tumor auf der Lunge sein müsse.

»Aber durchaus sein kann.« Ludwig hatte zynisch aufgelacht. Dietmar kannte ihn gut genug, um zu wissen, dass jetzt jedes Wort nur das Falsche sein konnte, und hatte ihm nur einfach die Hand auf die Schulter gelegt. Um Ludwig auf andere Gedanken zu bringen, hatte Sieglinde ihm von einer Praktikantin erzählt, deren Körper über und über mit Tattoos versehen war. Zudem hatte sie sich froh darüber gezeigt, dass ihre Kinder keine Tattoos hätten. Ludwig hatte nur mit halbem Ohr zugehört. Seine Probleme erschienen ihm im Moment wichtiger.

Jetzt auf der Autobahn musste Ludwig an die Unterhaltung zurückdenken. Ob Natascha wohl ein Tattoo hatte? Erwähnt hatte sie es nie, genauso wenig wie Ludwig ihr gegenüber den Schatten auf der Lunge erwähnen würde. Es war sein Schatten, mit dem er auf irgendeine Weise fertig werden würde. Wenn er an das Röntgenbild dachte, spürte Ludwig einen Kloß im Hals. Er schaltete das Radio an, merkte aber schnell, dass er weder für das seichte Popgedudel noch für das geistlose Gelaber des Moderators die Nerven hatte. Er kramte im Handschuhfach nach einer CD mit Mozarts Klarinettenkonzert und atmete auf, als er die ersten Töne hörte.

Ludwig liebte Mozart. In schwierigen Momenten seines Lebens hatte er ihm stets die Leichtigkeit zurückgegeben, nach der er sich sehnte. Doch auch nach dem Ende des ersten Satzes war der Kloß in Ludwigs Brust ebenso wenig weg wie das Gefühl der Schwere und Hoffnungslosigkeit.

10

Als Ludwig nach drei Stunden Fahrt in den Schlosshof einbog, war er erleichtert, endlich wieder zu Hause zu sein.

»Hat Sie Ihre Frau erreicht?« Margots Stimme klang leise, sie schien nicht recht zu wissen, ob sie Ludwig über den Anruf informieren sollte oder nicht.

»Nein.« Ludwig schüttelte den Kopf.

Margot fuhr fort, die Stimme eine Spur lauter. »Ich habe Ihrer Frau natürlich gesagt, dass sie Sie am Handy erreicht. Aber ich wollte Ihnen dennoch Bescheid geben.«

»Danke, Margot. Sie hat mich nicht angerufen.« Es fiel ihm schwer, seine Enttäuschung zu verbergen.

Er fragte sich, was Lisa gewollt haben könnte, dann wandte er sich wieder Margot zu. »Ich werde meine Frau später zurückrufen.«

Mit einem Espresso und den Zeitungen der letzten beiden Tage setzte sich Ludwig ins Wohnzimmer, doch er konnte sich nicht richtig aufs Lesen konzentrieren, fragte sich immer wieder, was Lisa gewollt haben konnte. Schließlich griff er zum Telefonhörer.

»Von Lichthagen.« Ihre Stimme klang viel frischer, als Ludwig sie in Erinnerung hatte.

»Du hast angerufen?«

»Ja, Emil spricht so viel von dir und liegt mir ständig in den Ohren, dass er dich sehen will. Deshalb wollte ich fragen, ob er dieses Wochenende nicht bei dir verbringen könnte.«

Ludwig war überrascht. Nie hätte er damit gerechnet, dass Emil ihn vermissen könnte. Zugleich freute es ihn, dass Lisa einem Treffen zustimmte.

»Ich hole ihn gleich morgen Vormittag ab. Ich schaue, dass ich um zehn da bin.«

Am nächsten Tag stand Ludwig pünktlich zur vereinbarten Zeit vor dem neu gebauten Mehrfamilienhaus. Die Fassade war nicht verputzt, sondern mit großen weißen Platten bedeckt, die dem quadratischen mehrstöckigen Baukörper eine kühle, aber auch elegante Ästhetik verliehen. Das Haus stand in der ersten Reihe eines Wohnparks mit uniform gebauten Häusern, die sich nur in der Wahl der Fassadenfarbe unterschieden. Die einen waren mit weißen, die anderen mit schwarzen Kacheln bestückt. Zwischen den Häusern verliefen Gehwege, von denen linker und rechter Hand schmale Grünstreifen mit Rasen angelegt und ein paar noch recht niedrige Sträucher gepflanzt worden waren. Die Wohnanlage schien erst kürzlich fertiggestellt worden zu sein.

Emil war es gewohnt, in riesigen Räumen zu spielen und nicht nur einen Garten, sondern einen ganzen Park zu haben, in dem er rumtollen konnte, und musste sich jetzt beim Spielen und Toben auf ein paar Grünstreifen und einen asphaltierten Hof beschränken.

Hoffentlich wohnen hier wenigstens ein paar andere

Kinder, mit denen er spielen kann, dachte Ludwig und drückte auf den Klingelknopf.

»Ja«, meldete sich Lisa, im Hintergrund hörte er Emil aufgeregt »Ist das Papa?« rufen.

»Komm doch rauf. Wir sind im vierten Stock.« Überrascht, dass Lisa ihn hereinbat, trat er ein und fuhr mit dem Lift nach oben. Emil stand schon vor der Tür, fasste seine Hand und zog ihn durch einen Gang ins Wohnzimmer.

»Es ist natürlich nicht so schön wie im Schloss, aber trotzdem ganz gemütlich«, sagte der Junge und deutete auf ein cremefarbenes Stoffsofa, auf dem eine türkisfarbene Decke und hellgelbe Kissen lagen.

Er klingt fast wie ein kleiner Erwachsener, der seine neu eingerichtete Wohnung seinen Freunden zeigt, dachte Ludwig und wusste nicht recht, wie er Emils Verhalten einordnen sollte. Einerseits war er amüsiert und stolz auf seinen Jungen, der plötzlich so erwachsen wirkte. Andererseits stimmte es ihn traurig, wie schnell der Junge in seine Rolle vom Kind in die des Mannes an Lisas Seite geschlüpft war.

»Komm, wir gehen in die Küche«, fuhr Emil fort. Lisa stand an einem Bistrotisch, der sich an die eine Seite der Küchenzeile anschloss, und strich Butter auf eine Brezel. Sie lächelte, als Ludwig reinkam und sagte »Hallo«. Sollte er ihr einen Kuss auf die Wange geben oder sie mit einem Handschlag begrüßen? Keines von beidem schien ihm richtig und so hob er nur grinsend die Hand und erwiderte Lisas Gruß. Sie trug einen türkisblauen Pullover mit V-Ausschnitt, der gut zu ihren grau-blauen Augen passte.

»Gut siehst du aus«, sagte Ludwig.

»Danke, ich schmiere Emil eine Brezel für die Fahrt, willst du auch eine?«

Ludwig schüttelte den Kopf. »Nein, danke.«

Sie legte die Brezel in eine Lunchbox und sagte: »Emil,

holst du bitte deine Tasche?« Der Junge verschwand aus der Küche.

»Geht es dir gut?«, fragte Ludwig.

Lisa nickte. »Ich find es schön hier.« Sie zögerte einen Moment, als ob sie überlegen würde, ob sie mit ihren Worten Ludwig verletzen könnte, dann fuhr sie fort. »Außerdem tut es mir gut, endlich wieder Dinge selbst zu tun.« Nach einer kurzen Pause fügte sie lachend hinzu: »Zum Beispiel eine Butterbrezel zu schmieren.« Ludwig nickte und versuchte ein Lächeln. Es schmerzte ihn, zu sehen, wie gut Lisa ohne ihn zurechtkam.

Gerade als er ein lapidares »Schön« in den Raum werfen wollte, fragte Lisa, wie es ihm gehe.

»Nicht so gut«, antwortete er. Er war sich unsicher, ob er von der Untersuchung erzählen sollte, entschloss sich dann, solange nichts feststand, den Schatten auf der Lunge nicht zu erwähnen. Stattdessen sagte er: »Ich muss mich erst an das Alleinsein gewöhnen.«

Lisa ging einen Schritt auf ihn zu und legte ihre Hand auf seinen Oberarm. »Wir haben's beide vermasselt. Aber Emil fühlt sich in seiner Klasse sehr wohl. Er genießt es, dass hier niemand weiß, wo er herkommt. Keiner kennt das Schloss, weiß, wer sein Vater ist und so.«

»Aber für dieses Wochenende habe ich wieder ein Schloss.«

Emil stand wieder vor ihnen, in der linken Hand eine Reisetasche, in der rechten eine Sporttasche, die er in der Mitte der Küche auf den Boden stellte.

»Hast du den Nils?«, fragte Lisa. Nils war Emils liebstes Kuscheltier, ohne das er nicht einschlafen konnte.

»Klar. Ohne Nils kein Emil.«

Ludwig war erleichtert, dass sich Emil jetzt wieder wie ein

Neunjähriger anhörte und nicht mehr so altklug wie vorher, als er ihn durch die Wohnung geführt hatte.

Ludwig bückte sich und griff nach Emils Taschen. »Auf geht's, Emil!«

DIE GANZE FAHRT plapperte Emil eifrig und Ludwig war erstaunt, dass ihm das ständige Gerede nicht mehr wie früher nervte, sondern ihm plötzlich gefiel. Emil erzählte von seinem neuen Freund, einem Klassenkameraden namens Jonas, bei dem er bereits zweimal übernachtet hatte. Auch das war neu. In der früheren Klasse war Emil einmal zu einer Übernachtungsparty eingeladen gewesen. Kurz vor Mitternacht hatte die Mutter des befreundeten Jungen angerufen und gebeten, Emil abzuholen, weil er unbedingt nach Hause wollte.

»Hol ihn nicht ab, er muss lernen, seinen Frust auszuhalten«, riet er Lisa damals, mit der er nach einem Kinoabend noch ein Glas Wein auf dem Sofa getrunken hatte.

»Das kann ich nicht. Ich weiß ja gar nicht, warum er nach Hause will«, hatte Lisa entgegnet, war aufgesprungen, hatte sich eine Jacke übergeworfen und war zum Haus der Eltern des Jungen gefahren.

»Hier hat sich gar nichts verändert«, rief Emil, als sie nach dreistündiger Fahrt im Schlosshof ankamen. Kaum hatte Ludwig aufgesperrt, kam Margot in die Garderobe und schloss Emil in die Arme. Sie schien gerührt zu sein, den Jungen endlich wiederzusehen. Nachdem Ludwig und sein Sohn die Taschen auf Emils Zimmer gebracht hatten und der Junge jede Ecke des Schlosses nach Bekanntem und Neuem inspiziert hatte, lief er in den Park. Kurz darauf stand er mit einem Ball vor der Terrassentür und forderte Ludwig auf, mit ihm Fußball zu spielen.

»Damit du siehst, wie gut ich geworden bin, der neue Trainer in Starnberg ist viel besser als der alte.«

Ludwig dachte, wie viel Ungezwungenheit und Leichtigkeit Emil ins Schloss brachte. Die ständige Beanspruchung seiner Aufmerksamkeit, die der Junge von ihm einforderte, empfand er nicht mehr als lästig. Vielmehr war sie eine willkommene Ablenkung, um nicht ständig an die bevorstehende Untersuchung zu denken. Als Ludwig in der Nacht aufwachte und spürte, wie Emils Kopf seine Schulter berührte, wurde ihm klar, wie sehr er die Nähe des Jungen vermisst hatte. Egal was der Schatten auf seiner Lunge auch sein würde, er würde dagegen ankämpfen.

Ludwig hatte eingewilligt, nach dem Frühstück im Park Fußball zu spielen. Den Rest des Vormittags hatten sie in Ludwigs Atelier verbracht und über ihre Blätter gebeugt für zwei Stunden fast wortlos nebeneinandergesessen. Emil malte mit Wachsmalkreiden Bilder von großen Baggern und Schiffen. Als Ludwig erkannte, dass Emil gut ohne seine Hilfe auskam, hatte er selbst eine Bleistiftzeichnung begonnen. Bis zum sonntäglichen Mittagessen war die Zeit wie im Flug vergangen.

»Ich habe Margot gesagt, sie soll Reisauflauf machen«, sagte Ludwig zu Emil.

»Klasse.« Emil legte die Kreide zur Seite.

Als Emil vom Reisauflauf eine zweite Portion gegessen hatte, strahlte Margot über das ganze Gesicht. *Sie sieht um Jahre jünger aus*, dachte Ludwig. Zum ersten Mal wurde ihm bewusst, dass der Auszug von Lisa und Emil nicht allein für ihn ein schwerer Schlag war, auch Margot schien beide zu vermissen.

»Kommst du mit in den Park Fußball spielen?«, fragte Emil nach dem Mittagessen und zog an Ludwigs Hand.

»Emil, ich brauche jetzt etwas Ruhe.«

»Die hast du doch eh die ganze Zeit gehabt. Komm schon.«

»Geh schon in den Park, Emil, ich leg mich kurz hin. In einer halben Stunde bin ich bei dir.«

»Na gut, aber du kommst auch wirklich in einer halben Stunde und nicht erst in zwei Stunden. Versprochen?«

Ludwig schaute auf die Uhr. Es war zwanzig vor eins. »Versprochen!«

Ludwig hatte nicht damit gerechnet, einzuschlafen, als er sich auf die Wohnzimmercouch gelegt hatte. Er schreckte auf und sah auf die Uhr, es war bereits halb zwei. Er sprang auf, schlüpfte in der Garderobe schnell in ein paar Turnschuhe, zog die dunkelblaue Fleecejacke an und ging zum Fußballtor hinter dem Schloss. Doch Emil war nirgends zu sehen. War da nicht ein Kichern? Ludwig blieb stehen, doch er hörte nur einen Vogel zwitschern.

»Emil!« Er holte noch einmal tief Luft, um etwas lauter zu rufen. »Emil!« Beim Einatmen spürte er einen Schmerz in seiner Lunge. »Komm heraus aus deinem Versteck.« Doch Emil machte sich weder durch ein Kichern noch durch ein Rascheln bemerkbar.

Ludwig schaute hinter jeden Baum, denn schon öfter hatte sich Emil dahinter versteckt und belustigt beobachtet, wie Ludwig immer ungeduldiger bei der Suche geworden war. »Emil, jetzt komm endlich, das ist kein Spaß mehr.«

Ludwig blieb stehen. Ihm fiel der gestrige Nachmittag ein und das stille Vergnügen, das Emil beim Zeichnen gehabt hatte. Um zum Atelier zu kommen, ging Ludwig vom Rasen auf den mit großen Granitsteinen gepflasterten Weg zurück. In der Mitte des Schlossparks zweigte sich der Weg. Nach rechts ging es zum Rosengarten, Ludwig bog nach links in Richtung Atelier ab. Nachdem er mit achtundzwanzig Jahren wieder nach Lichtenberg zurückgekehrt war, hatte er die frühere

Werkstatt zu einem Atelier umgebaut. Ludwig öffnete die Eichentür.

»Bist du da, Emil?«, fragte er in die Stille des Raums hinein. Er blickte auf den großen Tisch in der Mitte des Raumes. Die Blätter waren noch genauso angeordnet, wie sie sie am Vortag zusammengelegt hatten, bevor sie wieder ins Schloss gegangen waren. Die Dose mit den Stiften stand auf der Mitte des Tisches. Nichts deutete darauf hin, dass Emil hier gewesen war. Er bückte sich, um unter den Tisch blicken zu können. Ludwig ging am Tisch vorbei zur Toilette. Doch auch dort war Emil nicht. Ludwig blickte auf die Uhr. Es war bereits drei Uhr. In zwei Stunden würde Lisa aufkreuzen, um Emil abzuholen. Er schloss die Tür vom Atelier und lief zurück zum Hauptweg, immer wieder macht er halt und rief.

»Emil, jetzt reicht's. Ich mache mir Sorgen.« Außer Atem kam er am Hauptweg an, den er wieder überquerte, um am Rosengarten vorbei zum Schlossteich zu laufen. Bis zu seinem ersten Jahr in der Grundschule hatte Emil Gefallen an den Goldfischen gefunden, die im Teich unter den Seerosen schwammen.

Mehrere Male am Tag hatte Lisa damals mit ihm zum Teich gehen müssen, wo sie auf der Bank saßen und die Fische beobachteten. Im Frühjahr war er von den Kaulquappen fasziniert. Lisa war meistens erleichtert, wenn sich Margot anbot, mit Emil hinzugehen, um die Tiere zu beobachten. Sie hatte die Zeit an Emils Seite auf der Bank genutzt, um ein Buch zu lesen. Nachdem Emil mit sechs Jahren Schwimmen gelernt hatte, ließ Lisa ihn auch allein hin. Doch mit der Zeit hatte sein Interesse an dem Teich und seinen Tieren abgenommen. Aus diesem Grund fand Ludwig es einerseits fast sinnlos, dort nach Emil zu suchen, andererseits wollte er keine Stelle des Schlossparks auslassen, denn wer wusste schon, wohin es Emil hingetrieben hatte?

Obwohl er sich nicht vorstellen konnte, dass Emil heimlich einen Schlüssel vom Schlüsselbrett genommen hatte, um ins Büro zu kommen, lief er auch noch dorthin. Wie Ludwig erwartet hatte, war der Bürotrakt verschlossen. Er schaute in die Fenster, doch nichts deutete darauf hin, dass Emil in den Räumen gewesen war. Der ganze Schlosspark war von einer Mauer umgeben. An mehreren Stellen war die Mauer, die den Lichthagenschen Besitz von seiner Umgebung abtrennte, von Eisentüren unterbrochen.

Ob er vielleicht auch außerhalb des Parks nach Emil suchen sollte? Ludwig entschied sich, erst einmal ins Schloss zurückzugehen. Vielleicht saß der Junge längst wieder bei Margot in der Küche. Auch während des Rückwegs schaute er hinter jeden einzelnen Baum, aber nirgends war eine Spur von Emil. Nach Luft schnappend kam er im Schloss an und stürmte in die Küche.

»Margot, haben Sie Emil gesehen?«

»Ist er nicht mit Ihnen im Park gewesen?«, fragte sie erstaunt.

Ludwig schüttelte den Kopf.

»Sie sind ja ganz außer Atem, Herr Graf.«

Ludwig holte Luft. »Ich kann ihn nirgends finden«, keuchte er.

»Ich habe schon den ganzen Schlosspark abgesucht. Glauben Sie, dass er zu einem Freund ist?«

Margot schüttelte den Kopf. »Kann ich mir eigentlich nicht vorstellen.«

»Mit welchem Jungen war Emil bis zum Schluss in Kontakt?«

Margot überlegte. »Da fällt mir höchstens der Junge ein, der ein paarmal zum Spielen da war. Lukas, wie hieß er noch mal mit Nachnamen? Rebers, glaub ich. Soll ich mal im Telefonbuch nachschauen?«

»Danke, Margot. Ich schau im Adressbuch nach, wo meine Frau normalerweise alle Nummern notiert hat.« Er ging zu der Anrichte im Esszimmer und schlug das Adressbuch bei R auf. Weil er darunter nichts fand, blätterte er zum Buchstaben L. »Lukas«, hatte Lisa in Druckbuchstaben und dahinter in Klammern »Emils Freund« in Schreibschrift notiert. Ludwig wählte die Nummer, nach dreimaligem Läuten meldete sich ein Mann mit »Rebers«.

»Von Lichthagen am Apparat. Ihr Sohn Lukas ging bis vor Kurzem in eine Klasse mit meinem Sohn Emil.« Ludwigs Stimme überschlug sich fast vor Aufregung.

»Und?« Herr Rebers klang genervt. Ludwig bemühte sich, weniger abgehetzt, sondern ruhiger aufzutreten.

»Ist Emil vielleicht bei Ihnen?«

»Nicht, dass ich wüsste. Aber ich bin selbst gerade erst heimgekommen. Ich frage mal meine Frau. «Ludwig hörte, wie er rief: »Annemarie, ein gewisser Lichthagen ist am Apparat und will wissen, ob Emil bei uns ist.«

»Wie kommt der denn auf so etwas?«, hörte Ludwig die Frau antworten.

Herr Rebers wandte sich wieder Ludwig zu. »Sie haben's wahrscheinlich schon gehört: Bei uns ist kein Emil.«

Ludwig legte auf und sah Margot an, die vorschlug: »Wir suchen einfach den Park von vorne bis hinten noch einmal ab. Ich kann mir nicht vorstellen, dass Emil, ohne ein Wort zu sagen, den Park verlassen hätte.«

Sie ging in ihr Zimmer und kam mit einer Strickjacke und festen Schuhen an den Füßen zurück. Wie Ludwig vorher allein, durchquerten sie gemeinsam den Park, schauten hinter jedem Baum, doch nirgends war irgendeine Spur von Emil zu sehen. Ludwig nahm ein Taschentuch aus seiner Jacke und wischte sich die Schweißperlen von der Stirn.

»Sie sind schon ganz bleich, Herr Graf. Bitte beruhigen Sie sich, wir finden Emil.«

Ludwig schaute auf die Uhr. Es war mittlerweile halb vier Uhr.

»In anderthalb Stunden kommt meine Frau, um Emil abzuholen. Bis dahin muss ich ihn gefunden haben. Sonst weiß ich nicht, was ich ihr sagen soll.«

»Auf dem Schlossgelände ist er offensichtlich nicht. Wir sollten im Dorf suchen, Sie übernehmen den oberen Teil vom Schloss bis zur Schule, ich den unteren bis zum Industriegebiet. In einer Stunde treffen wir uns wieder hier.«

Ludwig nickte, dankbar, dass Margot einen kühlen Kopf behielt.

Von der Einfahrt zum Schloss bog er in die Dorfstraße ab, nahm die Straße, die entlang des kleinen Baches in Richtung Kirche führte. Es war Sonntag, die Kirche würde geöffnet sein. Ludwig drückte den schweren Eisengriff hinunter und trat ein. Als er im Mittelgang der Kirche zwischen den Gebetsstuhlreihen stand, spürte er, wie die Kühle des Raums sein erhitztes Gemüt beruhigte. Er setzte sich auf eine Bank. Dass Emil das Schlossgelände ohne Erlaubnis verlassen hatte und in der Stadt herumirrte, passte nicht zu ihm. Denn eigentlich war er ein ängstliches Kind, das ermutigt werden musste, sich mit Unbekanntem vertraut zu machen.

Ludwig erinnerte sich an einen Streit mit Lisa, die, nachdem Emil zum ersten Mal zu einen Kindergeburtstag eingeladen war, erzählt hatte, dass sie den ganzen Tag am Küchentisch sitzend in der elterlichen Wohnung des Kindergartenkameraden verbracht hatte.

»Er merkt, dass er das mit dir machen kann. Du hättest nach einer Zeit einfach gehen sollen«, hatte Ludwig gesagt.

»Das habe ich ja versucht, aber immer, wenn ich mich von Emil verabschiedet habe, fing er zu weinen an.«

»Ich hätte mich einfach irgendwann davongeschlichen, wäre ihm wahrscheinlich gar nicht aufgefallen.«

Auf Lisas Gesicht hatte der Ausdruck von Unverständnis gelegen: »Verstehst du nicht, dass ich dann Emils Vertrauen verloren hätte?«

Lisa hatte irgendwann entnervt das Gespräch beendet. Als es ihm jetzt in der Kirche sitzend wieder einfiel, kam es Ludwig wie eine Zäsur vor. Von da an hatte Lisa immer weniger über Emil erzählt. Ludwig wusste nicht, ob Emil viele oder wenige Freunde im Kindergarten hatte, ob er sich gut in die Gruppe einfügte oder ständig mit anderen Kindern im Clinch lag. Vor Ludwig war Lisa bemüht, alles als unkompliziert und leicht erscheinen zu lassen, oder erst gar nicht darüber zu sprechen.

Die Ellbogen auf die Lehne des vorderen Gebetsstuhls gestützt, gingen Ludwigs Gedanken noch einmal zum vorderen Schlosspark beim Bürotrakt. Er hatte den alten Brunnen vergessen. Eine schmale Leiter aus Eisen führte zum Brunnen hinab, der – bevor das Schloss an die zentrale Wasserversorgung angeschlossen worden war – jedes Gebäude mit Wasser versorgt hatte.

Als Emil vor einem halben Jahr das Thema Wasser in der Grundschule durchgenommen hatte und alles über die kommunale und private Wasserversorgung wissen wollte, war er mit Emil die Eisenleiter hinuntergestiegen, um ihm den Brunnen zu zeigen. Ludwig erinnerte sich an die Worte, mit denen er Emil gewarnt hatte, als sie nach einer Weile wieder aus dem Schacht geklettert waren und Ludwig das Brett wieder auf das Einstiegsloch gelegt hatte: »Allein darfst du da nie hinuntersteigen, das musst du mir versprechen, Emil.«

Ludwig stürzte aus der Kirche und lief im Laufschritt zum Schlosspark zurück. Warum war ihm der alte Brunnenschacht nicht eher in den Sinn gekommen?

Schon von Weitem sah Ludwig, dass das Holzbrett nicht mehr auf, sondern neben dem Brunnenschacht lag. Völlig außer Atem kniete sich Ludwig neben den Schacht und steckte seinen Kopf über das große Loch. »Emil!«

Er hörte ein Schluchzen: »Papa!« Emils Stimme klang schwach. »Ich komme nicht mehr hoch, ich bin gestürzt, mein Bein tut mir weh.«

»Warte, ich komme.«

Vorsichtig stieg Ludwig die Eisenleiter hinunter. Emil kauerte auf dem Boden des Schachts, seinen Körper an der Wand des Brunnens gelehnt, ein Bein hatte er ausgestreckt, das andere angezogen.

»Emil, Gott sei Dank, ich habe dich gefunden.« Die Wut über das unvernünftige Verhalten des Jungen war einer Erleichterung gewichen. »Was machst du für Sachen?« Er strich Emil durch das Haar. »Weißt du nicht mehr, dass ich dir gesagt habe, dass du allein nicht hinuntersteigen darfst?«

Emil schluchzte wieder auf. »Ich wollte dich überraschen, ich habe mir gedacht, dass du mich suchen wirst, und wäre dann aus dem Schacht geklettert. Es hätte eine Überraschung sein sollen.«

»Ach, Emil.« Ludwig seufzte und schüttelte den Kopf.

»Ich dachte, ich zeige dir mal, wie selbstständig ich schon bin, ich muss doch jetzt auch auf Mama aufpassen«, fuhr Emil fort.

»Kannst du aufstehen?« Um in dem engen Schacht Platz zu machen, kletterte Ludwig ein paar Stufen die Eisenleiter hinauf.

Emil kniete sich hin und versuchte, sich am Brunnenrand hochzuziehen. Er schüttelte den Kopf. »Mir tut das Auftreten zu weh«, jammerte er und setzte sich wieder hin.

»Dann kannst du wahrscheinlich auch nicht alleine die Leiter hochsteigen?«, fragte Ludwig.

Emil schüttelte den Kopf. »Ich glaub nicht.«

Ludwig hakte Emil unter. »Ich helfe dir, zu zweit schaffen wir das.«

Er stützte Emil von hinten. Als Emil mit dem verletzten Fuß auf die Sprosse stieg, schrie er vor Schmerz auf. »Es geht einfach nicht, Papa.«

Ludwig fiel der Kommandant der Lichtenberger Feuerwehr ein, der vor einiger Zeit im Schloss eine Übung abgehalten hatte. Er würde schnell Hilfe leisten, ohne allzu viel Aufhebens darüber zu machen. Ludwig wollte vermeiden, dass die Sache zum Tagesthema im ganzen Dorf wurde. Er kannte die Lichtenberger, die Verfehlungen und Unfälle gern ausschlachteten, und das umso lieber, wenn sie sich im Schloss ereignet hatten.

»Ich hole Hilfe«, sagte Ludwig, kramte in der Tasche nach seinem Handy und wählte eine Nummer. Die Verbindung kam nicht zustande. »Hier habe ich keinen Empfang, ich steig kurz nach oben, du wartest hier.«

Oben angekommen, drückte Ludwig erneut auf die Tastatur seines Handys.

»Lebmann.«

Ludwig war erleichtert, als er die Stimme des Feuerwehrmanns am anderen Ende der Leitung hörte. »Von Lichthagen am Apparat. Mein Sohn sitzt im Schacht des alten Brunnens und hat sich den Fuß verstaucht oder gar gebrochen. Kurzum, er kommt nicht mehr hoch.«

»Ist er ansprechbar?«

»Natürlich. Er kann nur nicht hochsteigen. Kann ihn die Feuerwehr nicht anseilen und hochziehen?«

»In zehn Minuten bin ich mit zwei weiteren Kameraden bei Ihnen im Schloss. Der Schacht liegt hinter dem Schloss, stimmt's?« »Richtig, ich bleibe so lange bei meinem Jungen.«

Ludwig beugte sich wieder über den Schaft und rief: »Emil, in zehn Minuten kommt Hilfe.«

Ludwig schaute immer wieder auf die Uhr. Als zehn Minuten vorbei waren, zog er in Erwägung, noch einmal Lebmann anzurufen, doch da sah er ihn mit drei weiteren Feuerwehrmännern hinter dem Schloss hervorkommen und auf ihn zusteuern. Neben den Männern in Montur lief Lisa.

»Wo ist Emil?«, fragte Lisa in schrillem Ton, als sie mit den Feuerwehrmännern bei ihm angekommen war.

»Es ist alles in Ordnung, Lisa«, sagte Ludwig. »Emil ist in den Brunnenschacht geklettert und hat sich dort unten den Fuß verstaucht. Ich habe die Feuerwehr angerufen.« Er deutete auf Lebmann. »Er holt Emil gleich nach oben.«

»Und das nennst du in Ordnung?« Sie schrie jetzt fast. »Einmal in deinem ganzen Leben sollst du dich zwei Tage allein um Emil kümmern, und wenn ich ihn abholen will, liegt er in einem Brunnenschacht. Das hätte ich mir denken können, dass du nicht richtig auf ihn aufpasst.« Sie schnappte nach Luft. »Das ist typisch, auf dich ist nie Verlass.«

»Lisa, lass es dir doch mal erklären.«

»Es geht jetzt erst einmal um den Jungen«, sagte Lebmann bestimmt. »Die Schuldfrage können Sie später noch klären.« Er beugte sich über den Schaft und fragte Emil: »Hast du große Schmerzen?«

„Schon“, wimmerte der Junge.

Als Emil nach einer halben Stunde mit einem Seil aus dem Schacht gezogen, mit einer Rettungsdecke auf den Schultern, neben dem Brunnen stand, schlang Lisa ihre Arme um ihn.

»Das Bein des Jungen muss geröntgt werden. Sollen wir einen Krankenwagen holen?«, fragte Lebmann.

»Ich fahre ihn ins Krankenhaus«, sagte Ludwig.

»Du fährst mit Emil nirgendwo mehr hin.« Lisa legte den Arm um Emil und brachte ihn zu ihrem Auto. Emil konnte nur noch ein »Bis bald, Papa«, murmeln. Ludwig sah ihn durch das Beifahrerfenster winken.

11

Ziemlich einsam kam sich Ludwig vor, als er zwei Tage später den endlos erscheinenden Gang im Keller der Universitätsklinik entlanglief und die Station D4 suchte. Buchstaben und Nummer standen auf einem Zettel, den ihm Dietmar am Freitag gegeben hatte.

»Einfach am Kiosk vorbei, den langen Gang nach hinten«, hatte ihn der Pförtner am Eingang angewiesen, auf einen so langen Weg hatte er ihn jedoch nicht vorbereitet. Ludwig war zu schnell losgestartet und schon bald außer Atem gekommen und hatte schließlich bei D2 eine Pause einlegen müssen, sich mit dem Rücken an den hölzernen Handlauf gelehnt und gewartet, bis sich sein Atem etwas beruhigt hatte, dann war er weitergegangen.

Die Anmeldung zur Station D4 Röntgen/MRT bestand aus einer Art Glaskasten, in dem zwei Frauen saßen und das Fenster nur dann öffneten, wenn ein Patient davorstand. Um sich überhaupt anmelden zu können, musste Ludwig eine Nummer ziehen. Er zog die Nummer 58. Das über der Anmeldung angebrachte Display zeigte 54. Ludwig ging in den

Wartebereich und setzte sich auf einen der weißen Plastikstühle und wartete bis seine Nummer im Display erschien.

Als er an der Reihe war, reichte ihm eine Frau mit grauem Pagenkopf und desinteressiertem Blick schließlich ein Klemmbrett mit einem Fragebogen zu seinen Patientendaten, den er ausfüllte und wieder zurückgab, um zu erfahren, dass er noch einmal warten müsste, bis er in die Röhre kam.

Er war erst einmal in so einer Röhre gewesen und hatte die Dunkelheit und Enge und die lauten Geräusche als unangenehm empfunden.

Mit einem mulmigen Gefühl im Bauch und trotzdem erleichtert, endlich dranzukommen, stand er auf, als eine blonde Krankenschwester in ungefähr seinem Alter ihn aufrief, kurz begrüßte und ihn aufforderte, sich auszuziehen.

In der vergangenen Nacht hatte er nicht gut geschlafen, weil er immer wieder wach geworden war. Seine Gedanken wechselten von Emils Sturz in den Brunnenschacht zur bevorstehenden Untersuchung. Er hatte sich vorgenommen, in der Röhre nur an schöne Dinge zu denken, was ihm angesichts der Trennung von Lisa und der anstehenden Untersuchung nicht leichtfiel. Die Hochzeitsreise mit Nadja nach Italien war ihm eingefallen, die Premiere von Nataschas erstem Theaterstück, das erste Rendezvous mit Lisa, der Vormittag am vergangenen Wochenende, als er und Emil gemeinsam gezeichnet hatten. Doch als alle Begebenheiten vor seinem inneren Auge abliefen, wurde ihm bewusst, dass keiner der Menschen, an die er jetzt dachte, ständig um ihn herum war. Nadja, Natascha, Lisa und Emil würden immer Bestandteil seines Lebens bleiben, aber ihren Alltag, zu dem auch diese Untersuchung gehörte, teilten sie nicht mit ihm. Öfter als Lisa, Emil und Natascha sah er Margot und Sabine Maiwald, die das Büro der von Lichthagen Immobilien schmiss, und beide musste er für ihre Gesellschaft bezahlen.

Wie sehr hätte er sich gewünscht, dass Lisa auf einem der Stühle säße und ihm aufmunternd zulächelte, wenn er jetzt aus der Kabine trat. Doch als er wieder angezogen die Tür drückte, die zum Klinikflur hinausführte, und die Kabine verließ, wartete niemand auf ihn. Er ging zum Sprechzimmer, wohin ihn die Krankenschwester verwiesen hatte, und wurde erst einmal wieder in einen Wartebereich geschickt.

Als nach einer halben Stunde endlich die Tür aufging und ein Arzt ihn ins Sprechzimmer bat, war Ludwigs mulmiges Gefühl im Bauch fast schon einer Erleichterung gewichen, endlich an der Reihe zu sein.

»Ich bin Professor Thomas Sporrer«, sagte der Arzt und deutete auf den Stuhl vor seinem Schreibtisch. »Dietmar Rönsch hat mir bereits Ihren Fall geschildert.«

Ludwig hatte sich Dietmars Freund völlig anders vorgestellt. Er war hager, trug eine Brille und ein kleines, spitzes Bärtchen am Kinn und wirkte ziemlich emotionslos. Ludwig hatte gehofft, die Tatsache, dass sie beide Dietmar kannten, würde für eine entspannte und herzliche Gesprächsatmosphäre sorgen. Doch das Gegenteil war der Fall.

»Kleinzelliges Lungenkarzinom, viertes Stadium«, sagte Sporrer und deutete auf das MRT. Er sprach so emotionslos, als ob er an einer Wursttheke stünde und Aufschnitt bestellte, und Ludwig fragte sich, ob diese Kälte einfach daher rührte, weil er bestimmt mehrmals wöchentlich Patienten solche Diagnosen mitteilen musste.

»Leider hat der Ausgangstumor gestreut. Sie haben bereits Metastasen in der Leber und der Nebenniere.« Ludwig merkte, wie ihm schummrig wurde, mit seinen Händen umklammerte er die Armlehnen.

»Kann der Tumor denn nicht durch eine Operation entfernt werden?«

»Nicht mehr in diesem Stadium. In den meisten Fällen

wird ein kleinzelliges Lungenkarzinom erst sehr spät entdeckt, nachdem es schon gestreut hat.«

»Wollen Sie mir sagen, dass die Sache aussichtslos ist?«

»Vielleicht nicht völlig, aber ziemlich.«

Professor Sporrer schaute ihn mit seinen blauen Augen eindringlich an. Die Deutlichkeit seiner Worte machte Ludwig wütend. Er wäre Sporrer am liebsten ins Gesicht gesprungen und hätte geschrien: »Du urteilst hier über mein Leben!« Er hielt sich aber zurück.

Der Arzt schien Ludwigs Unbehagen zu merken und sagte: »Zum einen gibt es eine Statistik, zum anderen immer wieder Fälle, die nicht in diese Statistik passen, sich ihr quasi entziehen. Um mehr über die spezifische Art des Tumors zu erfahren, brauchen wir eine Histologie, dann werden wir so schnell wie möglich mit der Therapie beginnen. Wir lassen nichts unversucht, um den Tumor die Stirn zu bieten.« Seine Stimme hatte jetzt einen fast aufmunternden Charakter angenommen. »Wir arbeiten eng mit Kollegen aus der Universitätsklinik Heidelberg zusammen, die führend in ganz Deutschland sind und zusätzlich zur Chemotherapie mit einer speziellen Immuntherapie arbeiten. Derzeit läuft eine Studie. Ich werde mit einem Kollegen sprechen, ob er Sie in der Studie unterbringen kann. Dann gebe ich Ihnen Bescheid.« Er stand auf und öffnete die Tür. »Ich rufe Sie in den nächsten Tagen an.«

Nicht völlig aussichtslos, aber ziemlich.

Den ganzen Nachhauseweg über gingen ihm Sporrers Worte nicht mehr aus dem Kopf. Jetzt, im Auto sitzend, ärgerte sich Ludwig, nicht genauer nachgefragt zu haben. Was machte den Tumor so aussichtslos? Seine Größe? Oder weil er schon gestreut hatte?

Sein Vater war vor mehr als zwanzig Jahren an Prostatakrebs gestorben, von der Diagnose bis zu seinem Tod waren mehrere Jahre vergangen und seitdem hatte Ludwig immer wieder von verbesserten Behandlungsmöglichkeiten gehört und gelesen. Schmidt, ein Bauunternehmer, mit dem er vor drei Jahren ein Kongresszentrum realisiert hatte, lebte schon seit ein paar Jahren mit der Diagnose Krebs und sah dabei besser aus als viele Jahre davor.

Um Margots prüfendem Blick aus dem Weg zu gehen, fuhr er gleich ins Büro.

»Ich habe Ihnen ein paar Briefe und einen Vertrag auf den Schreibtisch gelegt«, sagte Sabine Maiwald.

»Sie waren beim Friseur, stimmt's? Steht Ihnen gut«, bemerkte Ludwig.

Vor fünfzehn Jahren hatte Ludwig Maiwald eingestellt. Sie hatte bereits in der Immobilienbranche gearbeitet, ihre beiden Kinder waren aus dem Gröbsten raus gewesen. Bereits beim Bewerbungsgespräch hatte sie diskret gewirkt und diesen Eindruck in den vergangenen fünfzehn Jahren in jeder Situation bestätigt. Außerdem war sie sehr hübsch – große blaue Augen und lange Haare, die im Laufe der Zeit immer kürzer geworden waren. Ludwig sah ihr an, dass ihr das Älterwerden nicht leichtfiel, und versuchte, sie deshalb mit Komplimenten aufzuheitern.

Sabine Maiwald schaute etwas irritiert, als Ludwig die Tür zu seinem Büro schloss. Normalerweise war sie den ganzen Tag geöffnet, außer wenn Geschäftspartner oder Kunden da waren. Immer wieder las er an seinem Schreibtisch sitzend den Vertrag, den er Lohse demnächst zum Unterzeichnen schicken wollte. Lohse war der Geschäftsführer eines Bauunternehmens, das er mit dem Bau einer Wohnanlage beauftragen wollte. Ein nervtötender Vielschwätzer, trotzdem zuverlässig und in der Lage, schnell ein Vorhaben durchzuziehen, weshalb Ludwig bereits einige Projekte mit ihm gemacht hatte.

Doch Ludwig konnte sich nicht richtig auf den Vertrag konzentrieren, musste immer wieder an das Röntgenbild mit dem großen Schatten auf der Lunge denken und an das Gespräch mit Sporrer. Vielleicht sollte er Lisa anrufen und sie auffordern, mit Sporrer Kontakt aufzunehmen. Sie war vom Fach, könnte mit dem Arzt ganz anders sprechen als er, als medizinischer Laie. Er verwarf den Gedanken. Lisa hatte ihn verlassen, er wollte nicht, dass sie das Gefühl bekam, sich aus Mitleid um ihn kümmern zu müssen. Er nahm sich vor, am Abend im Internet über Lungenkrebs zu recherchieren und sich die Fragen aufzuschreiben, die er Sporrer beim nächsten Gespräch stellen würde.

Ludwig war erleichtert, als das Telefon klingelte und Frau Maiwald fragte, ob sie Hirthammer durchstellen könne.

»Ist jetzt auch schon egal«, murmelte Ludwig, froh, von seinen Grübeleien abgelenkt zu werden.

Hirthammer kam gleich zur Sache: »Herr von Lichthagen, ich muss jetzt endlich wissen, was ich mit der Sichtbetonwand machen soll. Rausreißen, verspachteln?«

»Ich war in letzter Zeit mit so vielen anderen Dingen beschäftigt, hat das nicht noch Zeit?«

»Wir müssen weiterkommen, in ein paar Wochen brauche ich meine Männer auf einer anderen Baustelle.«

»Dann verspachteln Sie die Risse erst einmal. Ich überlege mir dann was.«

»Gut.«

Um auf andere Gedanken zu kommen, hätte Ludwig mit Hirthammer gern noch ein wenig geplaudert, aber der hatte schon aufgelegt. Weil er sich nicht auf den Vertrag konzentrieren konnte, entschloss sich Ludwig, eine Runde im Schlosspark spazieren zu gehen.

AM ABEND RIEF DIETMAR AN.

»Ich habe mit Thomas schon telefoniert.« Er sprach leise.

»Es tut mir leid, Ludwig.« Er machte eine Pause. Als von Ludwig nichts kam, setzte Dietmar erneut an: »Es gibt jetzt vielversprechende neue Behandlungsmethoden, die auch bei bereits metastierenden Tumoren helfen.«

»Ich weiß.«

»Du darfst jetzt nicht aufgeben. Und ganz wichtig ist es, dass du Unterstützung hast.« Dietmar machte wieder eine Pause, um durchzuatmen, dann fuhr er fort. »Hast du Lisa schon die Diagnose mitgeteilt?«

Ludwig schwieg wieder.

»Also nicht. Ludwig, du musst ihr das sagen«, insistierte Dietmar.

»Wir sind getrennt, ich will nicht, dass sie aus Mitleid zu mir zurückkommt.«

»Ludwig, du kannst das nicht nur mit dir selbst ausmachen. Du brauchst Unterstützung.« Seine Stimme wurde immer lauter. »Und was ist mit Natascha? Hast du sie zumindest angerufen?«

Ludwig fühlte sich bedrängt und hätte am liebsten aufgelegt, wollte Dietmar aber nicht vor den Kopf stoßen. Deshalb sagte er leise: »Dietmar, es ist gut.«

»Gar nichts ist gut, Ludwig. Du musst deinen nächsten Angehörigen Bescheid geben. Kein Mensch sollte diese Krankheit allein durchstehen.«

12

Ein paar Tage später meldete sich Professor Sporrer. Am Telefon wirkte er verbindlicher, fragte nach Ludwigs Befinden. Vielleicht fand Ludwig ihn auch deshalb sympathischer, weil Sporrer nicht unmittelbar vor ihm stand. Der Spitzbart, der die durch ihre Größe das Gesicht sowieso schon dominierende spitze Nase noch betonte und der alles zu durchdringen scheinende Blick waren Ludwig unangenehm in Erinnerung geblieben. Er nahm sich vor, ihm eine zweite Chance zu geben. Sporrer erzählte, dass er mit seinem Heidelberger Kollegen gesprochen habe.

»Sie sind in der Studie!« Ein Hauch von Feierlichkeit lag in seinem Ton, die Ludwigs Stimmung schlagartig umschlagen ließ. Um ein Haar wäre Ludwig ein »Sie tun gerade so, als ob ich den Jackpot im Lotto gewonnen hätte« herausgerutscht. Dann fiel ihm ein, dass sein Leben nicht zuletzt von diesem Mann abhängig war und er mit ihm kooperieren sollte.

»Die Histologie hat leider meine Befürchtung, was die Bösartigkeit Ihres Tumors betrifft, bewahrheitet«, fuhr Sporrer fort. »Wir dürfen jetzt keine Zeit verlieren und beginnen übermorgen mit der Chemotherapie. Ich erwarte Sie am Mittwoch um neun Uhr in meinem Büro, Station 3 Onkologie, D6.«

WIE VON SPORRER VORGESCHLAGEN, ließ Ludwig sich für die Anreise zum Universitätsklinikum ein Taxi kommen, das auf Krankentransporte spezialisiert war. Er hatte sich eine Zeitung mitgenommen. Als er merkte, dass er die Zeilen zwar las, aber ihren Inhalt nicht aufnahm, legte er sie neben sich auf die Beifahrerseite. Dem Taxifahrer, einem dickbäuchigen Orientalen, schien das einer Aufforderung gleichzukommen, mit Ludwig ein Gespräch anzufangen.

»Sie auch Chemo brauchen?« Ludwig nickte. »Ich Sie noch nie gefahren, also das erste Mal?« Mit seinen großen braunen Kulleraugen blickte er Ludwig über den Rückspiegel fragend an.

Ludwig nickte wiederum. »Patienten mir immer erzählen, dass Uniklinikum gut.«

Ludwig schaute auf die Uhr. Sie hatten mindestens noch eine halbe Stunde zu fahren, wenn er jetzt nicht einschreiten würde, hätten die nervenden Fragen und naiven Ausführungen des Taxifahrers bis Regensburg kein Ende. Er sah in den Rückspiegel, um den Blick des Taxifahrers aufzufangen, der gerade mit einem »Patienten mir immer sagen …« neu ansetzen wollte.

»Ich weiß nicht, was die Patienten Ihnen sagen, und mir ist es egal, wer was wie gut findet, aber ich würde Sie bitten, mich einfach in Ruhe zu lassen. Wäre das möglich?«

Der Taxifahrer senkte den Blick und schwieg. Das Einzige, was Ludwig von ihm noch hörte, war ein leises »Voilà«, als er im Rondell des Universitätsklinikums das Taxi zum Stehen brachte, ausstieg und für Ludwig die Tür öffnete.

. . .

LUDWIG WAR FROH, dass Sporrer auf lange Erklärungen verzichtete und mit ihm gleich in die Onkologie ging, wo er ihn an eine rundliche Pflegerin übergab. Kurze Zeit später saß Ludwig mit drei weiteren Patienten in einem Raum, in dem in zwei gegenüberliegenden Reihen dunkelblaue Pflegestühle aufgestellt waren. Die Pflegerin zeigte ihm einen Stuhl, auf dem Ludwig Platz nahm, und führte eine Kanüle in die Vene des Unterarms, dann hängte sie eine Flasche mit der Infusion an einem Infusionsständer, der neben dem Stuhl stand, und öffnete den Regulationsschalter. Ludwig sah zu, wie die farblose Flüssigkeit der Chemotherapie langsam in seinem Unterarm tropfte.

Die erste Chemo steckte Ludwig gut weg. Er ließ sich von dem Taxifahrer, der jetzt bemüht war, die Kommunikation mit seinem Fahrgast auf das absolut Notwendigste zu beschränken, dabei aber nicht unhöflich zu wirken, gleich vor seinem Büro absetzen.

Als am dritten Tag in Folge die Flüssigkeit in seine Venen gepumpt wurde, war ihm danach nur noch schlecht. Bei der Heimfahrt hatte er Angst, sich bei jeder Kurve im Auto übergeben zu müssen. Im Schloss angekommen, sagte er zu Margot, er werde aufs Essen verzichten und sich erst einmal hinlegen. Beim Abendessen ging es ihm schon etwas besser. Margot hatte Brathering mit Pellkartoffeln und Quark zubereitet. Als sie den Teller mit dem sauer riechenden Hering vor Ludwig auf den Tisch stellte, wurde Ludwig übel, er stürzte auf die Toilette, um sich zu übergeben. Als er den Oberkörper wieder aufrichtete, sah er Margot vor der geöffneten Tür zur Toilette stehen.

»Herr Graf, war irgendetwas mit dem Hering nicht in Ordnung?«

Ludwig schüttelte den Kopf. »Mir ist einfach nicht gut. Ich habe mir wahrscheinlich eine Darmgrippe eingefangen.«

Margot schaute ihn ungläubig an.

»Sie können ehrlich zu mir sein, Herr Graf. Sie bekommen eine Chemotherapie, oder?«

Ludwig nickte verblüfft. »Woher wissen Sie das, Margot?«

»Meine Schwester hatte auch eine, der erging es ähnlich. Sie sah aus wie Sie jetzt, kreidebleich, mit dunklen Schatten unter den Augen. Ich mache Ihnen einen Tee, der beruhigt den Magen.«

Kurze Zeit später kam Margot ins Wohnzimmer und stellte ein Tablett, auf dem eine Kanne Tee und eine Tasse standen, vor Ludwig auf den Tisch.

Er deutete auf den Sessel gegenüber der Couch, auf der er saß.

»Nehmen Sie Platz, Margot.« Als sie saß, fuhr er fort: »Lungenkrebs. Aggressiv wachsend, Stadium vier. Meine Aussichten sind laut den Ärzten nicht die besten. Dennoch möchte ich nicht, dass jemand davon erfährt. Verstehen Sie? Ich will, dass das mit der Chemo unter uns bleibt.«

Ludwig sah Margot eindringlich an, die seinem Blick standhielt, und nickte.

»Aber in so einer Situation brauchen Sie familiäre Unterstützung, Ihre Frau ist doch Ärztin.«

Obgleich Ludwig begriff, wie viel Mut es Margot gekostet hatte, die normalerweise rein auf den Austausch von Alltäglichkeiten limitierte Kommunikationsebene zu verlassen und ihm einen Ratschlag zu geben, unterbrach er sie barsch und sagte kühl: »Wie Sie wissen, Margot, ist meine Frau vor ein paar Wochen ausgezogen. Ich will nicht, dass Sie aus Mitleid jetzt wieder zurückkommt.«

»Vielleicht könnte Natascha eine Zeit lang …«

»Kommt gar nicht infrage! Soviel ich weiß, hat sie gerade ein Theaterengagement und gar keine Zeit, zu kommen.«

»Herr von Lichthagen, niemand sollte so etwas allein durchstehen.«

»Kannten Sie eigentlich noch meinen Vater, Margot?« Sie schüttelte den Kopf. »Er pflegte stets zu sagen: ›Ein von Lichthagen verlässt sich ausschließlich auf sich selbst‹.« Bestimmend schüttelte er den Kopf »Ich denke, Margot, der Worte sind genug gewechselt.«

Er schob den Tee zur Seite und breitete die Zeitung auf dem Wohnzimmertisch aus. Margot nickte und zog sich wieder in die Küche zurück.

AM NÄCHSTEN TAG ging Ludwig wieder ins Büro, musste aber nach einer halben Stunde an seinem Schreibtisch einsehen, dass es keinen Sinn machte. Wieder im Schloss, legte er sich sofort hin. Margot bat er, einen Kübel neben sein Bett zu stellen, im Falle, dass er sich übergeben müsse.

SO SEHR ER sich auch anstrengte, die nächsten Tage schaffte Ludwig es kaum, aufzustehen. Wenn er für ein paar Minuten sein Bett verließ, wurde ihm schwindlig. Frau Maiwald hatte er erzählt, er würde für ein paar Tage nach Italien fahren, was nicht ungewöhnlich war. Nach dem Tod seiner Mutter hatte er den Kontakt zu einigen ihrer Freunde aufrechterhalten, die er in unregelmäßigen Abständen besuchte. Nur in dringenden Fällen sei er telefonisch erreichbar. Anfragen von Geschäftspartnern und Kunden solle sie notieren, er würde sie kontaktieren, wenn er in einer Woche aus Italien zurückgekehrt wäre.

Margot kümmerte sich rührend um ihn, brachte ihm Tee und Wärmflaschen, kochte ihm Gemüse- und Haferschleimsuppen und war auch nicht enttäuscht, wenn er nur zwei Löffel davon aß. Mit einem fast gleichmütig anmutenden »Morgen geht es Ihnen bestimmt schon wieder besser« räumte sie den noch vollen Teller ab, um kurz darauf eine kleine Dessertschüssel mit Pudding oder Apfelmus zu servieren. Durch die Chemotherapie war die Schleimhaut in Ludwigs Mundhöhle entzündet, an einigen Stellen sogar aufgesprungen, was höllisch wehtat. Die Mundspülungen, die Margot in der Apotheke besorgt hatte, linderten den Schmerz ein wenig.

Sporrers Vorschlag, ein Antidepressivum zu nehmen, um die niederschmetternde Diagnose und die belastende Chemotherapie besser ertragen zu können, hatte Ludwig ebenso abgelehnt wie das Gespräch mit einer Psychoonkologin. Einzig ein Rezept für starke Schmerztabletten hatte er akzeptiert. Durchschnittlich eine halbe Stunde, nachdem er die blaue Tablette mit einem Schluck Wasser eingenommen hatte, fiel Ludwig in einen angenehmen Halbschlaf. Wie in Trance nahm er dann seine Umgebung wahr. Auch gefiel ihm das Gefühl der Gleichgültigkeit, das diesen Halbschlaf begleitete. Alle Schwere fiel von ihm ab, eine Leichtigkeit erfüllte dann sein Gemüt und befreite ihn von unbarmherzigen Selbstvorwürfen.

Denn statt, wie es ihm Sporrer geraten hatte, alle Kräfte für seine Genesung zu bündeln, ging Ludwig regelmäßig mit sich selbst ins Gericht, klagte sich für die Seitensprünge an, auf die er auch in seiner zweiten Ehe nicht verzichtet hatte. War es nicht zum größten Teil seine Schuld, dass Emil jetzt ohne Vater aufwachsen musste? Im Bett liegend überlegte er, wie sein Leben verlaufen wäre, wenn er dem Drängen seines Vaters nicht nachgegeben hätte, sondern seinem Lebenstraum, bedeutende Stahlskulpturen zu erschaffen, gefolgt wäre.

Es konnte aber auch vorkommen, dass Ludwig nach der Einnahme des Schmerzmittels wirres Zeug träumte. Einmal wachte er schweißgebadet mit Emils Schreien im Ohr auf, den er nach tagelanger Suche endlich im Brunnenschacht gefunden hatte. Als er, geschwächt von der Chemo, endlich beim

Schacht angekommen war, hatte sich Emil mit den Worten »Du kommst zu spät, Papa« verabschiedet und seine Augen für immer geschlossen.

In einem anderen Traum bestach sein Vater, um Ludwigs Expansionsplänen den Garaus zu machen, einen Bauunternehmer, mit dem Ludwig sein bislang größtes Projekt – einen riesigen Bürokomplex in der Münchner Maxvorstadt - verwirklichen wollte. Der Geschäftspartner verbaute, nachdem ihm Ludwigs Vater eine nicht unbeträchtliche Summe auf sein Konto überwiesen hatte, billigste Materialien, sodass das Gebäude in sich zusammenstürzte und unter sich Hunderte von Mitarbeitern begrub.

»Papa.« Ludwig hörte eine sanfte dunkle Stimme, die ihm bekannt vorkam.

»Natascha?« Er öffnete die Augen und sah verschwommen eine junge Frau mit dunklen Locken, die neben seinem Bett stand, und ihre Hand auf seinen Unterarm gelegt hatte.

»Ja, ich bin's.«

Ludwig versuchte, seinen Oberkörper anzuheben, aber war zu schwach, und sank wieder auf das Kissen zurück.

»Natascha, was machst du hier?«

»Was ich hier mache? Sehen, wie es dir geht. Du bist mein Vater und sagst mir nicht, dass du so krank bist?«

»Ich wollte dich nicht belasten, probst du nicht für ein neues Stück?«

»Als wir vor vierzehn Tagen telefoniert haben, habe ich dir doch erzählt, dass die Premiere längst war.«

Ludwig zuckte mit der Schulter.

»Ist ja auch egal«, fuhr Natascha fort. Sie klang nicht beleidigt, eher besorgt. »Warum hast du es mir nicht gesagt?«

»Was?«

»Das mit dem Tumor, ich wäre doch sofort zu dir gekommen.«

Obwohl Ludwig Margot deutlich zu verstehen gegeben hatte, niemandem von seiner Krankheit zu erzählen, sah Ludwig ein, dass sie gegen Nataschas Beharrlichkeit von Anfang an chancenlos gewesen war. Er konnte es Margot nicht übelnehmen, sie informiert zu haben. »Sieht alles nicht sehr gut aus«, murmelte Ludwig. »Hat sogar schon gestreut.« Als er sah, dass Natascha bleich wurde, griff er nach ihrer Hand. »Jetzt warten wir erst mal ab. Ich kriege Chemo und unterstützend dazu auch noch eine Immuntherapie.« Eine Träne lief über Nataschas Wange. »Hey, so schnell gibt ein Lichthagen nicht auf. Auch wenn mir jetzt speiübel ist.«

Natascha nickte, um sich selbst Mut zu machen. »Wir werden zusammen kämpfen.«

VIELE STUNDEN der nächsten Tage verbrachte Natascha an Ludwigs Bett. Um ihn auf andere Gedanken zu bringen, erzählte sie ihm von den Proben zu ihrem letzten Stück und dass sie bald für die Hauptrolle für einen Fernseh-Sechsteiler gecastet werde. »Wenn ich die Rolle bekomme, ist das mein Durchbruch, Papa.«

Ludwig lächelte. »Ich drück dir die Daumen.«

Für die Leidenschaft, mit der sie hinter ihrer Berufswahl stand, hatte er Natascha immer bewundert. Sie war nach der Schauspielschule in München nach Berlin gegangen und hatte sich durch unzählige kleine Rollen einen festen Platz im Ensemble eines Theaters erkämpft, und war froh, jetzt über ein geregeltes monatliches Einkommen zu verfügen. Ludwig hatte ihr zwar eine kleine Wohnung in Berlin gekauft, die von ihm angebotenen monatlichen finanziellen Zuwendungen hatte Natascha aber abgelehnt und sich stattdessen mit Jobs über Wasser gehalten. Sie gab Schülern Nachhilfe in Deutsch, Englisch und Italienisch und jobbte als Bedienung abends in einer Szene-Kneipe und tagsüber in einem Café. Ludwig hatte ihr vorgeschlagen, den Kontakt zu einer Werbeagentur herzustellen, mit dessen Inhaber er gut bekannt war.

»Der kann dir bestimmt einige gut bezahlte Auftritte in Werbespots vermitteln.«

Natascha hatte mit den Augen gerollt. »Papa, das wäre das Aus für meine Schauspielkarriere, kein Mensch würde mich mehr ernst nehmen.«

»Aber du hättest weniger Stress und müsstest nicht drei Jobs gleichzeitig machen.«

Bei seinen sporadischen Besuchen in Berlin hatte er damals gesehen, wie strikt durchgetaktet Nataschas Leben war. Von Theaterproben hetzte sie ins Café, am Abend stand sie entweder auf der Bühne oder bediente in der Kneipe, dazwischen ging sie mindestens dreimal wöchentlich in ein Tanzstudio oder machte Gymnastik. »Körpergefühl ist das A und O meines Berufs.«

»Was wäre denn das für eine Rolle, für die du gecastet wirst?«

»Ich wäre die Frau eines Industriellen in den 1920er-Jahren, die schließlich mit einer Frau durchbrennt.«

»Wie, glaubst du, stehen deine Chancen?«

»Ich denke, ganz gut. Der Regisseur ist mit unserem Intendanten gut bekannt.« Sie lächelte und boxte Ludwig leicht in den Oberarm. »Du weißt doch, Beziehungen sind in meiner Branche alles.«

NATASCHA HATTE DARAUF BESTANDEN, Ludwig zur nächsten Chemotherapie zu fahren. Sie unterhielt sich mit der rundlichen Schwester, die meistens den Infusionsraum betreute, und fragte sie schließlich, ob sie mit Professor Sporrer sprechen könnte.

»Der ist die ganze Woche auf einer Fortbildung, tut mir leid«, antwortete die Schwester. Auch ihr Vorschlag, sich einen Stuhl in den Behandlungsraum stellen zu lassen, um dabei zu sein, wenn die Infusion in Ludwigs Venen träufelte, wurde abgelehnt. »Aus Infektionsschutzgründen ist das nicht erlaubt«, sagte die Schwester. »Die Abwehr der Patienten ist wegen der Chemotherapie geschwächt, sodass jede noch so kleine Erkältung lebensbedrohlich sein kann.«

Ludwig befürchtete, dass Natascha, die nicht gern klein beigab, eine Grundsatzdiskussion über die Rolle von Angehörigen bei der Genesung anstoßen könnte, aber sie schüttelte nur leicht den Kopf, zuckte mit den Schultern und nahm auf der Bank vor dem Infusionsraum Platz, zog einen Schnellhefter aus ihrem Rucksack und sagte: »Dann nutze ich eben die Zeit zum Textlernen.«

ALS LUDWIG nach zwei Stunden den Infusionsraum verließ, hielt sie bereits eine Tasse Tee in der Hand, den sie für ihn in der Cafeteria geholt hatte, und forderte ihn auf, erst einmal zum Trinken neben ihr Platz zu nehmen. Manchmal musste Ludwig lächeln, wenn er daran dachte, wie rücksichtsvoll die sonst so impulsive und ungeduldige Natascha mit ihm umging. Sie führte ihn zum Auto, las ihm aus der Zeitung oder aus ihren Lieblingsbüchern vor, setzte sich mit einem Bildband an sein Bett, damit sie ihn sich zusammen anschauen konnten.

Ludwig trank einen Schluck Tee aus dem Plastikbecher, dann sagte er zu Natascha: »Wir waren ein gutes Team, deine Mutter und ich.«

»Wie kommst du gerade jetzt auf Mum?« Natascha sah ihn fragend an.

»Nur so, ich musste gerade daran denken, wie du aus dem

Hotel ausgebüxt und allein an den Strand gelaufen warst, wo wir dich dann gesucht haben.«

Natascha lächelte.

Er wollte ihr schon erzählen, dass Emil kürzlich in den Schacht gestiegen war, unterließ es aber. Wie er Natascha kannte, würde sie bestimmt nach Lisas Reaktion fragen, und diese als »völlig hysterisch« abtun. Sie hatte Lisa von Anfang an nicht gemocht. Nicht, weil sie die neue Frau an der Seite ihres Vaters war, sondern weil ihr Lisa zu kühl und zu perfektionistisch war. Bereits nach dem ersten Treffen hatte Natascha ihm gesagt, dass sie sie nicht leiden konnte. »Papa, die passt doch gar nicht zu dir.«

Doch da war Lisa bereits schwanger gewesen. Über Lisas Neigung, Emil jede noch so kleine Schwierigkeit aus dem Weg zu räumen, regte sich Natascha immer noch auf. Doch Emil, den liebte sie innigst, auch weil sie mit ihm endlich den Bruder bekommen hatte, den sie sich schon als Kind sehnlichst gewünscht hatte.

EIN PAAR TAGE nachdem er die letzte Chemo bekommen hatte, ging es Ludwig langsam besser. Er verspürte wieder Appetit, verbrachte immer länger werdende Zeiträume fernsehend oder Zeitung lesend im Wohnzimmer. Am vierten Tag ging er mit Natascha in den »Lichtenberger Hof«. Er setzte sich eine Kappe auf den Kopf, um die kahlen Stellen zu bedecken, denn die Haare waren ihm durch die Chemo büschelweise ausgegangen.

»Ich könnte mit dir auch in die Stadt fahren, für den Fall, dass du nicht gesehen werden willst.«

Ludwig grinste, nahm die Kappe wieder ab, strich sich über seinen Kopf und sagte: »Weißt du was, irgendwie ist es mir egal.«

»Setz sie trotzdem auf, sie steht dir, und draußen ist es kalt.«

Im »Lichtenberger Hof« waren wenige Gäste. Schorrer, der Besitzer, kam gleich zu ihnen.

»Ich habe Sie lang nicht mehr gesehen, Herr Graf.«

»Ich war sehr beschäftigt.«

Sein Blick ging zu Natascha. »Sie sind noch hübscher geworden, junge Dame. Die Großstadtluft scheint Ihnen gutzutun.«

Schorrer führte sie zu einem Tisch und brachte ihnen die Speisekarte.

»Froh, endlich mal aus dem alten Kasten zu kommen?«, fragte Ludwig. Natascha lachte und nickte. »Hast du denn gar keine Bekannten mehr hier, mit denen du noch ab und zu Kontakt hast? Lebt Geli nicht mehr in Lichtenberg?«

»Sie war hier. Ihr Mann hatte die Möglichkeit, für fünf Jahre in die USA zu gehen, da sind sie und die drei Kinder natürlich mit.«

»Dann bleibt dir wohl nichts anderes übrig, als die Tage nur mit deinem alten Herrn zu verbringen.«

»Mache ich doch gerne.«

»Wie lange kannst du noch hierbleiben?«

»Am nächsten Montag muss ich spätestens nach Berlin. Dienstagabend ist eine Aufführung.«

»Heute ist Donnerstag, oder?« Natascha nickte. »Man verliert jedes Zeitgefühl, wenn man den ganzen Tag im Bett liegt.«

»Tust du ja jetzt nicht mehr. Fühlst du dich schon fit genug für einen Spaziergang?«

»Heute reicht essen gehen völlig aus, morgen Vormittag, wenn ich ausgeruht bin, könnten wir spazieren gehen.«

»Ich nehme dich beim Wort.«

Gleich nach dem Frühstück am nächsten Tag bestand Natascha darauf, rauszugehen. Ludwig hätte es gern bei einer Dorfrunde belassen, aber Natascha zog es in Richtung Wald.

»Du weißt doch, wie weit ich in Berlin mit der U-Bahn fahren muss, bis ich aus der Stadt raus bin«, sagte sie. »Wir könnten zum Wald gehen, das schaffst du.«

Sie hakte sich bei Ludwig unter. Bei der Tankstelle am Ortsende von Lichtenberg bogen sie in einen Feldweg ein, der, wenn man ihn ein Stück weiterging, direkt in Ludwigs Wald führte. Auch das Feld neben dem Weg, auf dem jetzt mannshoher, überreifer Mais stand, hatte Ludwig von seinem Vater geerbt.

Ein paar Jahre nach dem Tod seines Vaters, der nie ein einziges noch so kleines Stück Feld weggegeben hatte, hatte es Ludwig gegen ein anderes getauscht, das zwar auch am Ortsrand lag, aber näher beim Zentrum war. Zusammen mit einem Partner, der nach einigen gemeinsamen Projekten fast schon zu einem Freund geworden war, hatte Ludwig ein Seniorenheim geplant und nach Fertigstellung an eine Betreibergesellschaft verkauft. Damals, vor zwanzig Jahren, hatte es nur in einer Nachbargemeinde ein Seniorenheim gegeben, das ziemlich veraltet war. Die Plätze im Heim waren im Nu ausgebucht gewesen. Mit einigen anderen geerbten Grundstücken war Ludwig ähnlich verfahren.

Nur den Wald, den hatte er nie angetastet. Zum einen, weil er Jäger war, zum anderen, weil zu viele Erinnerungen damit verbunden waren. Nadja hatte nicht nur den Jagdschein mit ihm gemacht, sie war, als Natascha noch klein war, mehrmals die Woche mit ihr in den Wald gegangen. Den Sommer über zum Versteck spielen oder Höhlen bauen, im Herbst, um Blätter zu sammeln, und im Winter hatte sie Natascha gezeigt, welche Spuren im Schnee zu welchem Tier gehörten.

Mittlerweile hatten sie den Waldrand erreicht. »Steht die Bank noch?«, fragte Natascha.

»Wirst du gleich selbst sehen.« Sie lief in den Wald hinein, um kurz darauf wieder zu Ludwig zurückzukommen. »Ich habe sie gefunden. Sie ist tatsächlich noch da.«

Eine kleine von Birken umsäumte Lichtung war als Kind Nataschas Lieblingsplatz gewesen. Hier hatte sie mit Nadja auf einer Decke gelegen und in den Himmel geschaut. Später hatte Ludwig am Rande der Lichtung eine Holzbank anbringen lassen, deren Rückenlehne mittlerweile ziemlich vermoost war. Sie setzten sich und Ludwig merkte, dass eine Latte hinter seinem Rücken nachgab. Er nahm sich vor, sie ausbessern zu lassen.

Er deutete auf eine große Eiche, die an der gegenüberliegenden Seite der Lichtung stand. »Hier würde ich gerne begraben werden.«

»Papa, was redest du denn da? Du wirst wieder gesund.« Sie lehnte sich nach links, damit sie genügend Platz hatte, um Ludwig mit ihrem rechten Ellbogen in den Oberarm zu stupsen.

»Natascha, ich meine es ernst. Ich habe in den letzten Wochen viel Zeit zum Nachdenken gehabt, auch darüber, was mit mir passiert, wenn ich sterbe.« Er atmete lange aus. »Ich will auf keinen Fall in der Familiengruft beerdigt werden.«

»Aber du bist doch ein Lichthagen.«

Ludwig war überrascht, dass Natascha, die nie viel Wert auf Familientradition gelegt hatte, ausgerechnet diese jetzt anführte. »Es dauert ewig, bis der menschliche Körper in einer Gruft verwest.«

»Papa, an so etwas solltest du gar nicht denken.«

»Möchtest du mir sagen, an was ich denken soll?«

Kurz nachdem er den Satz ausgesprochen hatte, sah er ein, dass er eine Spur zu harsch klang, und drückte mit seiner Hand die Stelle über Nataschas Knie leicht zusammen. Als sie ein kleines Kind gewesen war, hatte er das gern gemacht. Wie früher kitzelte sie die spontane Berührung und ließ sie aufzucken. Sie grinste, dann wurde sie wieder ernst.

»Ich schreibe dir doch nicht vor, was du zu denken hast, aber ich bin überzeugt davon, dass solche Gedanken deine Genesung nicht voranbringen, dass sie nicht gesundheitsfördernd sind.«

»Allzu viele Hoffnungen haben mir die Ärzte nicht gemacht. Auch wenn der Krebs jetzt zurückgedrängt wird, wer weiß, wie lange es dauert, bis er wieder ausbricht?«

»Papa, denke an deine T-Zellen.«

»Das tue ich auch und parallel denke ich drüber nach, was aus mir wird, wenn ich gestorben bin. Aber die Aussicht, in der kalten Gruft neben meinem Vater zu liegen, ist nicht gerade verlockend.«

»So schlimm war er auch wieder nicht, ich fand ihn eigentlich ganz nett.«

»Als Großvater war er auch liebevoller.« Ludwig dachte an das Begräbnis seines Vaters und die Mischung aus Erleichterung und Orientierungslosigkeit, die er Monate nach seinem Tod empfunden hatte. »Ob ich es noch erleben darf, Großvater zu werden?«

»Papa, jetzt hör bitte endlich damit auf. Du musst kämpfen, und ich unterstütze dich dabei.« Natascha legte einen Arm um ihn.

»Ich bin am Überlegen, ob ich aus dem Wald einen Naturfriedhof mache«, fuhr Ludwig fort. »Du kennst doch Ernst, meinen Cousin aus Niedersachsen.«

»Der hat uns mal mit seiner Familie besucht, hieß die Tochter nicht Genoveva oder so ähnlich?« Natascha rollte mit den Augen.

»Ja, genau den meine ich. Er hat in Niedersachsen einen

Trauerwald gemacht und kann sich vor Anfragen gar nicht mehr retten.«

»Und jetzt willst du auch einen.«

»Der Wald hier wäre ideal. Wenig Nadel- und viele Laubbäume. Die Menschen suchen sich zu ihren Lebzeiten einen Baum aus, neben dem ihre Urne begraben wird.«

»Und was wird aus meiner Bank?«

»Deine Bank, die wird in den Andachtsplatz integriert.«

»Andachtsplatz?«

»Ja, wo die Zeremonien stattfinden, wo der Priester seine Worte spricht. Was hältst du von der Idee?«

»Wäre mal was anderes. In Berlin boomen alternative Bestattungsformen. Neulich habe ich von einer Bestattung nach dem Ritus der Krieger des Lichts gelesen.«

Natascha lachte und Ludwig stimmte mit ein.

Der Rückweg gestaltete sich schwieriger. Ludwig spürte, wie die Kraft in seinen Beinen langsam nachließ. Er bat Natascha, die sich bei ihm eingehängt hatte, langsamer zu gehen.

Wieder einmal hatte er das Gefühl, als ob er nicht genug Luft bekam, er atmete heftig. Als sie am Ortseingang angelangt waren, steuerte Natascha eine Bank an.

»Wir machen eine Pause. Soll ich zum Schloss laufen und dich mit dem Auto abholen?«

Ludwig schüttelte den Kopf. »Das packe ich schon noch.«

»Übrigens habe ich mir das mit dem Trauerwald noch einmal überlegt, ich finde, du solltest es angehen. Hast du nicht mal zu mir gesagt: ‚Im Leben braucht man immer Ziele.´«

13

Die erste Woche hatte Natascha die Ruhe in Lichtenberg als sehr angenehm empfunden. In Berlin war sie viel unterwegs, wenn sie einen Tag einmal nichts vorhatte, war sie fast erleichtert. Eigentlich war ihr Vater immer ein Nachtmensch gewesen, der oft erst nach eins ins Bett ging. Anhand der Tatsache, dass er jetzt schon meistens um halb zehn abends schlief, verstand Natascha, wie kraftlos er war. An den ersten Abenden, die sie allein im Wohnzimmer im Schloss verbrachte, hatte sie die Rolle der Szenen gelernt, mit denen sie sich beim Casting präsentieren wollte. Doch zum Ende der Woche kannte sie den Text bereits in- und auswendig, sodass jedes weitere Proben nur dazu führen würde, dass sie ihn motivationslos herunterleiern und ihm damit jede Aussagekraft nehmen würde.

»Man kann auch zu viel Proben«, hatte Jens Malter, der Intendant des kleinen Theaters gesagt, bei dem sie nach der Schauspielschule kleinere Rollen gespielt hatte. »Das führt nur dazu, dass man des Stückes und der Rolle überdrüssig wird und das dann auch das Publikum spürt.«

Früher hatte sich Natascha bei Besuchen in Lichtenberg

regelmäßig mit ihrer Schulfreundin Geli getroffen. Auch wenn ihre Lebensentwürfe – Geli war Mutter von drei Kindern – gar nicht unterschiedlicher sein konnten, liebte Natascha die Treffen mit ihr. Ihre Freundin hatte noch immer den feinen Humor und Natascha mit dem Lichtenberger Tratsch über alte Schulkameraden versorgt. Doch sie war jetzt in den Vereinigten Staaten, wohin ihr Mann von seiner Firma entsandt worden war. Nach einiger Überlegung entschloss sich Natascha, Barbara anzurufen, eine Freundin aus der Grundschulzeit, mit der sie nur noch sporadisch Kontakt hatte, der sich meistens auf den Austausch belangloser WhatsApp-Nachrichten beschränkte.

»Du weißt selbst, dass in Lichtenberg nichts los ist. Lass uns nach Kornbach fahren, da hat erst kürzlich ein gutes Lokal eröffnet«, schlug Barbara vor. Natascha war positiv überrascht, als sie das schlichte Restaurant betraten, denn beim letzten Mal hatte Barbara ein etwas altmodisches, plüschiges Café mit betagteren Gästen ausgewählt, in dem sie sich aber äußerst wohlzufühlen schien.

In den zwei Jahren, in denen sie sich nicht gesehen hatten, hatte Barbara sich nicht groß verändert. Sie trug noch immer den gleichen Pagenkopf und schaffte es, ihre gute Figur unter viel zu großen, oft gestreiften Baumwollpullis und langweiligen Popelin-Hosen zu verstecken, wobei sich Natascha bereits in der Schule gefragt hatte, in welchen Läden sie die Kleidung überhaupt noch fand.

Dass der Typ am Nebentisch öfter zu ihr herüberschaute, hatte Natascha schon bemerkt, als sie noch die Speisekarte las. Auch sie beobachtete ihn verstohlen aus den Augenwinkeln. Er war gutaussehend, hatte blonde Locken und ein hübsches Gesicht, aus dem nichts hervorstach, sondern alles sehr harmonisch wirkte. Er hatte das Hemd hochgekrempelt, sodass Natascha seine durchtrainierten sehnigen Unterarme sehen konnte.

Die Tische standen eng beieinander. Als Barbara die Serviette herunterfiel, hob der Begleiter des Blonden, ein etwas derb aussehender Dunkelhaariger, sie wieder auf und reichte sie Barbara. Die Unterhaltungspause nutzte der Blonde, um Natascha anzulächeln, daraus entspannte sich ein Gespräch zu viert über die beiden Tische hinweg. Der Dunkelhaarige schlug schließlich vor, an der Bar noch einen Drink zu nehmen. Natascha wollte eigentlich absagen, ließ sich aber von Barbara zu »einem Absacker« überreden, erstaunt über ihre Aufgeschlossenheit, und saß kurze Zeit später neben dem Blonden auf einem Barhocker, einen Mojito vor sich.

»Kommen Sie öfter hierher?«

»Ich bin das zweite Mal da. Wir können uns aber gern duzen, ich heiße Philipp.«

»Natascha.«

»Ein seltener, aber schöner Name.«

Natascha nickte. Als Kind hatte sie ihren Namen immer geliebt. Als sie jedoch als Teenager erfahren hatte, dass in Russland Natascha die weniger schmeichelhafte Bezeichnung für ein dummes Mädchen war, hätte sie sich am liebsten einen anderen Vornamen zugelegt. Jetzt, als Schauspielerin, war sie froh, weil der Name in Deutschland immer noch auffiel. Dass sie Schauspielerin war und in Berlin lebte, behielt Natascha meistens für sich. Oft fingen die Leute dann mit dem ganzen Promiquatsch an und wollten von ihr wissen, wen sie persönlich kannte.

»Wie findest du die Bar?«, fragte Philipp.

»Ganz okay.«

»Nein, ich meine die Einrichtung.« Natascha schaute sich um. Die Wände waren weiß. Die Tische schwarz lackiert und die Stühle, auch die Barhocker mit einem beigen Samtstoff überzogen.

»Das einzelne Mobiliar ist zwar schön, aber mir ist es zu

kalt, mir fehlt ein bisschen die Gemütlichkeit, an den Wänden fehlen Bilder.«

»Das ist ja das Spannende, hier lenkt nichts ab. Man kann sich ganz auf das Essen, die Drinks und den Gesprächspartner konzentrieren. Was mir bei dir sowieso nicht schwerfällt.« Er grinste. Natascha fragte sich, wie alt er wohl war. Sie schätzte ihn ein bisschen jünger als sie selbst war, vielleicht auf Ende zwanzig.

Nach den Tagen, in denen sich alles um die Krankheit ihres Vaters gedreht hatte, war Natascha dankbar für jede leichte Unterhaltung. Philipp wollte weder wissen, was sie beruflich machte, noch woher sie kam, stattdessen plauderte er über Drinks und Einrichtungsstile, erzählte, dass er nicht nur sehr sportlich war, sondern auch Kochen liebte. Gerade als sich Natascha und Philipp noch einen zweiten Drink bestellt hatten, stand Barbara plötzlich neben ihr und schaute auf die Uhr. »Ich muss.«

Natascha fragte sich für einen Moment, ob sie dem Barkeeper ein Zeichen geben sollte, die Bestellung zu stornieren. Sie war mit Barbara hergekommen, fühlte sich aber jetzt durch deren wenig kooperatives Verhalten unter Druck gesetzt. Das Gespräch zwischen dem Dunkelhaarigen und Nataschas Freundin war nicht wirklich in Gang gekommen. Nachdem der sich mit einem kurzen Gruß von Philipp verabschiedet hatte, hatte dieser keine Anstalten gemacht, Barbara in seine Konversation mit Natascha einzubeziehen. Barbara hatte gelangweilt am Tresen gestanden und war dementsprechend verärgert. Philipp schien Nataschas Zögern zu bemerken.

»Du wirst mich doch jetzt nicht allein an der Bar stehen lassen, so unhöflich bist du nicht.« Er stupste sie mit seinem Ellenbogen in die Seite. Obwohl Barbara, noch immer mit ihrer Jacke in der Hand, Natascha etwas entgeistert anschaute, blieb sie sitzen. Barbara verließ grußlos und kopfschüttelnd das Restaurant. Natascha merkte, dass ihr der zweite Drink immer stärker in den Kopf stieg. Philipp flirtete jetzt völlig ungeniert mit ihr, was Natascha durchaus gefiel.

Als sie das Lokal verließen, hatte Natascha ganz vergessen, ein Taxi zu rufen.

»Hast du noch Lust auf einen Absacker bei mir?«

»Wo wohnst du denn?«

»In Lichtenberg.«

Natascha fühlte ihr Gesicht heiß werden. Wahrscheinlich würde sie gleich rot anlaufen. Sie konnte nur hoffen, dass es im Schein der Straßenlaternen nicht auffiel. In Philipps Wagen grübelte Natascha die ganze Fahrt lang, ob sie Philipp erzählen sollte, dass sie auch aus Lichtenberg stammte, unterließ es aber. In ein paar Tagen würde sie wieder in Berlin weilen, der kurze One-Night-Stand, auf den es jetzt hinauslief, vergessen sein. Sie fand keinen einzigen Grund dafür, sich und ihre Herkunft jetzt erklären zu müssen.

Philipps Appartement wirkte sehr zweckmäßig, fast schon steril. Auf dem Tisch stand eine leere Vase, die Spüle war blitzblank. Philipp deutete auf eine schwarze Ledercouch, die vor einem großen Bildschirm stand.

»Setz dich, was kann ich dir anbieten?« Er ging zu einem Regal, in dem ein Barschrank integriert war, den er jetzt öffnete. »Was hättest du gern, vielleicht einen Whiskey oder einen Cognac?« Natascha zuckte mit den Achseln.

Philipp ging zur Küchenzeile und öffnete den Kühlschrank. »Ich habe aber auch noch Aperol und Weißwein.«

»Weißwein passt.« Natascha fragte sich, wie lange es schon her war, dass solche Szenen zu ihrem Leben gehört hatten. Waren es drei oder fünf Jahre? Ob sie sich ein Taxi rufen sollte?

Doch Philipp, der inzwischen neben ihr auf dem Sofaplatz

saß, streichelte ihr sanft über die Wange und nahm ihr so die Entscheidung ab.

»Kein Grund, nervös zu sein. Es wird nichts passieren, was du nicht auch willst.«

Er küsste sie, begann sie auszuziehen und zog sie schließlich ins Schlafzimmer.

ALS NATASCHA am nächsten Morgen aufwachte, musste sie sich kurz orientieren. Sie schaute auf die Uhr, es war erst sechs. Vorsichtig drehte sie sich um, Philipp schlief noch. Sie stand auf, hob ihre Kleidungsstücke auf, die den Weg von der Couch zum Schlafzimmer säumten, und zog sie an. Als sie an der Tür stand, warf sie einen Blick in den Raum, um zu prüfen, ob sie nicht etwas vergessen hatte. Ihr Schal lag noch auf der Couch. Auf Zehenspitzen holte sie ihn und ging wieder zur Tür, die sie leise hinter sich zuzog.

Auf der Straße, vor der Eingangstür des Mehrfamilienhauses stehend, musste sie sich kurz orientieren, wo genau in Lichtenberg sie war. Am Ende der Straße erkannte sie das dottergelbe Schild der Bäckerei Meindl. Wenn sie am Ende der Straße die kleine Gasse nehmen würde, wäre sie am Marktplatz im Ortskern, von da würde sie in zehn Minuten im Schloss sein. Sie schaute noch einmal auf die Uhr, es war zehn nach sechs – sie wäre zurück im Schloss, bevor ihr Vater wach werden würde.

14

Gerade noch rechtzeitig, um abbiegen zu können, sah Ludwig das kleine hölzerne Schild mit der Aufschrift »Trauerwald« an der Straßenecke. Die Zeit reichte nicht mehr, um den Blinker zu setzen, was der Fahrer des hinter ihm fahrenden Wagens mit einem Hupen und einem Kopfschütteln quittierte. Rund sechs Kilometer fuhr Ludwig die schmale Straße entlang, in die er eingebogen war, bis ein weiteres Schild, ebenso unscheinbar wie das vorhergehende, ihn zum Parkplatz des Ruhewaldes führte. Er parkte sein Auto und tippte eine Nummer in sein Smartphone. Kurz darauf hörte er die helle und sympathische Stimme von Antonie Landsberger. »Ich bin gleich bei Ihnen«, sagte sie.

Wenig später parkte ein dunkelblauer Wagen neben seinem und eine schlanke große Frau in Jeans und gelbem Anorak stieg aus. Sie streckte Ludwig die Hand hin. »Landsberger. Sie müssen Herr von Lichthagen sein.«

Ludwig nickte. Er hatte Mühe, seine Enttäuschung zu verbergen. Der Stimme nach hatte er eine deutlich jüngere Frau erwartet. Antonie Landsberger schien davon nichts mitbekommen zu haben, zumindest ließ sie sich nichts anmerken. »Haben Sie gleich hergefunden?«

Ludwig nickte. Auch wenn sie älter war, als er angenommen hatte, stellte er fest, dass Antonie Landsberger durchaus attraktiv war. Wie viele Frauen ihres Alters hatte sie die brünetten kinnlangen Haare mit blonden Strähnen durchzogen, sie war dezent geschminkt. Ein buntes Seidentuch gab ihrem sportlichen Outfit einen eleganten Touch. Sie öffnete den Kofferraum ihres Wagens, aus dem aufgeregt ein brauner Hund heraussprang und sofort Ludwigs Füße beschnupperte.

»Haben Sie Angst vor Hunden?«

»Wir hatten früher eigentlich selbst immer welche, also meine Eltern, ich meine …« Er brach ab, weil er sich dachte, wie dumm es sich anhören musste, wenn ein Mann seines Alters von seinen Eltern sprach. Frau Landsberger legte dem aufgeregten schwanzwedelnden Labrador ein Halsband mit Leine an.

Ludwig folgte Frau Landsberger, die zielgerichtet in Richtung Wald schritt. »Das alles ist Teil des Geländes, das einmal Trauerwald werden soll. Der aktive Teil, in dem bereits Urnen begraben sind, kommt weiter vorne.«

Der dichte Wald ging nach und nach in einen lichteren über und Ludwig sah, dass an einigen Bäumen bereits kleine Holzschilder mit Namen angebracht waren. Er wich vom Weg ab und las ein paar der Schilder. »Ruhestätte der Familie Müller« stand auf einem, auf einem anderen »Herbert Kastner«, auf einem weiteren hatte eine Verstorbene oder ihre Angehörigen nur den Vornamen setzen lassen. Nichts weiter als »Marlies« war auf dem Schild zu lesen. Ludwig grübelte darüber nach, was er auf sein Schild schreiben würde. »Ludwig« fand er zu allgemein, »Lichthagen« allein auch nicht schön. »Hier ruht Ludwig von Lichthagen«, murmelte er vor sich hin.

Frau Landsberger drehte sich zu ihm um und Ludwig

hoffte, dass sie von seinen Überlegungen nichts mitbekommen hatte.

»Das ganze Gelände sind zehn Hektar, aber nur vier werden bereits für Urnen genutzt.«

»Ich habe gelesen, dass die biologisch abbaubar sein müssen.«

»Stimmt, sie sind aus Zellstoff. Im Auto habe ich eine, ich zeige sie Ihnen später. Jetzt gehen wir aber erst einmal zum Trauerplatz.«

Das Gelände stieg an und Ludwig hatte Mühe, mit Frau Landsberger mitzuhalten. Oben angelangt, standen sie am Rand einer Lichtung, um die Holzbänke gruppiert waren. In der Mitte stand ein großes schlichtes Holzkreuz. Ludwig setzte sich auf eine der Bänke und hoffte, dass sich sein Atem bald beruhigen würde. Frau Landsberger nahm neben ihm Platz.

»Sie sind ja ganz blass. Ist Ihnen nicht gut?«

Ludwig winkte ab: »Wird schon wieder.«

»Wir sind wohl zu schnell losgelaufen. Entschuldigung.«

»Ich bin nur etwas außer Atem.« Er stockte, dann fuhr er fort.

»Die Chemo, die ich vor einigen Tagen beendet habe, hat mich ziemlich geschwächt.« Er holte tief Luft. »Lungenkrebs«, hörte er sich noch immer nach Luft schnappend sagen.

»Oh, das tut mir leid.«

Obwohl Ludwig etwas irritiert über seine ungewöhnliche Offenheit war, machte er keine Pause, sondern erzählte in einem Fluss weiter. Den Hustenanfall in der Bar, die anschließende Untersuchung bei Dietmar und Sporrers Behandlungskonzept ließ er genauso wenig aus wie sein schlechtes Verhältnis zu seinem Vater, seine Ehe mit Nadja und die Trennung von Lisa.

»Oh, ich erzähle Ihnen im Schnelldurchlauf mein Leben, dabei kenne ich Sie kaum. Sind Sie verheiratet?«

»Verwitwet. Mein Mann ist vor zwei Jahren gestorben.«

»Sind seine sterblichen Überreste hier begraben?«

»Nein, er liegt unten bei der Kirche.« Sie hielt kurz inne. »Damals gab es den Trauerwald noch nicht.« Ludwig nickte und Frau Landsberger fuhr fort: »Mein Mann wollte eigentlich verbrannt werden.« Sie schüttelte den Kopf, als wäre sie noch immer nicht einverstanden mit ihrem eigenen Verhalten. »Ich habe ihm diesen letzten Wunsch nicht erfüllt. Und das aus reinem Egoismus, weil ich mir nicht vorstellen konnte, dass dann gar nichts mehr von ihm da ist. Heute würde ich es anders machen. Doch jetzt ist es zu spät.«

»Und dann haben Sie den Trauerwald initiiert.«

»Ja, weil mich das Thema Bestattungen nicht losließ. Kurz nach seiner Beerdigung habe ich dann mit dem Projekt begonnen. Die Nachfrage war gleich riesengroß. Die Menschen suchen Alternativen. Mein Mann wäre hier bestimmt auch gerne beerdigt worden. Die Chance habe ich verpasst. Und im Nachhinein will ich ihn nicht mehr verbrennen lassen. Tote haben ein Recht auf ihre Ruhe, finde ich.« Sie seufzte. »Haben Sie ein genügend großes Grundstück?«

»Mehr als acht Hektar«, antwortete Ludwig.

Frau Landsberger lachte. »Das müsste wohl ausreichen. Unser Einzugsgebiet ist groß. Manche Menschen fahren zweihundert Kilometer von weit her, um die letzten Überreste ihrer Liebsten hier zu begraben, weil ihnen der Wald so gut gefällt. Viele reservieren sich auch Jahre vor ihrem Tod schon einen Baum, unter dem sie begraben werden wollen.«

Ludwig deutete auf das Kreuz. »Und hier wird die Zeremonie abgehalten?«

Frau Landsberger nickte. »Manche Angehörige bringen einen Priester mit, andere einen Trauerredner, es gibt aber auch Beerdigungen, die ohne all das stattfinden. Bestattungen, bei denen die Angehörigen ganz still Abschied nehmen. Hier ist alles möglich, wer hier begraben wird, muss auch keiner Kirche angehören.«

»War es einfach, die Genehmigung zu bekommen?«

»Die Gemeinde war der Idee gegenüber äußerst aufgeschlossen. Sie ist der Träger des Ruhewalds und ich die Betreiberin.«

Sie gingen den Weg zu ihren Autos zurück. Frau Landsberger öffnete die Tür zum Rücksitz und holte aus dem Auto eine dunkelgrüne Urne.

»Eine der günstigsten Varianten, aus Pappmaché, die sich besonders schnell zersetzt.« Sie reichte sie Ludwig und fügte hinzu: »Es gibt aber auch noch viele andere biologisch abbaubare Urnen, zum Beispiel aus Baumrinde, Holz oder Muschelkalk.«

Ludwig nickte und gab ihr das Exemplar wieder zurück.

»Vielen Dank, dass Sie sich so viel Zeit genommen haben. Vielleicht möchten Sie sich mein Grundstück mal anschauen?«

Er gab ihr seine Visitenkarte.

»Gerne. Falls Sie wegen der Genehmigung noch Fragen haben, bin ich Ihnen jederzeit behilflich.«

15

Als Ludwig am nächsten Tag in der Röhre lag, dachte er an das nette Gespräch mit Frau Landsberger zurück. Er nahm sich vor, sie so bald wie möglich anzurufen.

»Sieht alles sehr gut aus«, sagte Sporrer und zeichnete mit einem Stab auf der Aufnahme die Linie um Ludwigs Lunge nach. Der große Schatten war verschwunden.

»Wir haben mit der Chemotherapie unser Ziel erreicht, der Ausgangstumor und die Metastasen haben sich zurückgebildet.«

»Also ist der Krebs weg?«

»Wie es aussieht, ja.« Ludwig atmete auf. »Wobei man natürlich nie sagen kann, ob sich nicht wieder ein Rezidiv bildet. Wir müssen Sie engmaschig kontrollieren.«

»Ich kann also ganz normal weiterleben?«

»Vorerst ja, wobei ich Ihnen rate, nur das zu tun, was Ihnen wirklich Freude macht, und jeden negativen Stress zu vermeiden. Schauen Sie, dass Sie wieder zu Kräften kommen, und treiben Sie regelmäßig etwas Sport. Und natürlich kaum Alkohol und kein Nikotin, aber Sie sind sowieso Nichtraucher, oder?«

Ludwig nickte. Sporrer öffnete die Tür und reichte Ludwig die Hand. »Ich bin wirklich froh, dass wir so gute Ergebnisse erzielen konnten. Bitte machen Sie mit meiner Sekretärin einen Termin für die nächste Kontrolle in sechs Wochen aus.«

Als er aus der Drehtür des Klinikums trat, hätte Ludwig am liebsten einen Luftsprung gemacht, so erleichtert war er. Er hob die Arme und atmete tief ein, dann rief er Natascha an.

»Der Krebs ist weg, mein Schatz«, schrie er ins Telefon.

Er hörte, dass Natascha mit den Tränen kämpfte. »Wow, bin ich erleichtert.« Ihre Stimme klang leise.

Kaum hatte Ludwig sein Auto vor dem Schloss abgestellt, kam Margot an die Tür. Er nickte ihr lächelnd zu und hob seinen Daumen.

»Das ist eine wundervolle Nachricht, Herr Graf«, sagte sie.

Als sie merkte, dass ihre Stimme zu beben drohte, drehte sie sich um und sagte: »Ich mache ihnen erst einmal einen Espresso.«

Ludwig dachte, wie gern er seine Freude mit Lisa geteilt hätte. Nachdem Emil von der Feuerwehr aus dem Schacht befreit worden war, hatten sie nichts mehr voneinander gehört. In den Wochen der Chemo hatte er es vermieden, anzurufen, ihm hatte die Kraft gefehlt, sich Lisas Vorwürfen, die zwangsläufig kommen würden, auszusetzen. Jetzt, nach überstandener Chemo, wollte er Emil wiedersehen. Ludwig blickte in den Spiegel. Sein Gesicht war vom Cortison etwas aufgeschwemmt, die Ringe unter seinen Augen noch dunkler. Die wenigen Haare, die ihm auf dem Kopf geblieben waren, hatte er sich abrasiert. Noch bevor er sich Gedanken gemacht hatte, wie er sein verändertes Aussehen Emil erklären sollte, griff er zum Telefonhörer. Lisa meldete sich.

»Hallo, Lisa, wie geht es dir?«

»Gut«, sagte sie knapp. Ludwig hörte den Groll in ihrer Stimme.

»Kann ich Emil sprechen?«, fragte er.

Sie schwieg einen Moment, dann sagte sie: »Du hast ja Nerven. Die ganzen letzten Wochen hast du dich nicht nach ihm erkundigt, obwohl er sich bei seinem letzten Besuch bei dir verletzt hat, und jetzt willst du, ohne eine Erklärung abzugeben, ihn wieder sprechen.«

»Lisa.«

»Du hast es wohl noch immer nicht kapiert, dass Kinder Beständigkeit brauchen.«

Er war kurz davor, ihr von seiner Erkrankung und der Chemotherapie zu erzählen, ließ es dann aber. Stattdessen sagte er:

»Ich hatte einfach keine Zeit und auch nicht die richtigen Worte parat.«

»Und jetzt hat Emil keine Zeit, der ist gerade bei einem Freund.«

»Vielleicht kann er mich zurückrufen, wenn er wieder da ist, ich würde ihn gern wiedersehen.«

»Du glaubst doch selbst nicht, dass ich ihn noch einmal zu dir ins Schloss lasse, nach allem, was bei seinem letzten Besuch passiert ist. Ich muss jetzt zum Einkaufen, auf Wiederhören.«

Als Ludwig aufgelegt hatte, fragte er sich, ob er Lisa schon einmal so kalt erlebt hatte. Weil er Emil schmerzlich vermisste, erwog er, am nächsten Tag noch einmal anzurufen, verwarf aber den Gedanken. Zum einen, weil er Angst hatte, dass es zu einem Streit kommen könnte, zum anderen, weil er nicht in Versuchung geraten wollte, am Ende Lisa doch noch von seiner Krankheit zu erzählen.

Stattdessen nahm er sich vor, erst in ein oder zwei Wochen wieder anzurufen, in der Hoffnung, dass Lisa sich bis dahin beruhigt hatte.

16

Wie ihm Professor Sporrer geraten hatte, bemühte sich Ludwig um einen regelmäßigen Tagesablauf. Er stand früh auf und erschien bereits um acht Uhr im Büro, wo er die Post durcharbeitete, E-Mails beantwortete und Telefonate führte. Ludwig war sich bewusst darüber, dass es auf lange Sicht gesehen für den erfolgreichen Fortbestand der Lichthagen Immobilien nicht ausreichen würde, zwei Stunden täglich die notwendigsten Arbeiten zu erledigen, um die Firma am Laufen zu halten. Entweder er stellte einen Geschäftsführer ein oder er verkaufte die Firma, trotz mehrmaliger Überlegungen fielen ihm keine anderen Lösungen ein. Weil er ohne Nataschas Zustimmung keine Entscheidung treffen wollte, nahm er sich vor, bei ihrem nächsten Besuch das Thema zu besprechen.

Frau Maiwald hatte er mittlerweile über seine Krankheit informiert. Sie arbeitete noch selbstständiger als zuvor und gab sich viel Mühe, lästige Anrufer von Ludwig fernzuhalten.

»Wie haben Sie meinen Kunden und Geschäftspartnern erklärt, dass ich so lange nicht im Büro war?«, fragte Ludwig Sabine Maiwald, nachdem er sie in sein Büro bestellt hatte.

»Dass Sie im Urlaub sind, so wie wir es besprochen hatten.«

»Auch wenn der Krebs jetzt weg ist, werde ich in Zukunft kürzertreten müssen. Das hat mir mein Arzt dringend geraten.«

Frau Maiwald nickte verständnisvoll.

»Sie können sich auf mich verlassen, ich werde Ihnen so viel wie möglich abnehmen.«

»Das weiß ich doch. Ich frage mich nur, was ich unseren Kunden und Geschäftspartnern sage.« Er deutete auf seine Glatze. »Ich bin nicht mehr der, der ich vorher war, habe keine Haare mehr auf dem Kopf und mein dünner Körper will nicht recht zu meinem aufgeschwommenen Gesicht passen. Und dass der Krebs wieder zurückkommen könnte, hängt wie ein Damoklesschwert über mir.«

»Ich würde bei der Wahrheit bleiben, alles andere heizt nur die Gerüchteküche an. Sie hatten Krebs und sind jetzt wieder gesund.«

»Hoffentlich sehen das auch unsere Geschäftspartner so. Wenn mir niemand mehr ein Grundstück verkauft, weil er befürchtet, ich könnte im nächsten halben Jahr über den Jordan gehen, können wir gleich dichtmachen.«

»Sie haben sich über die Jahre einen exzellenten Ruf erworben, der geht nicht so schnell kaputt. Eine Krankheit ist schließlich kein Verbrechen, sie kann jeden treffen. An Ihrer Stelle würde ich mir nicht so viele Sorgen machen. Sie müssen jetzt vor allem an Ihre Gesundheit denken.«

»Sie haben recht, Frau Maiwald, wir bleiben bei der Wahrheit: Ich hatte Krebs und bin nach erfolgreicher Chemo wieder gesund.«

Wie froh er doch sein konnte, eine so gute Mitarbeiterin wie Sabine Maiwald zu haben, dachte Ludwig auf dem Weg ins Atelier. Sie, Margot und Natascha waren in den vergangenen Wochen seine großen Stützen gewesen. Die aufkommende Melancholie, dass nur eine von ihnen zu seiner Familie gehörte, die anderen beiden Mitarbeiterinnen waren, schob er beiseite und nahm sich vor, sich glücklich zu schätzen, drei Menschen an seiner Seite zu haben, die ihn unterstützten. Er musste an den Spruch denken, der an der Theke hinter der Kassiererin der Cafeteria der Uniklinik hing: »Glück ist eine Entscheidung, kein Schicksal.«

Auf dem großen Tisch im Atelier lag noch immer eine Zeichnung, die Emil bei seinem letzten Besuch angefertigt hatte. Ein Junge, der mit ausgebreiteten Armen vor einem Fußballtor stand. Emil hatte den ihm eigenen Gesichtsausdruck erstaunlich gut wiedergegeben. Zweifellos, der Junge hatte Talent.

Ludwig nahm sich ein Blatt Papier und skizzierte den Trauerwald. Schätzungsweise jeder dritte Baum müsste gefällt werden, damit der Wald eine parkähnliche Struktur bekam. An der Lichtung, in der er kürzlich mit Natascha gesessen hatte, zeichnete er den Trauerplatz ein. Er zog in Erwägung, wie Frau Landsberger ein Kreuz in die Mitte aufzustellen, fand aber dann eine Skulptur für passender. Er würde sie selbst entwerfen und anfertigen. Ludwig druckte sich eine Satellitenaufnahme von Google Maps aus, in die er mit einem Textmarker die grobe Struktur des Trauerwalds einzeichnete und die Bereiche markierte, die ausgelichtet werden mussten. Dann griff er zum Bleistift und skizzierte auf einem anderen Blatt den Trauerplatz detaillierter, mit einer Skulptur in der Mitte und darum gruppierten Bänken. Noch vor dem Mittagessen war die Skizze fertig und er selbst überrascht darüber, wie leicht sie ihm von der Hand gegangen war.

Nach dem Mittagessen ging er noch einmal ins Atelier, legte die Skizzen in eine Mappe und fuhr zum Rathaus. Er wollte den Bürgermeister für sein Vorhaben gewinnen. Die blonde, hagere Vorzimmerdame hätte ihn am liebsten abgewimmelt, doch gerade als Ludwig ihr Büro wieder verlassen wollte, kam der Bürgermeister mit einem Aktenordner aus dem Nebenraum.

»Herr von Lichthagen will Sie sprechen, Herr Bürgermeister. Ich habe ihm schon gesagt, dass Sie gleich noch einen Anschlusstermin haben«, sagte die Sekretärin mürrisch und machte eine Kopfbewegung in Richtung Ludwig, der sich wieder umdrehte und fragte: »Hätten Sie einen Moment?«

»Ja, klar, Herr von Lichthagen. Kommen Sie in mein Büro.«

Ludwig hatte bislang noch nicht viel Kontakt mit Philipp Langer gehabt. Mit seinem Vorgänger war das anders gewesen, in dessen Amtszeit hatte er mehrere Immobilien im Gewerbegebiet geplant, darunter einen Supermarkt und ein Möbelhaus.

LUDWIG WAR von Langers Schreibtisch überrascht, ein ein Meter achtzig breiter Tisch, mit einer lasierten Kirschholzplatte, auf der sich nur ein Stifthalter und eine Schreibtischunterlage befanden, beides aus braunem Leder. Das imposante Möbel stand im Kontrast zu Langers jugendlichem Aussehen. Blaue freundlich blickende Augen und eine blonde Lockenmähne. Er trug Jeans, ein hellblaues enganliegendes Hemd, unter dem sich ein durchtrainierter Bauch abzeichnete, darüber ein dunkelblaues Cordjackett. Er berührte leicht Ludwigs Ellbogen, um ihn zu einer Sitzecke mit beigen Sesseln, ebenfalls aus Leder, zu lenken. Nachdem Ludwig Platz genommen hatte, fragte er: »Was kann ich für Sie tun?«

Ludwig öffnete die Mappe und reichte ihm die Skizze, auf der er das Gelände des zukünftigen Trauerwalds aufgezeichnet hatte.

»Das ist mein Wald mit einem sehr schönen Bestand an alten Bäumen. Ich bin zu Ihnen gekommen, weil ich gern einen Trauerwald daraus machen möchte«, sagte Ludwig.

Er beugte sich nach vorn, um mit dem Finger auf der jetzt auf dem Tisch liegenden Skizze den Umriss des Trauerwalds zu umrunden. »Gute zehn Hektar, die nach und nach für Bestattungen erschlossen werden. Sie kennen das Prinzip des Trauerwalds?«

»Ein Amtskollege, in dessen Gemeinde seit Kurzem einer ist, hat mir auf einer Tagung davon erzählt. Die Urnen werden um die Bäume gruppiert, stimmt's?«

»Genau, ich sehe schon, Sie sind gut informiert. Biologisch abbaubare Urnen.« Weil Langer nichts sagte, reichte ihm Ludwig die zweite Skizze. »So sähe der sogenannte Abschiedsplatz aus, auf dem sich die Trauernden zur Zeremonie treffen. Der Friedhof ist nicht an eine Konfession gebunden, jede Trauergruppe kann ihren eigenen Priester, einen freien Trauerredner und auch Bestatter mitnehmen.« Als Langer immer noch nichts sagte, fügte Ludwig hinzu: »Oder ganz auf eine Feier verzichten. Ein Trauerwald hat ein viel größeres Einzugsgebiet als ein herkömmlicher Friedhof.« Ludwig fragte sich, ob er nicht zu viel redete, und blickte Langer ins Gesicht, um dessen Reaktion zu sehen.

»Ein durchaus interessantes Konzept, zumal die Nachfrage nach Urnenbestattungen stetig größer wird. Wir haben im Kirchfriedhof schon die zweite Stele aufgestellt, im Bergfriedhof sind wir bereits bei der dritten.« Ludwig nickte. »Wie würde das Ganze denn rechtlich ausschauen? Das Bestattungsrecht ist bekanntlich eine Sache für sich.«

»Die Gemeinde wäre Träger des Friedhofs und ich wäre der Betreiber, der die ganze Organisation übernimmt. Als Privatperson darf ich keinen Friedhof betreiben, das dürfen in Deutschland nur religiöse oder staatliche Einrichtungen. Die

Zweckbindung als Bestattungswald wird über eine eingetragene Grunddienstbarkeit, die neunundneunzig Jahre dauert, gesichert. Das soll garantieren, dass die Totenruhe auch dann nicht gestört wird, wenn der Betreiber des Ruhewalds stirbt oder in Konkurs geht. Aber keine Sorge, ich habe für alle Eventualitäten bereits gesorgt.«

Langer blickte auf seine Armbanduhr. »Ihr Konzept ist eine sehr gute Idee, zumal es viele Menschen gibt, die alternative Bestattungsformen suchen. Außerdem würde es unseren Ort ein bisschen bekannter machen.«

Ludwig nickte wieder und sagte: »Oft gehen die Trauernden nach der Beerdigung noch in ein Gasthaus oder Café. Was ich damit sagen will: Auch die Gastronomie könnte davon profitieren.«

»Das sehe ich genauso.« Langer blickte wieder auf seine Armbanduhr. »Ich mache Ihnen einen Vorschlag: Ich bespreche das Ganze bei der nächsten Gemeinderatssitzung, quasi als unverbindliche Voranfrage.« Er stand auf. »Darf ich mir die beiden Skizzen kopieren? Es ist besser, wenn ich dem Gemeinderat schon etwas zeigen kann.«

»Gerne.«

Langer ging ins Nebenzimmer und Ludwig hörte, wie er seine Sekretärin bat, Kopien zu machen. Dann gab er ihm die Skizzen zurück.

»Vielen Dank«, sagte Ludwig und verabschiedete sich.

Als er wieder auf der Straße stand, fand er, dass das Gespräch gar nicht schlecht gelaufen war. Es schien wieder bergauf zu gehen in seinem Leben. Beschwingt fuhr er ins Schloss zurück.

17

Noch vor drei Monaten hätte Ludwig sich nicht vorstellen können, dass einmal so viel Ruhe in sein Leben einkehren würde. Jeden Morgen ging er für zwei Stunden ins Büro. Frau Maiwald tat alles, um jeden Ärger von ihm fernzuhalten, wurde dabei aber immer ernster und schweigsamer.

Oft sah er sie mit zusammengekniffenen Augen an ihrem Schreibtisch sitzen, die rechte Hand an der Computermaus, mit der Linken ihren verspannten Nacken kneten. Er konnte sich nicht erinnern, sie jemals so angespannt gesehen zu haben.

»Frau Maiwald, was treibt Ihnen denn Sorgenfalten ins Gesicht?« Als er hinter sie trat, fiel ihm gerade noch auf, dass sie schnell eine Datei schloss. Sie drehte ihren Bürostuhl, um Ludwig ins Gesicht schauen zu können, und sagte: »Nur eine Rechnung.«

»Frau Maiwald, Sie sind eine unvergleichliche Chefsekretärin, aber schwindeln liegt Ihnen gar nicht.«

»Die Banken, wir können den Kredit nicht mehr bedienen, was auch daran liegt, dass wir von der Anlage ›Wohnen am Fluss‹ seit drei Monaten nichts mehr verkauft haben.«

Noch vor einem Vierteljahr hätte eine solche Aussage Ludwigs Weltbild ins Wanken geraten lassen. Jetzt nahm er das alles wie hinter einer dicken Glasscheibe sitzend wahr.

Ob die Lichthagen Immobilien finanziell gut oder schlecht dastand, würde keinen Einfluss auf sein Überleben haben. Wie viel verlorene Energie und Lebenszeit hatte er in die Firma gesteckt? Und warum das alles? Um seinem Vater zu beweisen, dass er ein besserer Geschäftsmann war als er, oder um sich selbst einen Lebensstil zu ermöglichen, der ihn letztendlich nicht seine körperliche Unversehrtheit hatte garantieren können? Oder weil er sich selbst und der ganzen Welt beweisen wollte, dass, wenn er schon kein großer Künstler war, dann zumindest ein großer Immobilienentwickler?

»Ich werde mit Wolfrum von der Bank sprechen.«

Ludwig griff zum Telefonhörer, doch der Banker, der für Ludwig eigentlich immer sofort Zeit hatte, war nicht zu erreichen. Seine Sekretärin erzählte etwas von Besprechungen, die sich über den ganzen Tag hinziehen würden. »Und da sind wirklich keine fünf Minuten Zeit dazwischen für ein kurzes Telefongespräch?«

»Keine fünf Minuten.« Die sonst so freundliche Frau gab sich kurz angebunden.

Am nächsten Tag erreichte Ludwig schließlich Stefan Wolfrum. »Sie haben Ihren Kreditrahmen bereits um neunzigtausend Euro überschritten, Herr von Lichthagen.«

»Kann ich nicht einen zusätzlichen Kredit aufnehmen?«

»Dafür war die letzte Bilanz nicht gut genug. Auch Ihr Ranking hat sich verschlechtert.«

»Mit einer Anlage hatten wir Probleme. Die Wohnungen ließen sich schlechter verkaufen als erwartet«, räumte Ludwig ein. »Aber durch gezielte Werbung gingen mehr weg.«

»Ich würde Ihnen gern helfen, Herr von Lichthagen, aber auch ich bin meinen Vorgesetzten verpflichtet.«

»Herr Wolfrum, Sie haben mit mir viel Geld verdient, als die Zinsen noch bei fast vier Prozent lagen. Ich erwarte, dass Sie mich jetzt unterstützen.«

»Dann müssen Sie mir mehr Sicherheiten bieten.«

»Ich kann Ihnen ein Grundstück anbieten, Bauerwartungsland ganz in der Nähe von Regensburg.«

»Wie hoch soll der neue Kredit Ihrer Meinung nach ausfallen?«

»Mit drei Millionen würde ich klarkommen.«

»Sie müssten mir die Unterlagen über das Grundstück bringen, Herr von Lichthagen.«

»Das geht klar. Ich bringe sie morgen vorbei.«

Nach dem Telefonat spürte Ludwig, wie erschöpft er war und ihn das Geschäft belastete. Er wollte sich nicht mehr um Kredite und Bauschäden kümmern müssen, wollte nicht jeden Tag Ausschau nach neuen Grundstücken halten, nicht die futuristischen Pläne ehrgeiziger Architekten auf ein umsetzbares Konzept herunterbrechen müssen, keine Ausschreibungsverzeichnisse und Rechnungen prüfen und er wollte auch nicht mit Werbefachleuten Prospekte erstellen, um mehr oder weniger gelungene Wohnanlagen oder Gewerbeparks zu verkaufen. Wenn er jetzt über die vergangenen zwanzig Jahre seines Lebens nachdachte, war es ihm schleierhaft, wie er so lange so viel Zeit und Energie für all diese Sachen hatte aufbringen können.

»Dynamischer Geschäftsführer für gut eingeführte Immobilienfirma gesucht«, schrieb er auf einen Zettel.

Er öffnete die Tür und bat Frau Maiwald, in sein Büro zu kommen. Er reichte ihr den Zettel.

Als sie ihn durchgelesen hatte, vermied sie es, Ludwig anzusehen. Sie nickte kaum merklich und sagte nur: »Wie immer im ›Baublatt‹?«

»Ja.«

»Wen soll ich als Ansprechpartner angeben?«

»Gar niemanden, wir lassen das Ganze erst einmal unter einer Chiffre-Nummer laufen.«

»Ich setze es auf; bevor ich die Anzeige weitergebe, gebe ich Sie Ihnen noch einmal zur Kontrolle.«

»Gut, danke Frau Maiwald. Dann kann ich das auch mit Natascha noch besprechen.«

Sie stand auf, als sie im Türrahmen war, drehte sie sich noch einmal zu Ludwig um.

»Sind Sie denn doch nicht wieder gesund?«

»Es geht nicht darum, ob ich gesund bin, sondern darum, Ballast abzuwerfen.«

Sie nickte wiederum. »Ich habe immer geglaubt, die Lichthagen Immobilien ist Ihr Lebenswerk.«

Ludwig lachte leise. »Das dachte ich auch lange. Bis ich in der Uniklinik an einer Infusion hing und erkannte, dass ich aufs falsche Pferd gesetzt habe.«

Damit sie ihn nicht anschauen musste, blickte Frau Maiwald auf den Boden zwischen Schreibtisch und Türrahmen.

»War ich auch ein falsches Pferd?« Ludwig sah, dass sie den Tränen nahe war. Er stand auf und legte ihr seine Hand auf die Schulter.

»Nein, Sie waren immer mein Glanzstück, sozusagen das beste Pferd im Stall.«

Frau Maiwald hob den Kopf und Ludwig sah, dass sie, obwohl ihr eine Träne über die Wange lief, lachen musste.

»Zumindest haben Sie nicht Ihren Humor verloren«, sagte sie. »Weder Sie noch ich lassen uns unterkriegen, Frau Maiwald. Verstanden?« Sie nickte. »Ich bin auch nicht aus der Welt, sondern stelle nur einen Geschäftsführer ein«, fügte er hinzu. »Und machen Sie mir bitte die Unterlagen für Wolfrum fertig, ich will sie ihm gleich noch vorbeibringen.«

»In Ordnung, Herr von Lichthagen.«

Als er mit dem Kuvert für die Bank unter dem Arm durch den Schlosspark ging, hatte er das Gefühl, als ob er eine Last weniger tragen müsste.

LUDWIG HATTE es sich leichter vorgestellt, einen Landschaftsplaner für den Trauerwald zu finden. Alle, mit denen er in der Vergangenheit zusammengearbeitet hatte, waren entweder ausgebucht oder sagten ab, weil ihnen die Erfahrung mit Trauerwäldern fehlte. Jemand empfahl ihm das Büro »KonkretKonzept« weiter, das erst im vergangenen Jahr gegründet worden war. Eine sehr jung klingende Frau meldete sich am Telefon und versprach, die nächste Woche vorbeizukommen.

LUDWIGS VORBEHALTE, ein noch kaum auf dem Markt etabliertes Unternehmen mit der Planung zu beauftragen, lösten sich beim Ortstermin auf. Die beiden Inhaber überzeugten ihn mit detaillierten Fragen zu seinen Vorstellungen und ersten Vorschlägen. Die Frau, mit der er bereits am Telefon gesprochen hatte, schätzte er in Nataschas Alter, und ihr Partner wirkte wie ein alternativer Typ und hatte einen langen blonden Pferdeschwanz und Vollbart.

»Der Baumbestand ist schon einmal sehr vielversprechend«, sagte Frau Bernhardt. »Jetzt geht es darum, die einzelnen schönen Bäume so zu repräsentieren, dass sie besser herausstechen, ohne zu viele andere abholzen zu müssen.«

Sie deutete auf eine Gruppe von Fichten, die lose auseinanderstanden. »Hier könnten Sie vielleicht noch ein paar Laubbäume nachpflanzen, ich würde Elsbeere und Eiche vorschlagen, beides hochwachsende Bäume, die auch, wenn durch den Klimawandel das Wetter heißer und trockener wird, gut zurechtkommen.«

Während sie eifrig mit Ludwig sprach, blieb der junge Mann hin und wieder stehen, um alle von ihr oder Ludwig gemachten Vorschläge in sein Tablet zu tippen.

»Wie wollen Sie die Wege anlegen? Es gibt Trauerwälder, die mit Rindenmulch die Wege markieren, andere befestigen sie gar nicht.«

»Darüber habe ich mir ehrlich gesagt noch gar keine Gedanken gemacht«, sagte Ludwig.

»Sollten Sie aber.« Sie lachte, sympathisch und hell, wie Ludwig fand.

Als sie wieder vor ihren Autos standen, sagte Frau Bernhardt: »Sie können sich das noch in aller Ruhe überlegen und uns dann Bescheid geben.«

»Mir haben Ihre Vorschläge gut gefallen. Ich will mit Ihnen zusammenarbeiten.«

»Schön, dann schicke ich Ihnen heute noch die Auftragsbestätigung. Wir stellen Ihnen in Kürze die kompletten Unterlagen zusammen, die Sie bei Ihrer Gemeinde einreichen können. Wie schaut ihr Zeitplan aus?«

»So schnell wie möglich«, sagte Ludwig.

»Ende nächster Woche haben Sie die Unterlagen.«

FRAU BERNHARDT HATTE WORT GEHALTEN, am Donnerstag der darauffolgenden Woche erhielt Ludwig alle Unterlagen mit der Post. Er breitete den riesigen Plan auf dem Tisch aus. Der Wald war darauf zu einem großen Park geworden, dessen Mittelpunkt der Andachtsplatz war. Die Planerin hatte seine Vorstellungen sehr gut umgesetzt. In seiner Begeisterung griff er zum Telefonhörer, um Frau Landsberger anzurufen und ihr von den Fortschritten bezüglich seines Projekts zu erzählen.

»Ich habe bereits einen detaillierten Plan erstellen lassen. Es sieht fantastisch aus. Hätten Sie Lust, herzukommen und sich das Gelände und den Plan anzuschauen?«

»Tut mir leid, ich habe gerade viel zu tun, Herr von Lichthagen. Ich melde mich wieder bei Ihnen, wenn ich mehr Luft habe.« Sie hatte aufgelegt.

Ludwig war enttäuscht, wie gern hätte er mit jemandem seine Freude geteilt. Er könnte Natascha anrufen, aber die war nicht wie Frau Landsberger im Thema drin. Stattdessen zeigte er Frau Maiwald seine Skizze, die aber mit dem Thema Friedhof wenig anfangen konnte und nur ein »Gefällt mir ganz gut« von sich gab. Nach ein paar Tagen meldete sich Langer und teilte Ludwig mit, dass der Gemeinderat sehr positiv auf den Trauerwald reagiert habe.

»Ich habe die Unterlagen für den Antrag schon zusammen, die bringe ich Ihnen dann vorbei.«

»Sehr gerne, Herr von Lichthagen.«

Bereits am nächsten Tag fuhr Ludwig ins Rathaus. Da der Bürgermeister nicht da war, gab er die drei Mappen bei der Sekretärin ab.

Die Nachmittage verbrachte er jetzt bis zum Abendessen in seinem Atelier, um an dem Entwurf für die Skulptur zu arbeiten, die in der Mitte des Andachtsplatzes stehen sollte.

»Papa, ich weiß nicht, solltest du dich jetzt nicht mit erfreulicheren Themen befassen?«, fragte ihn Natascha, als er ihr von seiner Arbeit an der Skizze und den großen Fortschritten des Trauerwalds erzählt hatte.

Ludwig winkte ab. »Ich muss mich damit auseinandersetzen. Die Arbeit gibt mir mehr Energie, als sie mich kostet, Natascha.«

Nachdem Ludwig mehrere Skizzen verworfen hatte, entschied er sich für den Entwurf eines großen Kreises, von dem aus sich eine immer kleiner werdende Spirale nach oben wand. Er hatte sich lange nicht mit Holz befasst und war gespannt, ob ihm die Arbeit von der Hand ginge.

18

Ludwig war selbst überrascht, wie schnell die Zeit bis zur Nachuntersuchung vergangen war. »Wir sehen uns in sechs Wochen wieder«, hatte Professor Sporrer zu ihm gesagt und ihm einen von seiner Sekretärin erstellten Ausdruck mit dem Datum seiner nächsten Nachsorgeuntersuchung in die Hand gedrückt. Nachdem sich die anfängliche Euphorie, weil die Chemotherapie erfolgreich verlaufen war, gelegt hatte, fing Ludwig an, pedantisch auf jede noch so kleine Empfindung seines Körpers zu achten. Beim Einatmen konzentrierte er sich auf seinen Brustraum und fragte sich, ob es normal war, wenn er das Füllen seiner Lunge mit Luft wahrnahm. Nach dem Duschen tastete er sich unter den Achseln und an den Leisten nach geschwollenen Lymphknoten ab. Ständig warf er einen Blick in den Spiegel, ob sein Hals dicker war als sonst, was ein Indiz für eine Lymphstauung sein könnte, ein Beweis, dass der Tumor wieder zu wachsen begann. Ein paar Wochen lang hatte er sogar ein Maßband genommen, um den Umfang seines Halses zu messen und täglich in einem Heft festzuhalten.

»So kannst du nicht leben«, sagte er sich eines Morgens und verbannte das Maßband aus dem Badezimmerschrank.

Der richtige Entschluss, wie sich herausstellte, denn fortan merkte Ludwig, wie eine lange nicht gekannte Leichtigkeit zurückkam. Dinge, die ihn früher aufgeregt hatten, nahm er gelassen zur Kenntnis, ohne darüber wütend zu sein oder das Gefühl zu haben, dagegen ankämpfen zu müssen.

Doch als er am Tag der Nachuntersuchung aufwachte, fühlte er, wie die Angst wieder in ihm hochstieg. Nataschas mehrmals geäußertes Angebot, nach Lichtenberg zu kommen, um ihn ins Klinikum zu begleiten, hatte er abgelehnt. Jetzt spürte er, wie ihm menschlicher Beistand fehlte. Die von Margot zubereiteten Rühreier und den Toast rührte er nicht an, trank stattdessen zwei Tassen Kaffee und starrte aus dem Fenster.

Als er seinen Mantel anzog, stand plötzlich Margot neben ihm und nahm ihre Jacke vom Garderobenständer. »Ich komme mit, Herr Graf«, sagte sie mit einer Bestimmtheit, die Ludwig so noch nie bei ihr bemerkt hatte.

Mit den Worten »Alles Weitere später« schickte ihn Sporrer gleich ins MRT. Als Ludwig ihm eine Stunde später in dessen Büro gegenübersaß, bemerkte er eine Befangenheit bei Sporrer, die nichts Gutes verhieß.

Er zeigte Ludwig die Bilder und fuhr mit seinem Stab die Umrisse eines schwarzen daumendicken Punkts auf Ludwigs Lunge nach. »Sieht nicht gut aus, Herr von Lichthagen. Auf der Lunge ist wieder ein Tumor zu sehen. Und hier Metastasen.« Er deutete auf einige dunkle Punkte zwischen den beiden Lungenflügeln.

Weil er mit seinen Ausführungen nicht fortfuhr, sondern ihn nur schweigend ansah, fragte Ludwig: »Und jetzt?«

Sporrer hob die Augenbrauen, als wäre dies Erklärung genug, und sagte: »Ich kann Ihnen nur raten, alle Angelegenheiten zu regeln.«

Ludwig wurde übel. »Und eine erneute Chemo?«, stieß er hervor.

Sporrer zuckte mit den Achseln. »Kann man machen. Sie sind Privatpatient, die Kasse würde sämtliche Kosten tragen, aber …« Er sah Ludwig nachdenklich an.

»Was aber?« Ludwig musste sich zusammenreißen, um nicht loszuschreien.

»Ich würde Ihnen davon abraten, weil ich glaube, dass die Nebenwirkungen die Erfolgschancen überwiegen. Meiner Meinung nach sind Sie austherapiert.«

»Wie lange habe ich noch?«

»Bitte sehen Sie mir nach, dass ich keine Prognosen erstelle. Bereits bei der ersten Untersuchung habe ich Ihnen gesagt, dass wir es hier mit einem aggressiv wachsenden Tumor zu tun haben.«

»Drei Monate, ein halbes Jahr?«

Sporrer schüttelte den Kopf. »Herr von Lichthagen, bitte!«

Ludwig wurde heiß. Er stand auf und riss die Tür zum Gang auf.

Sporrer hielt ihn auf. »Bitte setzen Sie sich wieder.«

Ludwig blieb stehen, Sporrer legte ihm die Hand auf die Schulter. »Sie allein haben es in der Hand, wie wir weitermachen, wenn Sie eine erneute Chemo wollen, bin ich der Letzte, der Sie Ihnen verweigert. Bitte überlegen Sie sich das in aller Ruhe und geben mir dann Bescheid.« Er reichte Ludwig die Hand.

Margot sah Ludwig erwartungsvoll an, als er auf den Gang trat, doch er schüttelte nur den Kopf. Schweigend legten sie den Weg zum Parkplatz zurück.

»Sie sollten jetzt nicht fahren, bitte geben Sie mir den Schlüssel«, sagte Margot, als sie an Ludwigs Wagen angekommen waren.

»Jetzt fangen Sie auch noch an, mich wie ein rohes Ei zu behandeln, Margot.«

»Herr von Lichthagen, bitte.« Demonstrativ hielt sie ihm ihre Handfläche entgegen.

»Na gut.« Er kramte in seiner Hosentasche nach dem Schlüssel und übergab ihn ihr.

Margots Fahrkünsten war die mangelnde Praxis anzumerken. Sie fuhr oft untertourig, langsam und unsicher, was zur Folge hatte, dass ihr Wagen ständig auf der Autobahn überholt wurde. Unter normalen Umständen hätte Ludwig sie gedrängt, schneller zu fahren. Jetzt fühlte er sich zu schlapp und müde, um einzugreifen, außerdem war ihm noch immer übel.

»Sie sind eine schlechte Autofahrerin, Margot, wir sollten öfter üben«, sagte Ludwig mit einem Augenzwinkern, als sie am Schloss angekommen waren und Margot den Wagen umständlich in die Garage gefahren und schließlich zum Stehen gebracht hatte.

KURZ KAM Ludwig in den Sinn, ob er Natascha anrufen sollte, unterließ es aber. Er wollte weder ihr Weinen noch ihr Mitleid hören. Nach dem Mittagessen legte er sich hin, konnte aber nicht schlafen. Je mehr er sich bemühte, seinen unsteten Geist zu beruhigen, desto nervöser wurde er. Er dachte an Emil, der vielleicht schon bald keinen Vater mehr haben würde.

Was sollte er mit der Lichthagen Immobilien machen? Ein paar Bewerbungen für die Position eines Geschäftsführers waren eingegangen, er hatte sie überflogen, würde sie sich morgen früh gleich genauer ansehen.

Was würde aus dem Schloss werden? Ob er Natascha bitten könnte, zurückzukommen, um in Lichtenberg zu leben? Diesen Gedanken verwarf er sofort wieder. Wie ihm als jungem Mann war es ihr hier immer zu eng gewesen. Sie würde sich nicht wohlfühlen. Vielleicht könnte er Lisa anbieten, wieder nach Lichtenberg zu ziehen, mit der Aussicht, dass Emil nach seinem Tod das Schloss bekommen würde. Nein, auch das kam nicht wirklich infrage. Warum sollte sich das Leben aller anderen Menschen ändern, nur weil seines zu Ende ging?

Sollte er Sporrers Rat, sich ruhig seinem Schicksal zu fügen, annehmen oder es doch noch einmal mit einer Chemotherapie versuchen? Schließlich hatte er nicht viel zu verlieren, aber ein Leben zu gewinnen. Zu dem flauen Gefühl in seinem Magen war ein verspannter Nacken hinzugekommen. Außerdem hatte er stechende Kopfschmerzen, als würden Nadelspitzen in seine Augenhöhlen gebohrt. Er hätte am liebsten losgeschrien vor Schmerz und Verzweiflung, wollte sich aber Margot gegenüber keine Blöße geben. Er musste etwas tun. Er glaubte, sich daran zu erinnern, dass in seinem Atelier noch eine Stahlstange und ein großes Stück Blech waren. Die Arbeit würde ihn ablenken, vielleicht konnte er so etwas Ruhe finden.

Margot kam aus der Küche und musterte ihn genau, als er auf dem Weg ins Atelier sich im Esszimmer einen Espresso zubereitete. Anscheinend versuchte sie, seinen Gemütszustand an seinem Gesicht abzulesen.

»Ich bin im Atelier, Margot«, sagte er.

Dort war es kalt, Ludwig musste erst einmal den Holzofen anzünden. Auf einer Werkbank in der Ecke fand Ludwig noch ein paar Fingerlinge aus Wolle, die er sich über die Hände zog. Dann fing er an, mit einem Hammer ein Stück Stahl zu bearbeiten. Wütend ließ er den Hammer immer wieder auf das Blech schlagen, hatte er doch das Gefühl, seine ganze Wut über den Krebs, über die Unausweichlichkeit seines Sterbens, über unnütz vertane Zeit, über Sporrer, der ihm von einer Chemo abriet, über Lisa, die sich mittlerweile ein Leben ohne ihn aufgebaut hatte, und über die Firma, die ihn oft so viel Energie gekostet und so viel Ärger bereitet hatte, auslassen zu müssen.

Am Ende, als Ludwig die Kraft ausging, war das Stück Blech ganz dünn geworden von den vielen Schlägen. Tränen stiegen ihm in die Augen, und er musste sich an der Tischkante abstützen, um nicht zusammenzusacken. Er schluchzte laut, auf dem mittlerweile dünn gewordenen Blech sammelten sich Tränen.

Gleichzeitig spürte Ludwig, wie befreiend sein Weinen wirkte, innerlich löste sich in ihm etwas. Als er sich Minuten später wieder aufrichtete, waren die Schwere, die er seit dem Gespräch mit Sporrer im Magen gefühlt hatte, und der Kloß in seinem Hals weg. Er war plötzlich ruhig.

Er würde nicht tatenlos zusehen, wie der Krebs sich durch seinen Körper fraß und Zelle um Zelle einnahm. Er würde um sein Leben kämpfen, koste es, was es wolle.

Am nächsten Tag rief Ludwig Sporrer an. »Ich habe mich für eine Chemotherapie entschlossen«, sagte er ins Telefon. Er sprach schnell, befürchtete er doch, dass seine Stimme brüchig werden könnte.

»Ihre Entscheidung«, erwiderte Sporrer und fügte nach einer Weile hinzu: »Die für Sie die richtige ist.« Wahrscheinlich hätte es sonst wie ein Vorwurf geklungen. »Ich veranlasse alles. Am nächsten Montag fangen wir an, bitte kommen Sie um neun Uhr auf die Station 3.«

Pünktlich um sieben Uhr dreißig stand das Taxi im Schlosshof. Margots Angebot, ihn zu fahren, hatte Ludwig abgelehnt. Obwohl er sich noch gut an die neugierigen Fragen erinnerte, war Ludwig fast erleichtert, als er in das bekannte runde Gesicht mit den großen braunen Augen des orientalischen Taxifahrers blickte, der ihn zur Begrüßung verständnisvoll anlächelte.

Er hatte sich eine Zeitung mitgenommen, konnte sich aber nicht auf die Lektüre konzentrieren, da zu viele Gedanken durch seinen Kopf schossen. Er fragte sich, wie er die erneute Chemotherapie vertragen würde. Um von den ewig gleichen Gedankengängen abgelenkt zu werden, nahm er dankbar die dieses Mal viel zurückhaltender geäußerten Kontaktversuche des Taxifahrers an, der Ludwig immer wieder über den Rückspiegel vorsichtig anlächelte.

»Der Krebs ist zurückgekehrt«, sagte Ludwig.

»Das tut mir leid. Aber bitte Sie nicht geben auf. Meine Frau hat es auch geschafft. Sie hatte Brustkrebs, ist jetzt seit – lassen mich Sie überlegen …« Er fing an nachzuzählen. »Seit sieben Jahren ohne Krebs. Auch Sie eine Chance haben.«

Ludwig seufzte und dachte daran, die wenig Mut machende Prognose von Professor Sporrer zu erwähnen, unterließ es dann aber.

Er hatte das Bedürfnis, das Gespräch am Laufen zu halten. Vielleicht, weil er ein schlechtes Gewissen hatte, den Taxifahrer beim ersten Chemo-Zyklus so schroff abgewiesen zu haben.

»Wie lange leben Sie schon in Deutschland?«, fragte er.

»Seit dem Ende der Siebzigerjahre, als die Russen in Afghanistan einmarschiert sind.«

»Ein schönes Land, aber irgendwie auch verflucht.«

Der Taxifahrer nickte und fragte: »Kennen Sie Afghanistan?«

»Ja, Mitte der Siebziger bin ich dort gewesen. Ein Freund und ich sind mit dem VW-Bus hingefahren.«

Ludwig erinnerte sich an das Gefühl von Freiheit, das er so

nie mehr gekannt hatte. Dietmar und er hatten sich einen alten VW-Bus gekauft und waren in den Semesterferien einfach losgedüst.

»Und wie Ihnen hat Afghanistan gefallen?«

»Gut, wir kamen leider nur bis nach Kabul, weil der VW-Bus schlappmachte und wir ewig auf die Reparatur warten mussten.«

Pünktlich, als Ludwig die Geschichte zum Abschluss gebracht hatte, standen sie vor dem Uniklinikum.

»Ich wünschen Ihnen alles Gute.«

»Wahrscheinlich sehen wir uns sowieso öfter«, sagte Ludwig. »Ich Sie gerne fahren.« Der Taxifahrer drehte sich um und hielt Ludwig eine Visitenkarte hin.

»Auf ein Neues, Herr von Lichthagen«, sagte die Schwester, als sie Ludwig wieder an die Infusion anschloss.

Nach der ersten Behandlung konnte er keine Veränderung seines körperlichen Zustands feststellen. Er wertete das als gutes Zeichen.

Nach der dritten Infusion fühlte er sich zunehmend schlechter. Er war schwach und müde, döste tagsüber bei jeder Gelegenheit ein, konnte trotz einer bleiernen Müdigkeit aber nachts nicht gut schlafen, sondern wachte mehrmals schweißgebadet auf, um kurze Zeit später frierend wieder einzuschlafen. Essen konnte er mittlerweile fast gar nichts mehr, sogar die leichten Suppen, die Margot ihm kochte, erbrach er kurz darauf wieder. In kürzester Zeit nahm er sieben Kilo ab.

An besseren Tagen gelang es ihm, zumindest ins Atelier zu gehen. Er hatte damit begonnen, ein kleines Miniaturmodell des Trauerwalds anzufertigen. Als er die Arbeit beendet hatte, rief er im Rathaus an. Er wollte dem Bürgermeister das Modell zeigen und gleichzeitig nachfragen, wie weit die Genehmigung schon sei. Doch die Vorzimmerdame winkte ab, der Bürgermeister sei in einer wichtigen Besprechung, er solle es später erneut versuchen.

ALS LUDWIG am Nachmittag noch einmal anrief, sagte die Vorzimmerdame: »Geben Sie mir einen Moment, dann kläre ich, ob der Bürgermeister schnell Zeit hat, er ist schon wieder auf dem Sprung.« Am darauffolgenden Tag wurde Ludwig wieder vertröstet. Er fragte sich, ob der Bürgermeister seine Einstellung zum Trauerwald geändert hatte, und nahm sich vor, in den nächsten Tagen im Rathaus vorbeizuschauen. In einem persönlichen Gespräch könnte er Langers Reaktion besser einschätzen und mögliche Bedenken ausräumen.

Doch seinen Besuch im Rathaus verschob er von einem Tag auf den anderen, weil er kaum aus dem Bett kam. Er nahm immer weiter ab. Wenn er in den Spiegel sah, blickte ihm jetzt die ausgemergelte Fratze eines Mannes entgegen, der vom Tod gezeichnet war. Ludwig hatte das Gefühl, als ob ihm die Zeit davonliefe, es galt noch so viel zu tun: Er wollte den Trauerwald verwirklichen, er wollte Emil sehen und sich mit Lisa versöhnen. Gleichzeitig fühlte er sich von der Chemo zu schlapp, um all diese Pläne anzugehen. Frau Landsberger rief an, Ludwig spürte, wie gut es ihm tat, ihre frische Stimme zu hören.

»Ich bin in Ihrer Gegend, was halten Sie davon, wenn ich auf einen Sprung bei Ihnen vorbeikomme?«

»Ach, das ist aber schade, ich bin gerade in München, um mir ein neues Grundstück anzuschauen.« Ludwig hoffte, dass Frau Landsberger seine Lüge nicht bemerkte und seine Stimme sich nicht genauso schwach anhörte, wie er sich fühlte.

»Na dann vielleicht ein anderes Mal.«

Er erkannte, dass Frau Landsberger enttäuscht war, und fügte hinzu: »Jederzeit gerne. Ich rufe Sie an.«

Als er das Handy wieder auf den Nachttisch gelegt hatte, dachte er, wie armselig sein Stolz angesichts seines schlechten Gesundheitszustands war. Wem musste er noch etwas vormachen, wenn er in einem halben Jahr vielleicht schon gar nicht mehr am Leben war?

19

Mit dem afghanischen Taxifahrer hatte sich Ludwig mittlerweile angefreundet. Bei den Fahrten zur Chemo schaffte es Rashid, ihn von seinen endlosen Grübeleien abzulenken. Rashid hatte drei Töchter, die alle in Deutschland gute Ausbildungen absolviert hatten. Die älteste war Ärztin, die mittlere Statistikerin bei einer Versicherung und die dritte war gerade dabei, ihr Architekturstudium zu Ende zu bringen.

»Keinen Sohn, leider. Rashid kann nur Mädchen, sagt meine Frau immer. Du haben Jungen?«

»Ja, einen Jungen, neun Jahre alt. Er heißt Emil, lebt aber mit seiner Mutter in Starnberg.«

»Du geschieden?«

Ludwig schüttelte den Kopf. »Noch nicht, wir leben erst seit ein paar Monaten getrennt.«

»Das tut mir leid, vielleicht noch nicht ganz verloren?«

»Ich weiß nicht. Ist alles sehr schwierig momentan.«

»Aber du die Frau noch lieben?«

Ludwig zuckte mit den Achseln, was Rashid dazu ermutigte, fortzufahren. »Du müssen unbedingt rausfinden, du sie rufen an. Ist sie nicht gute Frau gewesen?«

»Doch, schon.«

Auf der Heimfahrt hatte Rashid Ludwig das Versprechen abgenommen, Lisa baldmöglichst anzurufen. Es war nicht einfach, Lisa zu erreichen. Ans Handy ging sie nicht, über das Festnetz stieß Ludwig mehrmals nur auf den Anrufbeantworter. Die Ansage »Das ist der Anschluss von Lisa und Emil von Lichthagen« zu hören, schmerzte ihn. Trotzdem hinterließ er eine Nachricht, mit der Bitte um Rückruf, der aber genauso wenig erfolgte, wie der seit Tagen erwartete Anruf von Philipp Langer.

Manchmal kam es Ludwig vor, als ob er für Lisa und Philipp Langer schon gar nicht mehr da wäre. Wut packte ihn dann.

IRGENDWANN HIELT er es nicht mehr aus und rief Lisa erneut an. »Wann kann ich Emil endlich wiedersehen?«

»Er hat sich gerade hier eingelebt, neue Freunde gefunden, gib ihm noch ein bisschen Zeit.«

Fast hätte Ludwig ins Telefon geschrien: »Zeit ist das Einzige, was ich nicht habe«, dann besann er sich jedoch darauf, dass Lisa gar nichts von seiner Erkrankung wusste, und sagte ruhig: »Lisa, können wir nicht noch einmal über alles reden?«

»Ich wüsste nicht, warum, Ludwig.«

Noch bevor er etwas erwidern konnte, hatte sie aufgelegt.

Wütend schmiss er den Hörer aufs Sofa, setzte sich und atmete tief ein. Die vergangenen dreißig Jahre seines Lebens hatte er Menschen, die für ihn nicht wichtig genug waren, kaltgestellt, wochenlang auf Anrufe warten lassen. Wie sich die Menschen fühlten, war ihm egal gewesen. Jetzt war es, als ob der Hebel umgelegt worden wäre. Ludwig musste schmerzhaft feststellen, wie demütigend das war, er fühlte sich klein und abhängig.

Er ging ins Atelier, wo er trotz des Krebses, der sich immer gieriger durch seinen Körper fraß, noch immer Herr seines Reiches war. Das Stahlblech, das er vor dem zweiten Chemo-Zyklus in seiner Wut zu einer dünnen Platte gehauen hatte, formte er zu einem Rohr und schweißte es an den Enden zusammen. Seine Hände zitterten, er hatte kaum Kraft, den Schweißapparat zu führen. Als er fertig war, sah er, wie schief die Schweißnaht war, und fragte sich, ob es in seinem Leben überhaupt noch einen Bereich gab, den er unter Kontrolle hatte.

DIE NÄCHSTEN TAGE ging es Ludwig so schlecht, dass er kaum das Bett verlassen konnte. Die Aphten in seinem Mund brannten, die Glieder schmerzten. Margot hatte ihm neben seinem Bett einen Eimer bereitgestellt, in welchen Ludwig regelmäßig erbrach.

Die restlichen Chemo-Termine für die Woche sagte Ludwig ab. Als er Rashid Bescheid gab, dass der ihn in den darauffolgenden Tagen nicht abholen müsse, zeigte dieser sich enttäuscht. »Schade, du mein Lieblingsfahrgast, wir immer uns so schön unterhalten.«

»Stimmt, mir haben unsere Gespräche auch gefallen«, gab Ludwig zu.

Neben Margot war Rashid der einzige stetige Ansprechpartner, den er in seiner plötzlich so klein gewordenen Welt noch hatte, und auch der einzige Mensch, dem Ludwig nichts mehr vormachen musste. Rashid hatte ihn schon so oft in seinen dunkelsten Momenten erlebt. Wenn er mit aufgedunsenem Gesicht, völlig fertig auf dem Rücksitz des eierschalenfarbigen Mercedes kauerte und Rashid immer wieder besorgt in den Rückspiegel blickte. Zu Natascha, die seit ihrer Abreise nach Berlin jeden Abend anrief, war er nicht so offen. Ludwig wollte nicht, dass sie merkte, wie schlecht es ihm ging. Seine körperliche und seelische Misere überspielte er mit einem für ihn ungewöhnlich langen Redefluss, erzählte Natascha von dem Entwurf für den Trauerwald und wie viel Spaß ihm die Arbeit im Atelier machte. Die ständige Übelkeit, die hämmernden Kopf- und ziehenden Gliederschmerzen sparte er aus.

»Wie lief das Casting?«, fragte er am Ende eines Gesprächs.

»Gut, wir sind jetzt nur noch zu dritt in der engeren Auswahl. Du siehst, meine Chancen steigen rasant.«

Ludwig war froh, ihr herzliches Lachen zu hören. Die Frage, ob ihm Natascha seinen vorgespielten Optimismus abnahm, schob er beiseite.

An einem Sonntagmorgen, den er Margot eigentlich freigegeben hatte, hörte er auf dem Weg zur Toilette, dass sie in der Küche telefonierte. Als er sie »Er wird immer dünner« sagen hörte, blieb er stehen und lauschte. »Er konnte die letzten Termine in Regensburg gar nicht wahrnehmen«, fuhr Margot fort. »Er bräuchte jetzt ständig jemanden an seiner Seite, zu dem er völliges Vertrauen hat.« Ludwig ging einen Schritt zurück, um die Worte besser verstehen zu können. »Wann bist du fertig mit den Aufnahmen?« Obwohl Margot sich bemühte, leise zu sprechen, konnte er sie verstehen.

Er wartete, bis sie das Gespräch beendet hatte, stieß die angelehnte Tür zur Küche auf, positionierte sich vor Margot und schrie: »Was fällt Ihnen ein, hinter meinem Rücken meine

Tochter anzurufen und über mich zu sprechen?« Er schnappte nach Luft, musste sich am Türrahmen festhalten.

»Ich wollte doch nur …«, stammelte Margot.

»Sie wollten doch nur.« Ludwig äffte Margots betont langsame Sprechweise nach. »Sie haben gar nichts zu wollen, nur Ihre Arbeit zu machen. Alles andere geht Sie schlichtweg nichts an.«

Wutentbrannt ging er ins Schlafzimmer zurück, schlüpfte in eine Hose und einen Pullover, nahm eine Fleecejacke von der Garderobe und fuhr in den Wald. Von seiner plötzlichen Kraft überrascht, lief er schnell zur Lichtung, wo schon bald eine seiner Skulpturen im Mittelpunkt des Trauerplatzes stehen würde. Genau an diesem Punkt angekommen, riss er beide Arme in die Höhe und stieß einen kräftigen Schrei aus. Ludwig spürte, dass sich in ihm etwas löste, seine Augen füllten sich mit Tränen und er schluchzte laut. Er setzte sich auf die alte Holzbank und schaute zu, wie die Tränen auf seine Oberschenkel fielen und auf seiner Jeans kleine dunkle Flecken hinterließen.

Plötzlich hörte er von einer Seite schnelle Schritte und Männerstimmen. Er wandte seinen Kopf der entsprechenden Richtung zu, sah aber niemanden, denn die Lichtung lag auf dem höchsten Punkt des Geländes. Schnell stand Ludwig auf, in der Hoffnung, sich noch hinter einem Baum am Waldrand verstecken zu können – so wollte er nicht gesehen werden. Doch es war zu spät, er sah erst einen Kopf, dann den ganzen in eine gelbe Sportjacke gekleideten Oberkörper hinter der Lichtung hervorkommen. Ludwig erkannte Philipp Langer. Wenige Schritte hinter ihm folgte ein etwas kleinerer dunkelhaariger Mann. Wo hatte er ihn schon einmal gesehen? Dann fiel ihm ein, dass der Typ eine zum Verkauf stehende Wohnung besichtigt hatte. Fünfzehn Jahre musste das her gewesen sein. Das feiste Gesicht, das Ludwig damals schon bekannt vorgekommen war, schien noch immer nicht so recht zu seinem ansonsten schmalen Körperbau zu passen. Trotz der leisen Piepsstimme, mit der er sich damals unsicher vorgestellt hatte, hatte Ludwig sofort die Ähnlichkeit mit seinem Vater – dem Bestatter, der Ludwigs Vater begraben hatte – festgestellt.

Als Ludwig jetzt das erste Gespräch mit Frau Landsberger einfiel, die ihn vor den örtlichen Bestattern und deren Angst, ein Trauerwald würde ihnen das Geschäft wegnehmen, gewarnt hatte, wurde Ludwig schlagartig bewusst, warum Langer sich nicht mehr gemeldet hatte und der Plan zum Trauerwald wahrscheinlich ungelesen in irgendeiner Schublade im Rathaus lag. Langer war mit Holzheimer befreundet.

Es war zu spät, um nicht gesehen zu werden, die beiden kamen direkt auf ihn zu. Eine große Wut überkam Ludwig, ob seiner eigenen Naivität und Langers Ignoranz, der ihm, der keine Zeit mehr zum Warten hatte, einfach am ausgestreckten Arm verhungern ließ. Er stürzte auf Langer zu und stellte sich vor ihn, beide Hände ausgestreckt, um ihm den Weg zu versperren. Irritiert blieb Langer stehen.

»Was ist mit der Genehmigung für den Trauerwald?«, stieß Ludwig atemlos hervor.

»Herr von Lichthagen, es ist Sonntagvormittag, Sie sehen doch, dass ich privat unterwegs bin, bitte machen Sie einen Termin mit meiner Sekretärin aus.«

»Das habe ich bereits mehrmals versucht, und immer haben Sie sich verleugnen lassen.«

»Nächste Woche habe ich mehr Zeit.«

»Auch für mich?« Ludwig lachte höhnisch. Dass Langer so ruhig blieb, machte ihn noch aggressiver. Er begriff, dass er gerade übers Ziel hinausschoss, war aber nicht imstande, sich am Riemen zu reißen.

Die beiden waren im besten Mannesalter, strotzten vor Virilität und Lebenskraft. Alles, was Ludwig nicht mehr hatte.

»Auch für Sie, Herr von Lichthagen.«

Als Ludwig sah, wie Holzheimer den Kopf schüttelte und spöttisch lachte, stürzte er auf ihn zu und zog an dessen Jacke. »Sie sind schuld, dass ich die Genehmigung noch nicht habe. Sie wollen den Trauerwald verhindern, weil Sie dann Ihr Bestattungsmonopol verlieren.«

Holzheimer trat einen großen Schritt zurück, um Ludwigs Hand, die noch immer an seiner Jacke zog, abzuwehren. Er schüttelte den Kopf und sagte zu Langer: »Wir müssen uns diesen Unsinn nicht mehr länger anhören. Komm, Philipp, wir laufen weiter.«

Er fing an, davonzutraben, Langer folgte ihm, drehte sich aber noch einmal zu Ludwig um, und sagte versöhnlich: »Diese Woche ist voller Termine, nächste Woche habe ich mehr Zeit, dann schaue ich mir die Unterlagen einmal genau an. Bitte gedulden Sie sich so lange.«

»Ich kann mich nicht gedulden, ich habe keine Zeit mehr, verstehen Sie? Ich bin krank, ich werde sterben!«, schrie Ludwig ihnen nach. Doch keiner der beiden schenkte ihm Beachtung.

Völlig erschöpft und noch schwerer atmend sank Ludwig auf die Bank. Genauso schnell wie die Wut gekommen war, war sie wieder verflogen, und er fragte sich, was er gerade angerichtet hatte. Wenn er bis vor fünf Minuten nur noch eine klitzekleine Chance auf die Genehmigung des Trauerwalds gehabt hatte, hatte er sie jetzt zunichtegemacht. Auch wenn Langer ungefähr nur halb so alt war wie er, würde er sich Ludwigs Verhalten und seine Wortwahl nicht bieten lassen.

Ludwig stellte erschüttert fest, dass er – der in Geschäftskreisen und im Privatleben in jeder Situation die richtigen Worte gefunden, mühelos mit Niveau die schwierigsten Probleme gelöst hatte, der bekannt dafür war, sich leichtfüßig und elegant auf jedem gesellschaftlichen Parkett zu bewegen, sei es im Gespräch mit Arbeitern auf einer Baustelle oder mit millionenschweren Geschäftspartnern – soeben völlig die Contenance verloren hatte. Er hatte sich lächerlich gemacht. Sein Verhalten trieb ihm die Schamesröte ins Gesicht. Er konnte sich nicht daran erinnern, sich schon einmal derartig danebenbenommen zu haben. Von Selbstvorwürfen zerrissen fuhr Ludwig ins Schloss zurück.

»MARGOT, wo sind Sie?«, rief er im Flur stehend. Doch niemand antwortete. Ludwig ging in die Küche, doch auch dort war die Haushälterin nicht. Von ihrem Zimmer am Ende des Gangs stand die Zimmertür offen. Das Bett war abgezogen, der Kleiderschrank leer, auch die Bücherregale hatte Margot ausgeräumt. In wenigen Stunden hatte er es nicht nur geschafft, den Trauerwald zu zerstören, sondern auch noch seine langjährige Haushälterin aus dem Schloss zu treiben. Und das, obwohl er mittlerweile auf deren Hilfe angewiesen war. Er musste Margot zurückholen.

Wo konnte sie sein? Er kam zu dem Entschluss, dass er sie mit ziemlicher Sicherheit am Bahnhof finden würde, von dem sie immer den Zug zu ihrer Schwester nahm. Obwohl die Ärzte ihm wegen der Einnahme von starken Schmerzmitteln verboten hatten, Auto zu fahren, stieg er in seinen Landrover und raste zum Bahnhof, um Margot aufzuhalten. Am Bahnsteig angekommen, sah er nur noch die blinkenden Hecklichter des Zuges. Er überlegte, nach Ittenberg, Margots Heimatort, zu fahren, kam aber zu dem Entschluss, dass es wenig Sinn machen würde, sie so kurz nach ihrem Aufbruch dort aufzusuchen. Genauso wenig könnte er am Sonntag zum Bürgermeister gehen, um ihn um Verzeihung zu bitten. Vor Montag konnte er sowohl bei ihm als auch bei Margot wenig ausrichten.

Um sich abzulenken, ging Ludwig ins Atelier. Trotz seiner Erschöpfung griff er zum Hammer, um ein Stück Blech zu bearbeiten, schlug und schlug darauf ein. Er hörte noch das metallische Klirren, als ihm das Werkzeug aus der Hand fiel, dann wurde ihm schwarz vor Augen.

20

»Herr von Lichthagen, soll ich einen Krankenwagen holen?« Ludwig öffnete die Augen und sah ins Gesicht von Frau Landsberger, die über ihn gebeugt war. Mit einem Taschentuch tupfte sie vorsichtig an seinem Kopf herum.

»Sie haben sich bei Ihrem Sturz eine Platzwunde zugezogen.«

»Was ist passiert?«

»Haben Sie denn gar nichts mitbekommen?« Frau Landsberger schaute ihn besorgt an. Ludwig versuchte, sich zu erinnern.

»Ich weiß nur noch, dass ich ins Atelier gegangen bin, um zu arbeiten.«

»Wahrscheinlich haben Sie das Bewusstsein verloren, sind dann gestürzt und haben sich dabei verletzt.«

»Wie haben Sie mich gefunden?«

»Ich habe im Schloss geläutet, aber niemand hat mir aufgemacht. Da habe ich mich daran erinnert, dass Sie mir von Ihrem Atelier im Schlosspark erzählt haben.« Sie strich ihm über die Wange: »Ich hatte irgendwie das Gefühl, dass es Ihnen nicht gut geht. Manchmal habe ich einen siebten Sinn.«

Frau Landsberger brachte ihn ins Krankenhaus, wo die Platzwunde genäht wurde.

Wieder im Schloss angekommen, machte sie Ludwig Kaffee und kochte ihm eine Gemüsesuppe.

»Eigentlich habe ich eine Haushälterin«, sagte Ludwig, als er Frau Landsberger im Esszimmer gegenübersaß und beide aßen. »Beziehungsweise ich hatte eine, bis ich es heute geschafft habe, sie zu vergraulen.«

»Wie haben Sie das denn angestellt?«

»Sie hat meine Tochter angerufen und sie über meinen schlechten Gesundheitszustand informiert.«

Es entstand eine Pause, dann sagte Frau Landsberger: »Der Krebs ist zurück, oder?«

Ludwig nickte. »Und aggressiver denn je. Meine Chancen stehen sehr schlecht. Der Arzt hat mir sogar von einer weiteren Chemo abgeraten, aber ich muss kämpfen.«

»Und warum wollen Sie nicht, dass Ihre Tochter erfährt, wie es Ihnen wirklich geht?«

»Sie hat Ihr eigenes Leben, ist in Berlin und gerade dabei, sich eine Karriere als Schauspielerin aufzubauen. Ich will ihr kein Klotz am Bein sein.«

»Vielleicht wäre Sie froh, wenn Sie mehr Zeit mit Ihnen verbringen könnte.«

Ludwig zuckte mit den Schultern. »Ich weiß nicht.«

»Wie geht es mit dem Trauerwald voran?«

»Gar nicht. Ich glaube, den kann ich endgültig begraben. Mit mir sozusagen.«

»Warum das denn?«

»Der örtliche Bestatter macht Druck, Sie haben mich davor gewarnt, aber ich dachte wohl, für mich gelten andere Regeln.«

»Weil Sie der Graf von Lichthagen sind?« Frau Landsberger zwinkerte ihm amüsiert zu.

»Vielleicht. Der Bürgermeister und der Bestatter sind Sportsfreunde.«

»Okay.«

Frau Landsberger nickte wissend und Ludwig fuhr fort:

»Am schlimmsten ist das Gefühl, dass mir die Zeit ausgeht. Ich fühle mich ständig unter Druck, will noch so viel unternehmen und anstoßen, aber ich habe nicht die Kraft dazu.«

Ludwig machte eine Pause, um anschließend noch schneller weiterzusprechen: »Ich habe die falschen Prioritäten im Leben gesetzt, doch jetzt fehlt mir die Zeit. Der Trauerwald wäre die letzte Ausfahrt gewesen, der letzte Versuch, meinem Leben eine andere Bedeutung zuzuschreiben. Verstehen Sie?«

Frau Landsberger nickte, dann sagte sie ruhig: »Glauben Sie nicht, dass Sie alles zu negativ sehen? Es war bestimmt nicht alles schlecht in Ihrem Leben.« Ludwig zuckte mit den Schultern. »Sie haben mir von Ihrer Tochter und Ihrem Sohn erzählt, das zeigt, dass Sie im Leben doch etwas zustande bekommen haben. Glauben Sie nicht, Sie sollten das wertschätzen?«

»Mein Sohn lebt bei meiner Noch-Ehefrau. Ich habe derzeit keinen Kontakt zu ihm.«

»Weiß Ihre Ehefrau, wie schlecht es Ihnen geht?«

»Ich habe ihr nichts von dem Krebs erzählt. Ich wollte nicht, dass Sie aus Mitleid zu mir zurückkommt.«

Frau Landsberger lachte. »Die Männer und ihr Stolz.«

»Und diese Chemo. Morgen beginnt die nächste Reihe. Der Krebs ist sehr aggressiv, mein Arzt meinte, dass es sowieso aussichtslos ist.«

»Und Sie? Was denken Sie selbst?«

»Dass ich die falsche Schlacht führe. Die Chemo kostet

mich so viel Kraft, dass ich zu nichts anderem komme. Dabei hat mir der Arzt geraten, alle Dinge zu regeln.«

»Was sagt Ihnen Ihr Gefühl?«

Ludwig ließ sich Zeit mit seiner Antwort, dann sagte er: »Dass ich die Chemo beenden sollte.«

Trotz der starken Schmerzmittel wachte Ludwig am nächsten Tag schon um sechs Uhr auf. Er sprach auf den Anrufbeantworter des Taxiunternehmens, um die bereits abgemachte Fahrt in die Uniklinik abzusagen.

Als es endlich acht Uhr war, griff er erneut zum Telefonhörer und wählte die Nummer der Uniklinik.

»Was kann ich für Sie tun?«, fragte Sporrers Sekretärin. Ludwig mochte die fröhliche Blondine mit ihrem sächsischen Dialekt.

»Nicht viel«, entgegnete er. »Außer dem Professor zu sagen, dass ich mich entschlossen habe, die Chemo zu beenden.«

Ludwig merkte, wie Frau Renner am anderen Ende der Leitung nach den richtigen Worten suchte, schließlich sagte sie nur:

»Ich werde es Professor Sporrer ausrichten. Er wird sich mit Ihnen in Verbindung setzen.«

21

Die Tatsache, endlich eine Entscheidung herbeigeführt zu haben, brachte Ludwig große Ruhe. Die ständige Anspannung wich Gelassenheit und er fühlte sich innerlich so weit gestärkt, um mit Margot das Gespräch zu suchen. Nachdem er sie trotz mehrmaliger Versuche nicht an ihrem Handy erreicht hatte, weil es ständig abgeschaltet war, rief er bei ihrer Schwester an und fragte, ob er Margot sprechen könne.

»Moment, ich hole sie«, plärrte die Schwester mit ihrer tiefen Stimme barsch in den Hörer.

Nach einer Weile kam Margot an die Strippe. »Ja, bitte?«

»Von Lichthagen am Apparat.« Ludwig hörte, wie Margot tief ein- und ausatmete, als müsse sie sich Kraft für das anstehende Gespräch holen.

»Ich wollte mich entschuldigen, ich habe mich unmöglich benommen. Es tut mir leid. Sie haben es nur gut gemeint.«

Er war es nicht gewohnt, sich zu entschuldigen, war aufgeregt und merkte, dass er viel zu schnell redete.

»In der Tat, das habe ich.« Margots Stimme klang noch immer beleidigt.

»Wollen Sie nicht zurückkommen?«

»Ich weiß nicht, Herr von Lichthagen. Nach all den Jahren, in denen ich für Sie gearbeitet habe, so behandelt zu werden …«

Ludwig hörte, wie sie mit den Tränen kämpfte. »Ich will Sie nicht bedrängen, Margot. Ich will nur, dass Sie wissen, dass ich mein Fehlverhalten bereue.«

»In Ordnung, ich nehme es zur Kenntnis und denke darüber nach. Auf Wiederhören, Herr von Lichthagen.«

»Wiedersehen, Margot.«

Ludwig war enttäuscht, er hatte es sich leichter vorgestellt, Margot zur Rückkehr zu bewegen.

DAS WOCHENENDE VERBRACHTE er allein im Schloss. Er begann das zu tun, was ihm Professor Sporrer geraten hatte: »Erledigen Sie, was Sie zu erledigen haben.« Er ging alle Kreditverträge der Immobilienfirma durch, las die Bewerbungen für einen Geschäftsführer und nahm zu zwei Anwärtern Kontakt auf. Die jahrzehntelange Routine in geschäftlichen Angelegenheiten kam ihm dabei zu Hilfe. Jeden Anflug von Melancholie schob er umgehend beiseite und konzentrierte sich auf die Lektüre der Unterlagen.

ALS LUDWIG am Montag die Treppe hinunterging, um sich sein Frühstück zu machen, hörte er in der Küche Geschirr klappern. Er ging hinein und sah Margot, wie sie auf den Zehenspitzen stand und ihren Arm hob, um eine Vase in den Hängeschrank zu stellen.

»Sie sind wieder da?«, fragte er ungläubig.

Margot drehte sich zu ihm und schmunzelte. »Ich kann Sie

doch jetzt nicht allein lassen.« Ludwig stiegen Tränen in die Augen, die er schnell beiseite wischte.

»Vielen Dank, das rechne ich Ihnen hoch an, Margot. Zumindest muss ich dann nicht mehr diese grässlichen Tütensuppen essen.«

Seit er die Chemo beendet hatte, war Ludwigs Appetit zurückgekehrt, ihm schmeckte das Essen wieder.

»Ich mache Ihnen heute gleich eine Grießnockerlsuppe.« Ludwig trat einen Schritt auf sie zu und hätte sie am liebsten umarmt, wusste aber nicht, ob das passend war, und entschied sich, ihr nur hölzern die Hand zu geben.

Nachdem es ihm eine Zeit lang ohne Chemo sehr gut gegangen war und er sich so gut wie lange nicht gefühlt hatte, bekam Ludwig von einem auf den anderen Tag das Gefühl, als ob er spüren konnte, wie der Krebs wuchs. Er bekam nicht mehr genügend Luft, wurde kurzatmig, seine Muskeln und Glieder schmerzten, jede Bewegung tat ihm weh.

Nachts lag er oft wach und fragte sich, wie es wohl wäre, zu sterben. Als er auch bei Tageslicht seine Ängste nicht mehr unter Kontrolle bekam, beschlich ihn der Gedanke, ob er in ein Hospiz gehen sollte, wie ihm sein Hausarzt, der jetzt fast täglich bei ihm vorbeischaute, vorgeschlagen hatte. Doch seine eigenen Räume zugunsten einer kleinen, wenn auch behaglich gestalteten Sterbekammer aufzugeben, um unter anderen Sterbenden auf das eigene Ende zu warten, schien ihm wenig verlockend.

»Dann sollten Sie Ihre Tochter fragen, ob sie nicht für einen längeren Zeitraum bei Ihnen wohnen kann«, schlug Dr. Schreiner, der Hausarzt, vor. Er war etwas jünger als Ludwig, ein nüchterner, durch nichts aus der Ruhe zu bringender Mann, der viel davon hielt, die Dinge rechtzeitig und konkret anzusprechen.

»Ich will niemandem zur Last fallen.«

»Ihre letzten Wochen sollten Sie so gestalten, wie es für Sie das Beste ist, und nur an sich und nicht an die anderen denken.«

Als Ludwig die darauffolgende Nacht wieder vor Schmerzen nicht schlafen konnte und sich unruhig im Bett hin und her wälzte, rief er am nächsten Morgen Natascha an. »Schatz, mir geht es sehr schlecht.«

»Ich habe gedacht, die Chemo schlägt an.«

»Die habe ich abgebrochen, Natascha.«

»Du hast die Chemo abgebrochen?« Natascha schrie fast. »Seit wann?«

»Den Entschluss habe ich vor vierzehn Tagen gefasst, Aufwand und Ertrag standen nicht mehr zueinander im Verhältnis.«

»Aufwand und Ertrag? Ernsthaft? Du sprichst über dein Leben, nicht über eine betriebswirtschaftliche Monatsauswertung! Spinnst du?«

»Es ist besser so, ich möchte noch ein paar ruhige Monate, ohne dass mir ständig speiübel ist.«

»Papa, bitte überlege dir das noch einmal. Du könntest geheilt werden.«

»Kann ich nicht, Natascha. Ich habe dir nicht die ganze Wahrheit erzählt. Nach der ersten Chemo war alles eine Zeit lang gut, doch dann kamen der Krebs und auch die Metastasen zurück. Professor Sporrer hat mir schon damals geraten, keine neue Chemoreihe zu beginnen, weil es seiner Meinung nach zwecklos sei. Im Nachhinein hatte er recht.«

»Du hast doch gesagt, dass es dir viel besser geht und alles weg ist.« Ihre schrille Stimme tat Ludwig im Ohr weh.

»Ich wollte dich schonen, nicht unnötig belasten.«

»Nicht unnötig belasten? Immer machst du alles mit dir allein aus. Ich hätte ein Recht gehabt, die Wahrheit zu erfahren.«

Sie klang jetzt leise, fast wimmernd, und Ludwig hörte, dass sie weinte.

»Komm, lass uns nicht streiten, Natascha, dafür ist die verbleibende Zeit zu kostbar.« Er hielt einen Moment inne. »Ich würde mir wünschen, dass du herkommst. Allein ist das alles so schwer.«

Ludwig war selbst erstaunt. Hatte er wirklich den letzten Satz gesagt und zugegeben, dass er jemanden brauchte?

»Ich habe dir doch von dem Sechsteiler fürs Fernsehen erzählt. Am Donnerstag beginnt die zweite Castingreihe …« Sie schwieg einen Augenblick, als ob sie auf eine Reaktion wartete. »Aber danach könnte ich in Berlin wegfahren. Was ist mit Lisa, kann die nicht gleich kommen?«

»Lass Lisa aus dem Spiel, wir haben kaum mehr Kontakt.«

»Ihr seid immer noch verheiratet.«

22

Als Natascha auf die *Aus*-Taste ihres Smartphones tippte, fragte sie sich, ob sie ihren Vater schon einmal so niedergeschlagen erlebt hatte. Sie kannte ihn immer als Macher, der es gewohnt war, Probleme schnell und effizient zu lösen. Von ihm um Hilfe gebeten zu werden, war für Natascha eine völlig neue Erfahrung. Er hatte ihr vorher noch nie das Gefühl gegeben, sie müsste ihn in irgendeiner Form unterstützen, im Gegenteil, er hatte sie immer aufgefordert, ihr eigenes Leben zu führen. Wenn er sie jetzt bat, nach Lichtenberg zu kommen, musste es ihm wirklich schlecht gehen.

Weit weg von ihm zu sein, ohne Einfluss nehmen zu können, gab ihr ein lähmendes Gefühl der Hilflosigkeit. Sie hatte das Bedürfnis, irgendetwas zu tun, und entschloss sich, Professor Sporrer anzurufen. Erst nachdem sie klargemacht hatte, dass es sehr dringend war, stellte Frau Renner sie durch.

»Mein Vater hat mir erzählt, dass er die Chemotherapie abgebrochen hat.« Sie merkte, dass sie sehr schnell sprach, und hielt sich an, langsamer zu reden: »Ich halte das für keine gute Lösung.«

Sporrer räusperte sich, dann sagte er: »Frau von Lichthagen, der Krebs ist schon sehr weit fortgeschritten, hat bereits Organe wie die Leber befallen. Wir haben auch schon Metastasen in der Bauchdecke und in den Knochen entdeckt, leider. Eine Chemo würde ihrem Vater vielleicht ein halbes Jahr mehr geben.« Nach einem kurzen Zögern fügte er hinzu: »Aber das mit ständiger Übelkeit und Wunden, die nicht heilen.«

»Vielleicht hat er ja doch eine Chance.«

»Nach den ersten Chemo-Zyklen ist der Krebs sehr bald zurückgekehrt. Das zeigt, wie aggressiv er ist.« Er machte eine Pause, als wartete er, bis seine Worte direkt in ihrem Gehirn ankamen, dann fuhr er fort: »Auch wenn es mir schwerfällt, es Ihnen zu sagen: Ihr Vater ist austherapiert.«

»Gibt es keine anderen Therapien?«

»Ich fürchte, nein. Wenn Sie wollen, können wir das gerne zusammen mit ihrem Vater in einem persönlichen Gespräch erörtern. Ich rede nur ungern über meine Patienten, wenn sie nicht dabei sind.«

»Würde das Ihre Prognose ändern?«

»Nein.«

»AUSTHERAPIERT.« Natascha spürte die Schwere von Sporrers Worten in ihr Bewusstsein dringen, die sie wie eine dunkle Wolke umnachtete. Ihr Körper fühlte sich wie Blei an, sodass sie umgehend das Bedürfnis hatte, sich aufs Sofa zu legen. Sie schloss die Augen in der Hoffnung, für einen Moment ihren unheilbar kranken Vater und die Höllenqualen, die er seit Wochen durchlitt, ohne dass sie es gewusst hatte, aus dem Kopf zu bekommen. Doch ihr Geist blieb unruhig. Sie stand wieder auf und rief Margot an.

»Mein Einfluss ist begrenzt. Dein Vater ist sehr verschlossen«, stellte die Haushälterin fest. Natascha war überrascht, wie gelassen Margot die Situation sah, was ihr Gefühl, viel zu lange nicht über den aktuellen Gesundheitszustand ihres Vaters informiert worden zu sein, nur verstärkte.

»Was ist mit Lisa?«, fragte Natascha.

»Die junge Frau von Lichthagen habe ich seit ihrem Auszug nicht mehr hier gesehen.«

NATASCHA HATTE NIE einen Draht zu Lisa gefunden. Für sie war Lisa umständlich, nachtragend und wenig zugänglich. Aber sie hatte sich immer nach einem Bruder, wenn auch einem großen, gesehnt und liebte Emil abgöttisch. Deshalb tat es ihr auch so weh, zuzuschauen, wie Lisa bereits seit dem Tag von Emils Geburt ihren Sohn auf sich fixierte. Natascha erinnerte sich, wie ihr kleiner Bruder sich bereits auf einen Besuch in Berlin gefreut hatte, Lisa ihn aber nicht hatte kommen lassen, obwohl ihr Vater sich bereit erklärt hatte, Emil nach Berlin zu fahren. Natascha hatte zu diesem Zeitpunkt für Emil bereits ein Programm zusammengestellt, mit Besuch in einem Kindertheater und eine Stadtrundfahrt mit Segways.

Auch Emil war ihr enttäuscht vorgekommen, obgleich er versucht hatte, sich das vor seiner Mutter nicht zu stark anmerken zu lassen.

»Sie fixiert Emil allein auf sie selbst«, hatte sie mehr als einmal ihrem Vater gesagt, doch der war, als er noch gesund gewesen war, zu bequem, wirklich etwas mit seinem Sohn zu unternehmen.

Emil tat ihr manchmal leid, allein im Schloss mit einem Vater, der zu beschäftigt und vielleicht auch zu alt war, um sich ernsthaft für ihn zu interessieren, und einer überängstlichen Mutter, die seit seiner Geburt nichts anderes tat, als jede noch so normale Erfahrung von ihrem Kind fernzuhalten.

Nur am Rande hatte Natascha mitbekommen, dass Emil in der Schule auffällig war, denn ihr Vater versuchte, das nicht groß zu thematisieren, vielleicht auch deshalb, weil Natascha dann Lisas Erziehungsstil beanstandet hätte. Sie wusste, dass es ihr Vater nicht mochte, wenn sie schlecht über Lisa sprach. Deshalb hatte er ihr auch nicht von Lisas Auszug erzählt.

Sie hatte nie herausgefunden, was ihr Vater an Lisa fand, aber er liebte sie. Ob es daran lag, dass sich ihr Vater geschmeichelt fühlte, eine so junge Frau an seiner Seite zu haben, konnte sie nicht beurteilen, zumal es nichts Ungewöhnliches für ihren Vater war.

In Nataschas Jugend hatte ihre Mutter immer zu verhindern versucht, dass sie unter den außerehelichen Affären ihres Vaters litt. Ihre Mutter war viel zu lebenstüchtig und ausgeglichen, als dass sie sich bei ihrer Tochter ausgeweint hätte. Als ihre Mutter ausgezogen war, ging Natascha bereits auf die Schauspielschule, war nur noch sporadisch zu Hause. In ihren seltenen Besuchen im Schloss hatte sie danach die eine oder andere Affäre ihres Vaters angetroffen, allesamt ein gutes Stück jünger als ihre Mutter.

NATASCHA STAND am Fenster ihrer Wohnung und schaute auf die belebte Straße hinunter. Ein Autofahrer suchte einen Parkplatz, eine junge Frau auf dem Gehsteig schob einen Kinderwagen vor sich her. Natascha warf einen Blick auf die Uhr, in eineinhalb Stunden ging der nächste Zug nach München, am Nachmittag wäre sie bei ihrem Vater. Zwar wusste sie, wie nötig sie die kommenden Tage noch brauchte, um sich auf das Casting besser vorzubereiten. Sie hatte noch einige Lücken im Text, die sie noch nicht fließend auswendig kannte, und sie hatte sich noch zu wenig Gedanken über die Darstellung gemacht. Natascha wurde nervös, einerseits war da der Wille, ihrem Vater beizustehen, andererseits die vielversprechende Aussicht auf eine große Serienrolle, die aber nur dann Realität werden konnte, wenn sie gut vorbereitet und ruhig ins Casting ging. Je mehr sie darüber nachdachte, wie sie alles miteinander koordinieren konnte, desto wütender wurde sie. Lisa war noch immer mit ihrem Vater verheiratet, hatte sich aber einfach aus dem Staub gemacht.

»Von Lichthagen.« Lisa hörte sich noch genauso überfordert und gestresst an, wie Natascha sie in Erinnerung hatte.

»Ebenfalls von Lichthagen am Apparat.« Als sie mitbekam, wie hart sie klang, sprach sie leiser und weicher. »Ich bin's, Lisa: Natascha.«

»Ich habe deine Stimme schon erkannt.«

Natascha wollte nicht gleich mit der Tür ins Haus fallen. Deshalb sagte sie: »Wie geht es dir, Lisa?«

»Den Umständen entsprechend«, sagte Lisa knapp.

Natascha hatte sich ein grobes Konzept für das Gespräch im Kopf konstruiert und fragte sich, ob Lisa vielleicht doch schon über Ludwigs Krankheit informiert worden war, konnte sich aber nicht vorstellen, von wem.

»Weißt du, dass mein Vater sehr krank ist?«

»Nein, wie sollte ich?« Die Kälte, die in Lisas Stimme lag, machte Natascha noch wütender auf sie, sie musste sich am Riemen reißen, um weiter höflich zu bleiben.

»Ich dachte, dass er oder Margot dich vielleicht informiert haben.«

»Haben sie aber nicht.« Jetzt klang sie nicht mehr gleichgültig, sondern schnippisch.

»Mein Vater hat Lungenkrebs im Endstadium!«

Natascha hörte, wie Lisa am anderen Ende der Leitung schwer ein- und ausatmete.

»Das ist nicht wahr. Das kann nicht wahr sein.« Von einem auf den anderen Augenblick war das Monotone in ihrer

Stimme einem hysterischen schrillen Ton gewichen, der Natascha dazu brachte, das Smartphone weniger fest an ihr Ohr zu drücken.

»Beruhige dich, Lisa.« Natascha hörte, wie Lisa am anderen Ende der Leitung mit den Tränen kämpfte, und setzte neu an. »Es geht ihm sehr schlecht, er ist bereits in dem Stadium, in dem er rund um die Uhr betreut werden muss.« Sie hielt kurz inne, um sich ihre nächsten Worte gut zurechtzulegen, dann fuhr sie fort. »Und da dachte ich, ob du ihn am Wochenende nicht besuchen könntest, um ihm beizustehen, denn ich kann erst Ende nächster Woche in Lichtenberg sein.«

Natascha hörte, wie Lisa am anderen Ende der Leitung hastig atmete. Dann kreischte sie wieder. »Ich kann das nicht, es war schon so schwer genug für mich, mich von Ludwig zu trennen. Ich will das nicht.«

»Vielleicht kannst du einmal nicht an dich denken, sondern an meinen Vater, der nicht mehr lange zu leben hat.«

»Ich habe die letzten zehn Jahre nicht an mich gedacht.« Ihr Ton war noch lauter geworden, sie schrie jetzt fast und Natascha hoffte, dass Emil nichts davon mitbekam. Sie sah ein, dass es keinen Sinn machte, das Gespräch weiterzuführen.

»Überlege es dir, Lisa, auch Emil will bestimmt seinen Vater noch einmal sehen.«

»Wage es nicht, Emil da hineinzuziehen.«

Plötzlich klang Lisas Stimme nicht mehr schrill, sondern nur noch scharf und kalt.

»Keine Angst, Lisa, tu ich nicht, auf Wiederhören.«

Natascha legte auf.

Diesen Anruf hätte ich mir sparen können, dachte Natascha, sie ärgerte sich über sich selbst. Sie kannte Lisa doch, warum war sie überhaupt auf die Idee gekommen, mit ihr in Kontakt zu treten? Sie hoffte nur, dass Lisa nicht im Schloss anriefe, um sich bei Ludwig über das Gespräch zu beschweren. Zuzutrauen war ihr das.

Natascha schaute wieder auf die Uhr. Wenn sie gleich zusammenpackte, würde sie den Zug noch schaffen. Sie ging in ihr Schlafzimmer, stellte sich auf die Zehenspitzen und streckte beide Arme aus, um die Reisetasche vom Schrank holen zu können, warf sie aufs Bett und legte schnell Unterwäsche, ein paar Jeans, einen Sweater und einen Pyjama hinein, dann ging sie ins Badezimmer und packte Zahnpasta, Deo und eine Creme in einen Kosmetikbeutel. Als sie bereits im Treppenhaus stand und gerade die Tür schließen wollte, sah sie die Seiten ihres Texts verstreut auf dem Tisch liegen. Sie ordnete sie zu einem Stoß, den sie in den Schnellhefter legte, und steckte diesen in den Rucksack.

NATASCHA WAR SCHOCKIERT, wie viel dünner ihr Vater seit ihrer letzten Begegnung geworden war. Seine Wangen waren eingefallen, der Teint hatte einen ungesund-gelblichen Ton angenommen, seine sonst so glänzenden Augen waren trübe. Sein Blick war stumpf und melancholisch.

Als er Natascha sah, lächelte er und drückte ihr fest die Hand.

Natascha liefen die Tränen über die Wangen.

23

»Du hast es geschafft.«

»Was geschafft?«, fragte Natascha.

»Hierherzukommen. Setz dich bitte zu mir.« Ludwig hob umständlich seinen dünnen Arm und zeigte auf einen einzelnen Stuhl, der neben der Tür stand. »Den kannst du dir herholen.«

Kaum hatte sie Platz genommen, streckte er eine Hand nach ihr aus. Natascha beugte ihren Kopf, sodass er ihr über die Wange streicheln konnte. Die Kommunikation zwischen ihm und seiner Tochter hatte immer mühelos funktioniert, was auch an Nataschas Intuition lag. Sie und er brauchten sich nur anzusehen, um zu verstehen, wie es dem anderen ging. Wenn Ludwig daran dachte, wie viele Schwierigkeiten er mit Lisa hatte, war es wohltuend, zu sehen, wie einfach Kommunikation sein konnte.

Mit der Bitte, Natascha solle herkommen, hatte er sich selbst überrascht und eine Grenze überschritten, die zu passieren er zuvor nie bereit gewesen war. Nie hatte er mit Natascha über seine Schwierigkeiten mit dem Geschäft gesprochen, über seine Angst, nach der Trennung von Lisa im Alter allein dazustehen. Oder seine Sorge, dass aus Emil ein junger

Mann werden könnte, der wegen seiner überbehütenden Mutter nie allein im Leben zurechtkommen würde.

»Belästige nie andere Menschen mit deinen Problemen oder gar deinen Empfindungen«, hatte ihm sein Vater immer eingebläut. »Denn Gefühle haben sich meistens schon am nächsten Tag geändert, die eigene Schwäche, die du gegenüber den anderen Menschen eingestanden hast, wird denen aber in Erinnerung bleiben.« Jahrzehntelang hatte er unbewusst – oder bewusst – den Ratschlag seines Vaters befolgt, jetzt konnte und wollte er nicht mehr alles allein tragen, er war zu schwach dafür geworden.

Mit viel Anstrengung schaffte es Ludwig, seinen Kopf vom Kissen abzuheben und seinen Arm so weit auszustrecken, dass er mit der rechten Hand den Griff der Nachtkästchenschublade erreichte und sie öffnen konnte. Er zog einen Laptop heraus und öffnete den Ordner mit den Bewerbungen für einen Geschäftsführer. Frau Maiwald hatte bereits eine Vorauswahl getroffen und fünf Bewerbungen an ihn weitergeleitet, die er durchgelesen hatte. Richtig anfreunden konnte er sich nur mit einem Kandidaten: ein vierzigjähriger Mann, der Bereichsleiter in einer international agierenden Immobilienfirma war und, wie er schrieb, »eine neue Herausforderung in einem mittelständischen Unternehmen suchte«.

Sein Interesse, von einem Konzern in ein viel kleineres Unternehmen zu wechseln, begründete er damit, dass er nicht mehr länger auf einen Geschäftsbereich fixiert sein wolle und in einem kleineren Unternehmen schneller auf die Anforderungen des Marktes reagieren und Entscheidungen umsetzen könne.

Ludwig reichte Natascha den Laptop. »Wie findest du den?«

Natascha überflog die Bewerbung. »Ganz in Ordnung.« Sie zeigte auf das Foto. »Sieht nicht aus wie ein typischer Immobilienschnösel, sondern sympathisch.«

Ludwig nickte. »Das habe ich mir auch schon gedacht. Ich werde ihn für ein Gespräch kommen lassen. Mir wäre es sehr recht, wenn du dabei sein könntest.«

»Ausgerechnet ich? Ich habe von Geschäft und Immobilien doch gar keinen blassen Schimmer.«

»Ich will so weitreichende Entscheidungen nicht mehr allein treffen, außerdem wirst du mit ihm zusammenarbeiten müssen.«

»Papa, wie soll ich mich von Berlin aus um die Firma kümmern?«

»Du musst nur beurteilen können, ob der Geschäftsführer gut arbeitet. Außerdem hast du auch noch Frau Maiwald an der Seite.«

»In Ordnung, ich werde dabei sein.« Natascha strich sanft über seinen Oberarm.

AM TAG des Vorstellungsgesprächs war Ludwig aufgeregt. Er bat Natascha, Margot die dunkelblaue Hose, ein hellblaues Hemd und sein hellbraunes Lieblingssakko zum Aufbügeln zu bringen. »Glaubst du, ich brauche eine Krawatte?«

Natascha schüttelte den Kopf.

Kurze Zeit später kam sie mit den Kleidungsstücken wieder in sein Schlafzimmer. Er hob den Kopf an, um sich aufzurichten, merkte aber, dass er zu schwach war. Sein Rücken schmerzte. Natascha griff nach seinen beiden Händen und zog sanft seinen Oberkörper nach vorn. Sie fasste ihn sanft unter den Achseln und zog ihn nach vorn, bis er auf der Bettkante saß. Schließlich legte sie ein Kissen hinter seinen Rücken, um ihn zu stützen. Ludwig blickte auf seine Beine hinunter. Er konnte es kaum glauben, dass diese mageren blassen Oberschenkel eines Greises zu ihm gehörten.

Er stützte sich mit beiden Händen an der Bettkante ab und versuchte, mit seinen Füßen den Boden zu erreichen, war aber zu schwach, um sich aufzurichten. Natascha stellte sich vor ihn und zog ihn hoch, streifte die Pyjamahose ab und hob seine Füße an, um die Hosenbeine wegziehen zu können. Dann zog sie ihm das Oberteil über den Kopf. Noch vor zehn Tagen hätte er alles darangesetzt, um sich nicht die Blöße geben zu müssen, dass ihn seine eigene Tochter so hilflos und schwach sah. Jetzt war er einfach nur dankbar, dass Natascha da war und ihm half, in die Kleider zu kommen. Als er nach einer Viertelstunde endlich fertig angezogen war, schaute er in den Spiegel. Die Hose schlackerte um seine dünnen Beine, er wirkte verloren darin. Sein fester Blick war ängstlich geworden. Das unerschütterliche Selbstbewusstsein, dass er im Umgang mit Mitarbeitern und Kunden auch in den Momenten des größten Selbstzweifels immer ausgestrahlt hatte, war einer steten Unsicherheit gewichen. Ob es wirklich zielführend war, sich angeschlagen und krank einem potenziellen neuen Mitarbeiter zu zeigen?

»Willst du ihn dir nicht allein anschauen? Auch, wenn du in Berlin lebst, die längst Zeit wirst du dich mit ihm auseinandersetzen müssen.«

»Papa, ich kenne mich doch kaum aus. Was soll ich ihn fragen? Du hattest bisher Glück mit der Auswahl deiner Mitarbeiter, auch weil du genau weißt, wer zu dir passt und wer nicht. Bitte komm mit.«

Ludwig registrierte, wie Frau Maiwald zusammenzuckte, als sie ihn sah und das sofort durch ein paar herzliche Sätze und ein fröhliches Lachen zu überspielen versuchte.

»Sie brauchen mir nichts vormachen, ich weiß selbst, wie ich aussehe«, sagte Ludwig. Dann hob er den Kopf und lächelte ihr aufmunternd zu. »Wir sind hier, weil sich ein Kandidat für die Geschäftsführerstelle vorstellt. Machen Sie uns bitte Kaffee.«

CHRISTOPH RENGER WAR GROß, Ludwig schätze ihn auf eins neunzig, und gutaussehend. Seine Haare waren braun, die blauen Augen wirkten durch den gebräunten Teint noch strahlender. Unter den hohen Wangenknochen wirkten die Backen eingefallen, was ihn aber nicht kränklich, sondern durchtrainiert wirken ließ. Ein Anschein, der durch den festen Händedruck bestätigt wurde.

Ludwig hatte sich die Tage zuvor ein paar Worte zurechtgelegt, wie er seinen Rückzug aus der Firma begründen sollte. Worte wie »mehr Freizeit«, »mich mehr um mich selbst kümmern«, »Zeit, um die schönen Dinge des Lebens genießen zu können, denn man weiß ja nicht, wann es zu Ende ist«, waren darin vorgekommen.

Kaum hatte Renger Platz genommen, sagte Ludwig: »Ich habe nicht mehr lange zu leben, deshalb brauche ich jemanden, der die Lichthagen Immobilien in meinem Sinne weiterführt.«

Renger nickte nur, sagte aber nichts. Ludwig kam der Gedanke, dass Renger schon längst über seinen Gesundheitszustand informiert war. Das hätte bedeutet, dass seine tödliche Krankheit in der Branche schon diskutiert wurde. Und um den Ruf des Unternehmens nicht zu gefährden, war es längst Zeit, den Kunden, Geschäftspartnern und Mitbewerbern einen Geschäftsführer zu präsentieren, der dem Unternehmen vorstand und es nach außen repräsentierte, so wie er es all die Jahre getan hatte. Auf diese Weise sollte verhindert werden, dass der Marktwert und die zukünftigen Chancen der Lichthagen Immobilien sinken würden. Welches Bauunternehmen wollte schon von einem Bauträger beauftragt werden, dessen Firmeninhaber seine Tage zählte? Welche Kunden kauften sich Wohnungen von einer Immobilienfirma, die vielleicht schon bald aufgelöst werden würde, weil der Firmenchef gestorben war? Umso wichtiger war es, jetzt schnell einen passenden Geschäftsführer zu finden.

Ludwig musterte Renger und grübelte, ob er der richtige Mann war, um die Lichthagen Immobilien in seinem und Nataschas Sinne weiterzuführen. Er wirkte besonnen und überlegt, jemand, der Herausforderungen annahm und es gewohnt war, Schwierigkeiten ruhig und sachlich zu lösen.

Ludwig war bemüht, für eine entspannte Gesprächsatmosphäre zu sorgen. »An vielen Projekten, die Sie mit der ›Immondo‹ verwirklicht haben, war ich selbst dran«, sagte er. »Einige waren mir zu heiß, besser gesagt, zu groß für Lichthagen. Und bei den meisten war ich im Nachhinein froh, dass ich die Finger davongelassen habe, sie hätten uns tatsächlich überfordert.«

Als Ludwig eine Pause machte, setzte Renger an. »Einige davon haben auch uns an den Rand der Existenz gebracht, die Banken waren mehrfach dran, uns den Hahn zuzudrehen.« Er grinste und fuhr fort: »Gott sei Dank ist es immer gut ausgegangen.« Renger zeigte auf seine braunen Schläfen, unter denen sich ein paar silbrig glänzende Strähnen abzeichneten. »Auch wenn mich jedes Projekt das eine oder andere graue Haar gekostet hat.«

Ludwig gefiel, wie Renger das sagte, nicht großspurig, sondern humorvoll. Bluff und arrogantes Gehabe waren in der Immobilienbranche gang und gäbe. Auch Ludwig hatte es sich zu eigen gemacht, trotz gemeinsamer Teilnahme an Golfturnieren zu Charity-Zwecken und regelmäßiger Abendessen, stets eine Distanz zu Bauunternehmen oder Großkunden zu halten. In einer Branche, in der Menschen wie er als Haie bezeichnet wurden, war das eine gebotene Vorsichtsmaßnahme. Dass Renger sich nicht cool und überheblich zeigte, wertete Ludwig nicht als Schwäche, sondern als Zeichen großer Offenheit und Ehrlichkeit.

»Ich habe in den vergangenen Jahren gut gewirtschaftet, Sie können gerne Einsicht in die Bilanzen haben, aber wahrscheinlich haben Sie sowieso bereits Erkundigungen eingezogen.«

»Ich kenne Ihre Firma schon lange und habe die Projekte, die Sie angegangen sind, immer verfolgt. Vieles, wie das Winter-Hochhaus, finde ich sehr gelungen.«

»Danke, wir hatten in den vergangenen Jahren einige erfolgreiche Projekte, es wäre aber unehrlich, Ihnen die Schwierigkeiten, vor denen die Lichthagen momentan steht, zu verschweigen. Der Winter-Tower hat uns an den Rand unserer finanziellen Möglichkeiten gebracht, ich musste einen großen Kredit aufnehmen, alles kein Thema, wenn nicht bei einem aktuellen Projekt Bauschäden aufgetaucht wären. Viele Käufer sind deshalb abgesprungen.«

»Sie sprechen von der Wohnanlage ›Wohnen am Fluss‹?«

Ludwig nickte. »Sie haben davon gehört?«

»Ja.«

»Meiner Meinung nach wäre das alles zu händeln. Ich konnte mich in der letzten Zeit wegen meiner Erkrankung aber nicht mehr gut darum kümmern. Und das haben natürlich auch die Banken bemerkt.« Er sammelte sich, um ein wenig zu Atem zu kommen. »Kurzum, ich beziehungsweise wir«, er deutete auf Natascha, »brauchen jemanden, der die Gespräche mit den Banken wiederaufnimmt, die Schadensregulierung mit der Riemer-Bau abwickelt.«

»Wie hoch ist die Schadenssumme?«

»Der Gutachter geht von einer Million aus.«

»Nicht so hoch, dass das nicht zu bewältigen wäre.«

»Sehe ich genauso. Aber Sie wissen selbst, dass das, was

Unternehmen und Banken denken, sich oft meilenweit voneinander unterscheidet.« Renger nickte. Ludwig begann von Neuem:

»Nicht gerade schöne Nachrichten, die ich Ihnen hier verkünde, ich hoffe, das schmälert nicht Ihr Interesse?«

Renger schien das nicht im Geringsten einzuschüchtern und antwortete: »Herausforderungen reizen mich.«

ALS RENGER das Büro verlassen hatte, fragte Ludwig Natascha, die während des Gesprächs nur zugehört hatte: »Wie fandest du ihn?«

Natascha zwinkerte ihm zu. »Durchtrainiert.«

»Ernsthaft.«

»Nett, seriös, verantwortungsbewusst. Ich frage mich nur, ob es richtig war, alles so offen auf den Tisch zu legen. Wer will schon eine Firma führen, die kurz davorsteht, dass ihr die Banken den Saft abdrehen?«

»Natascha, ich habe keine Zeit mehr für Spielchen, wenn er hier einsteigt, wird er in kürzester Zeit sowieso wissen, was Sache ist.«

»Er könnte die Informationen gegen uns verwenden.«

Ludwig schmunzelte. »Du bist ja richtig gut, irgendwo schlummert in der Schauspielerin doch auch die Geschäftsfrau.« Er versuchte, ihre Bedenken beiseite zu wischen. »Wenn mich mein Gefühl nicht völlig täuscht, wird er das nicht. Renger ist ehrlich.«

Es klopfte an der Tür, Frau Maiwald schaute herein und fragte, ob sie das Geschirr abräumen könne.

»Ja. Wie geht es Ihnen, Frau Maiwald?«

»Gut, und selbst?« Sie schüttelte irritiert den Kopf, als ob sie über sich selbst verärgert war, warum ihr angesichts

Ludwigs Krankheit die Floskel über die Lippen gekommen war.

»Ich versuche, alles in trockene Tücher zu bringen. Das letzte Hemd hat bekanntlich keine Taschen.«

»Papa.« Natascha berührte Ludwig leicht am Unterarm. »Schluss mit dem Galgenhumor. Ab nach Hause.«

Im Schloss angekommen, wollte Natascha Ludwig die Hose ausziehen. Er schaffte es gerade noch, die Schuhe abzustreifen, dann legte er sich auf sein Bett. Er atmete schwer und schwitzte, Rücken und Kopf taten ihm weh. Doch er hatte ein gutes Gefühl mit Renger, der versprochen hatte, ihn die nächsten Tage über seine Entscheidung zu informieren.

In der Nacht schlief er schlecht, wachte mehrmals von den Schmerzen auf. Mit den Worten »Sie müssen sich nicht unnötig quälen« hatte sein Hausarzt zugesagt, ihm jederzeit Morphin zu geben, um die Schmerzen betäuben zu können. Bevor Natascha gekommen war, hatte er einmal ein paar Tropfen genommen und sich zwar um den Schmerz erleichtert und völlig gelassen gefühlt, aber auch nicht mehr in der Lage, eine Entscheidung zu treffen. In Nataschas Beisein wollte er klar im Kopf sein, um alles, was noch zu regeln war, mit ihr besprechen zu können. Wenn Renger sich entschließen konnte, den Geschäftsführerposten anzunehmen, hätte er ein Problem weniger.

Aber da war noch der Trauerwald. Das Projekt hatte ihm in den vergangenen Wochen die Kraft gegeben, jeden Tag, fühlte er sich auch noch so schlecht, aufzustehen. Er wollte es nicht einfach ad acta legen, auch wenn die Umsetzung ein Wettlauf gegen die Zeit – seine Lebenszeit – werden würde. Auch die Sorge um Emil hielt ihn nachts wach. Nachdem er in den Brunnenschacht gestiegen war, hatte Lisa ein Besuchsverbot ausgesprochen. Kurzzeitig hatte Ludwig in Erwägung gezogen, das Jugendamt einzuschalten, um ein geregeltes Besuchsrecht zu bekommen, musste sich aber eingestehen, dass er zu schwach war, einen Sorgerechtsstreit auszufechten. Einen Anwalt wollte er nicht einschalten, um die anstehende Scheidung nicht unnötig mit Streitigkeiten zu belasten. Vielleicht könnte er Natascha bitten, Lisa anzurufen und zu fragen, ob Emil noch einmal herkommen könnte.

Dass Natascha noch nicht bei ihm vorbeigeschaut hatte, beunruhigte ihn. Er schaute auf sein Handy, es war schon nach neun. In den frühen Morgenstunden hatte er sich gedacht, dass sie ihn zum Bürgermeister begleiten sollte. Jetzt, bei Tageslicht, war er zu dem Entschluss gelangt, Natascha sollte allein hingehen. Philipp Langer würde sich in seiner Gegenwart nicht erkenntlich zeigen. Zu schlecht hatte er sich bei dem zufälligen Treffen vor vier Wochen im Wald benommen, als dass er selbst den Bürgermeister bitten könnte, sich die Genehmigungsunterlagen noch einmal genauer anzuschauen. Seine Scham über sein Fehlverhalten war damals zu groß gewesen, um Langers Angebot anzunehmen, ihm in der nächsten Woche im Rathaus aufzusuchen, um noch einmal über den Trauerwald zu sprechen. Langer kannte Natascha noch nicht, würde ihr deshalb sicher viel unverfänglicher begegnen.

Außerdem waren sie ungefähr im selben Alter.

24

Natascha befasste sich andauernd mit der Frage, wie sie es ihren Vater erklären sollte, dass sie schon in einigen Tagen wieder nach Berlin zurückkehren musste. Eigentlich hatte sie es ihm gleich nach ihrer Ankunft sagen wollen, um keine falschen Erwartungen zu wecken. Doch er hatte sich so über ihre Anwesenheit gefreut, dass sie es nicht übers Herz brachte, ihre baldige Abreise anzukündigen. Je näher der Termin des Castings rückte, desto intensiver dachte sie auch darüber nach, noch einmal Lisa anzurufen, vielleicht hatte sie sich jetzt beruhigt und wäre kooperativer. Den Gedanken verwarf sie schnell wieder, ihr Vater hätte nichts als einen größeren Verrat empfunden, als Lisa zu beknien, nach Lichtenberg zu kommen.

Natascha hatte schon lange nicht mehr so viele Tage am Stück in Lichtenberg verbracht, zu Weihnachten – wenn sie überhaupt angereist war – nahm sie meistens gleich am zweiten Weihnachtsfeiertag einen Zug zurück nach Berlin, auch deshalb, weil sie sich in Lisas Nähe nie wirklich wohlfühlte. Bereits am ersten Weihnachtsfest, das Lisa in Lichtenberg verbracht hatte, war es zu einem Streit gekommen.

Natascha versuchte zu rekapitulieren, was der Auslöser gewesen war, konnte sich aber nicht mehr daran erinnern. Sie war kurzerhand abgereist und hatte die ganze Rückfahrt im Gang eines völlig überfüllten Zugs auf ihrem Koffer sitzend verbringen müssen. Die darauffolgenden Jahre hatte sie gleich immer beim Kauf der Fahrkarten für die Rückfahrt am zweiten Weihnachtsfeiertag einen Sitzplatz in der zweiten Klasse reserviert. Nachdem sie mit Timo zusammengekommen war, hatte sie die Feiertage oft in Berlin verbracht. Jetzt, nachdem sie wegen Ludwigs Erkrankung öfter wieder hier war, musste sich Natascha eingestehen, dass Lichtenberg ohne Lisa gar nicht so schlecht war.

Trotzdem wollte sie nach Berlin zurück. Sie war noch nie so nah an einer Hauptrolle in einem Fernseh-Mehrteiler gewesen. Das Genre – ein Drama über eine Industriellenfamilie in den Zwanzigerjahren - fand sie zwar nicht wirklich inspirierend, doch die weibliche Hauptrolle hatte Nataschas Meinung nach Entwicklungspotenzial.

Mit ihr waren nur noch drei im letzten Casting. Obwohl sie die Karrieren ihrer Mitbewerberinnen kaum verfolgt hatte, glaubte Natascha, von allen den besten Draht zum Regisseur zu haben. Ein Kollege, mit dem Natascha mehrmals auf der Bühne gestanden hatte, war mit ihm befreundet. Darüber hinaus hatte Natascha schon einmal bei einer sehr erfolgreichen Theaterinszenierung des Regisseurs eine größere Rolle gehabt. Sie liebte das Theater, konnte sich nie vorstellen, der Bühne endgültig den Rücken zu kehren, doch sie hatte es in letzter Zeit sowohl körperlich als auch seelisch immer anstrengender empfunden, Tag für Tag auf der Bühne zu stehen. Beim Fernsehen konnte sie um einiges mehr verdienen, sodass sie vielleicht schon bald nicht mehr gezwungen war, jede Theaterrolle annehmen zu müssen.

. . .

Ihrem Vater war anzusehen, wie er sich jeden Tag aufs Neue freute, wenn sie in sein Zimmer kam. Die müden, trostlosen Augen bekamen dann wieder etwas Glanz und er verzog seinen Mund zu einem breiten Lächeln. Die vollen Lippen schienen dann fast aus dem ausgemergelten, vom Krebs eingefallenen Gesicht zu fallen. Wie ein kleines Kind klatschte er mit der Hand auf die Matratze, als Zeichen, dass sie sich zu ihm setzen sollte.

»Du bist spät dran, hast wohl verschlafen.«

»Ertappt.«

»Ich muss mit dir reden. Ich habe dir doch von dem Trauerwald erzählt, die Pläne sind längst fertig und liegen in der Gemeinde und ich verstehe nicht, warum die Sache nicht weitergeht. Die letzte Besprechung zu dem Thema war nicht wirklich förderlich.«

»Was ist passiert?«

»Nicht viel, ich bin vielleicht ein bisschen forsch aufgetreten, weil so lange nichts weiterging.«

Natascha spürte, dass ihr Vater nicht ganz die Wahrheit sagte, verzichtete aber darauf, zu insistieren und schwieg.

»Ich denke, der Bürgermeister sitzt das Thema aus«, fuhr er fort. Gerade als Natascha etwas sagen wollte, fing Ludwig erneut an, deutlich stärker um einen optimistischen Unterton bemüht. »Ich habe mir überlegt, dass du mit ihm sprechen könntest, sehr sympathisch, der junge Kerl, müsste in deinem Alter sein. Vielleicht kennst du ihn ja noch aus der Grundschule.«

»Wie heißt er denn?«

»Langer.« Natascha schüttelte den Kopf. »Nein, einen Langer gab es in meiner Klasse nicht.«

»Egal.« Ludwig zeigte auf den Nachttisch. »Holst du bitte den grünen Ordner heraus?«

Natascha bückte sich, um die kleine Tür unter der Schublade öffnen zu können, holte den von Ludwig gewünschten Ordner hervor und schlug ihn auf. Ludwig fing an zu blättern und zeigte auf eine Skizze.

»Das ist der Plan, den ich zur Genehmigung eingereicht habe.« Er zeigte auf den Andachtsplatz. »Die Skulptur dazu habe ich schon entworfen. Erst schien Langer von dem Projekt begeistert zu sein, dann stockte das Ganze.«

»Hast du eine Erklärung, warum?«

»Ich glaube, Langer ist mit dem Bestatter befreundet.«

»Und was hat das mit deinem Trauerwald zu tun?«

»Die Bestattungen im Trauerwald sind nicht an den örtlichen Bestatter gebunden, er würde sein Monopol verlieren.«

Natascha nickte, sie hatte wenig Lust, den Bürgermeister aufzusuchen, wusste aber, wie wichtig ihrem Vater das Projekt war, und wollte ihn nicht im Stich lassen. »Und was soll ich bei dem Bürgermeister?«

»Noch einmal mit ihm sprechen, rauskriegen, was ihn davon abhält, das Projekt dem Gemeinderat zur Abstimmung vorzulegen.«

»Das hast du ja schon selbst festgestellt: Es ist der Bestatter.« Sie seufzte innerlich und fuhr fort: »Papa, ich kenn' weder den Typen noch weiß ich über den Trauerwald Bescheid.«

»Du sollst ja einfach nur mal nachfragen. Ich möchte wissen, was Sache ist. Als Schauspielerin dürfte es dir nicht allzu schwerfallen, jemanden zu überzeugen.«

25

Am Nachmittag machte sich Natascha lustlos mit dem grünen Ordner unter ihrem Arm auf den Weg ins Rathaus. Sie studierte das schwarze Brett in der Eingangshalle, auf dem alle Zimmer mit Funktionen und Personen aufgelistet waren. Das Büro des Bürgermeisters war im zweiten Stock. Natascha nahm die Betontreppe. In der zweiten Etage angekommen, wusste sie nicht, ob sie rechts oder links gehen musste. Sie entschied sich für die linke Seite und stand kurz darauf vor der Bürotür des Bürgermeisters, an der ein Schild hing, dass Besucher sich im Bürozimmer 22 anmelden sollten. Ihr Vater hatte ihr geraten, ihren Besuch nicht telefonisch anzukündigen, sondern spontan vorbeizuschauen. »Wenn du dich mit ›von Lichthagen‹ anmeldest, weiß er sofort, warum du einen Termin haben willst, und blockt vielleicht gleich ab«, hatte Ludwig gesagt.

Jetzt, vor der Tür stehend, grübelte sie, wie sie das Gespräch beginnen sollte. »Ich komme im Auftrag von meinem Vater«, klang genauso doof wie »Ich wollte noch einmal mit Ihnen über das Projekt reden«. Weil ihr nichts

Gescheites einfiel, entschloss sie sich, spontan abzuwarten, was passierte, und klopfte an die Tür.

»Ja«, antwortete eine Frauenstimme und Natascha trat ein.

Die Sekretärin, eine blonde Frau mittleren Alters, musterte sie und fragte geschäftsmäßig: »Sie wünschen?«

»Ich möchte mit Herrn Langer sprechen.« Bei Behördengängen in Berlin, wo die Bürger oft von einer Stelle zur anderen geschickt wurden, weil niemand sich auskannte und man für die einfachsten Vorgänge einen halben Tag einplanen musste, hatte sich Natascha angewöhnt, ihre Bühnenstimme einzusetzen: laut, direkt und deutlich in der Aussprache. Ein Trick, der auch in Lichtenberg nicht seine Wirkung verfehlte.

Die Sekretärin stand träge auf und klopfte an die Tür des Bürgermeisters. »Wen darf ich anmelden?«

»Gräfin von Lichthagen.«

Natascha hörte, wie die Sekretärin leise sagte: »Eine Gräfin von Lichthagen will Sie sprechen.« und Langer »Ich muss aber gleich weg.« murmelte.

»Bitte«, sagte die Frau und trat zur Seite, damit Natascha Langers Büro betreten konnte.

Langer saß über Papieren hinter seinem großen Schreibtisch. Als er aufschaute, hätte Natascha am liebsten kehrtgemacht.

Sie kannte das weiche, fast jungenhaft geschnittene Gesicht. Langer war der Typ, mit dem sie bei ihrem letzten Besuch in der Kiste gelandet war.

Ihre Bühnenstimme war weg, stattdessen stöpselte sie herum: »Äh, Frau von Lichthagen ist mein Name.«

Langer, der zuerst leicht errötete, grinste breit und sagte: »Kennen tue ich Sie beziehungsweise dich ja bereits, wusste nur nicht, dass wir aus demselben Dorf kommen.« Langer schien die Situation nicht annähernd so peinlich zu sein, wie ihr selbst.

»Ich komme im Auftrag von meinem Vater.« Genau die Floskeln, die Natascha vermeiden wollte, waren jetzt das Einzige, was ihr noch über die Lippen ging. Sie fragte sich, wo ihre jahrelange Bühnenerfahrung geblieben war, und musste sich eingestehen, dass Langer seine Rolle besser ausfüllte.

»In welchem Auftrag du kommst, ist mir egal, ich freu mich, dich wiederzusehen.«

Natascha versuchte ein Lächeln. »Nett von dir«, sagte sie und dachte gleich darauf, ob sie nicht noch etwas Dümmeres hätte sagen können.

Langer deutete auf die Sitzecke und stand von seinem Schreibtisch auf. »Setzen wir uns.«

»Ich bleib auch nicht lange«, sagte Natascha.

»Für dich habe ich immer Zeit. Was kann ich für dich tun?«

»Es geht um den Trauerwald. Mein Vater hat die Unterlagen bereits eingereicht.« Ihre Stimme gewann wieder an Festigkeit. »Er hat jetzt nichts mehr gehört, und ihm ist das Projekt sehr wichtig.«

»Ich weiß.« Philipp Langer nickte beflissen und Natascha fragte sich, ob er von der Erkrankung ihres Vaters wusste.

»Er würde gern wissen, woran die Genehmigung scheitert, ob er beispielsweise noch etwas nachreichen muss, bei den Unterlagen meine ich.« Den Tipp, zu fragen, ob noch weitere Papiere nötig seien, hatte ihr ihr Vater gegeben.

Langer warf einen Blick auf seine Armbanduhr und sagte:

»Ich schaue mir die Unterlagen einfach noch mal gründlich an. Wo kann ich mich melden?«

»Moment.« Sie suchte in ihrer Handtasche nach ihrem Handy, um die Telefonnummer ihres Vaters weitergeben zu können.

»Mein Vater hat die Telefonnummer …«

Philipp fiel ihr ins Wort. »Machen wir es doch einfacher: Du gibst mir deine.«

Natascha gab ihm ihre Nummer, die er gleich in sein Smartphone tippte und noch einmal wiederholte. Er stand auf und ging zur Tür.

»Du hörst von mir.« Natascha nahm wahr, dass er sie beim Hinausgehen leicht an der Taille berührte, was ihr zwar ein bisschen unangebracht erschien, aber nicht unangenehm war.

Als sie wieder an der frischen Luft war, atmete Natascha tief ein und aus. Ihr war noch immer heiß.

Erfolgreich hatte sie in den vergangenen Wochen jeden Gedanken an die Nacht mit Philipp Langer verscheucht. Ihr Beziehungsleben war auch ohne eine Affäre schon schwierig genug, das ewige Hin und Her mit Timo – einem Bühnenbauer an der Schaubühne, der wochenlang abtauchte, dann wieder täglich vor ihrer Tür stand, stürzte sie oft in ein Wechselbad von Gefühlen. Eine Fernbeziehung mit einem Typen aus Lichtenberg konnte sie noch weniger gebrauchen als das Chaos mit Timo. Zugleich konnte sie sich nicht vorstellen, dass Philipp Langer solo war. Wer so jung in ein Amt wie das eines Bürgermeisters gelangte, hatte normalerweise eine adrette Frau, die ihm den Rücken freihielt und ein süßes Kind zum Vorzeigen, als Beweis für Verantwortungsbewusstsein und Familiensinn.

26

»Wie ist es gelaufen?«, fragte Ludwig, als Natascha gleich nach ihrer Rückkehr in sein Zimmer gekommen war.

»Er schaut sich die Unterlagen noch einmal an und meldet sich dann.«

»Vom Anschauen allein wird der Trauerwald nicht fertig.«

»Jetzt warte mal ab. Ich habe zumindest einen guten Draht zu ihm gefunden.«

»Dass ich den habe, dachte ich am Anfang auch.«

»Papa.« Natascha setzte sich an Ludwigs Bettkante und drehte sich so, dass sie in das Gesicht ihres Vaters sehen konnte. »Du musst jetzt Geduld haben. Das Gespräch war durchaus konstruktiv, er hat gesagt, dass er sich meldet, also warte ab, was jetzt kommt.«

»Geduld – ein Wort, das nur schwer zu ertragen ist, wenn die Tage gezählt sind.« Ludwig atmete schwer. »Hast du ihn wegen des Bestattungsunternehmers gefragt?«

Natascha schüttelte den Kopf. »Soweit ins Detail bin ich nicht gegangen.«

»Hättest du aber tun sollen.«

Da war sie wieder, die ständige Anspruchshaltung ihres Vaters. Natascha hatte gedacht, sich in den Jahren in Berlin vollständig von den Anforderungen ihres Vaters gelöst zu haben, doch kaum war sie da, fühlte sie sich oft wieder eingeengt und unzulänglich. Ihr Vater gab sich nie mit kleinen Erfolgen zufrieden, immer musste es die große und nahezu perfekte Lösung sein. Deshalb hielt sie es für besser, nichts zu sagen und stattdessen den Raum zu verlassen, im dem es nach Medizin, Schweiß und auch leicht nach Urin roch. Von Zeit zu Zeit riss Natascha das Fenster auf, schloss es dann aber schnell wieder, weil ihr Vater klagte, zu frieren. Sie war froh, die Tür hinter sich schließen zu können.

Aus der Küche strömte ihr der Geruch von Frischgebackenem entgegen. Natascha atmete ihn tief ein, der buttrige Duft schien aus einer anderen Welt zu kommen – ein Kontrast zu dem Geruch im Zimmer ihres Vaters.

Margot stand in der Küche vor der Spüle. Sie befreite das Messer einer Küchenmaschine mit einer Bürste von den Teigresten.

»Was hast du gebacken, Margot?«

»Marmorkuchen, hat sich dein Vater gewünscht.«

Natascha zögerte einen Moment, dann fragte sie: »Wie war es eigentlich so mit ihm?«

»Was meinst du?«

»Die letzten Wochen und Monate, seit Lisa weg ist und seitdem er krank ist.«

»Er hat sich bemüht.« Natascha spürte, dass Margot darauf bedacht war, nichts Falsches zu sagen. »Vielleicht, weil er weiß, dass er ohne mich ganz allein ist, aber jetzt bist ja du da.«

»Hast du mit Lisa noch einmal gesprochen?«

»Ich?« Margot, die jetzt die Schüssel des Rührgeräts mit

einer Spülbürste sauber machte, hielt inne und schaute Natascha an.

»Ich glaube weder, dass das in mein Aufgabengebiet fällt, noch dass ich das Recht habe, mich einzumischen.«

»Aber mich hast du doch auch angerufen, und mir mitgeteilt, dass es Papa schlechter geht.«

»Da war dein Vater auch sehr verärgert.«

»Ihr hattet Stress?«

»Ich war kurz davor, hinzuschmeißen, aber er hat mich wieder zurückgeholt.« Margot trocknete sich die Hände an einem Geschirrtuch ab und sah Natascha eindringlich an. »Er hat sich verändert, Natascha.«

»Aber nicht so, dass ich es sehr lange mit ihm aushalten würde.«

»Von lange ist angesichts seiner Krankheit sowieso nicht die Rede. Im Nachhinein wird dir die Zeit kurz erscheinen.«

NATASCHA GING IN IHR ZIMMER, es sah noch immer genauso aus, wie sie es nach ihrem Abitur verlassen hatte, um auf die Schauspielschule nach Berlin zu gehen: Ein Filmplakat von »Die Chroniken von Narnia« hing an der Wand über dem Bett, von der anderen Seite blickten ihr Sido und Leo DiCaprio entgegen. Auf der Kommode neben dem Kleiderschrank, in dem noch immer Klamotten hingen, die sie als Teenager getragen hatte, stand der Spiegel, dessen Rahmen sie selbst mit Acrylfarben angemalt hatte.

Sie holte ihren Text für das Casting hervor und begann, eine Stelle in der Mitte aufzusagen. Sie kannte jedes Wort, schließlich hatte sie die Zeiten, in denen ihr Vater schlief, für das Textlernen genutzt. Sie klappte den Ordner zu.

Jetzt war der Zeitpunkt, an dem sie aufhören musste, jede weitere Wiederholung würde keine Verbesserung erzielen. Es wäre dann nur noch ein Herunterleiern. Hatte man einmal mit dem Leiern begonnen, war es später schwer, die Monotonie beim Aufsagen des Textes wieder herauszubringen. Genauso war es auf der Bühne, ein Übermaß an Proben führte dazu, dass die Schauspieler dem Spiel überdrüssig und schlampig in ihren Bewegungen wurden. Deshalb wollte sie auch so gern mit Schnyder, dem Regisseur des Films, zusammenarbeiten. Er galt als jemand, der das richtige Timing hatte und unendliches Zutrauen zu seinen Darstellern, die dadurch über sich hinauswuchsen. In fünf Tagen war das Casting und sie hatte es ihrem Vater noch immer nicht gesagt, dass sie nach Berlin zurückmusste.

27

Normalerweise schaute Natascha noch einmal in Ludwigs Zimmer, bevor sie zu Bett ging. Gestern hatte sie darauf verzichtet. Ludwig ärgerte sich über sich selbst – er hätte dankbar sein müssen, dass Natascha zu Langer gegangen war. Stattdessen hatte er sie mit Vorwürfen überschüttet. Da war sie wieder, die Ungeduld im Umgang mit anderen Menschen, die ihm zeitlebens für andere nicht zu einem wirklich liebenswerten Gegenüber gemacht und ihm den Zugang zu anderen Menschen beeinträchtigt, ja, in vielen Fällen sogar gänzlich verdorben hatte. Er hatte gehofft, weicher und milder geworden zu sein, merkte aber, dass er immer wieder in alte Verhaltensmuster zurückfiel.

Er wusste selbst nicht so genau, warum ihm der Trauerwald so wichtig war. Für ihn würde es keinen Unterschied machen, ob sein lebloser Körper neben dem seines Vaters in der Gruft liegen oder zu Asche zusammengefallen in einer recycelbaren Papierurne verrotten würde. Vielmehr war es, dass er ein für sich vorgenommenes Projekt verwirklicht sehen wollte. Von außen betrachtet hatte er eine Vielzahl seiner Ideen umgesetzt, große Einkaufszentren, architektonisch reizvolle Wohnanlagen gebaut. Stets hatte er es geschafft, in die Bauten seine eigenen Ideen einfließen zu lassen. Wenn er die fertigen Gebäude sah, war er stolz, an ihnen die in seinem Kopf entstandenen Formen und Farben wiederzuerkennen.

Doch insgeheim wusste er, dass er seine eigenen Vorstellungen von seinem Leben deren des Vaters geopfert hatte. Und nicht nur allein aus Angst, seinem Vater nicht genügen zu können, sondern auch, weil es bequemer gewesen war. Der Einstieg in die Immobilienfirma hatte ihm lange Zeit ein finanziell sorgenfreies Leben ermöglicht, das er, hätte er sich der Bildhauerei gewidmet, nicht hätte führen können. Er hatte seinen Idealismus dem schnöden Mammon geopfert. *Vielleicht ist der Trauerwald auch nur ein Versuch, kurz vor Schluss die Würde und Selbstachtung wiederherzustellen*, dachte er.

Es war schon nach Mittag, und Natascha hatte sich noch immer nicht blicken lassen. Er achtete auf die Geräusche außerhalb seines Zimmers, konnte aber nur das Klappern von Geschirr in der Küche ausmachen. Er hörte weder Schritte im Flur noch Gerede, das auf Nataschas Gegenwart hinwies. *Hoffentlich ist sie nicht nach Berlin gefahren*, dachte er.

Er kannte Natascha, bei Konflikten reagierte sie schnell über. Statt Probleme auszudiskutieren, schlug sie Türen zu, auch symbolische, und brach Kontakte ab, um sie nach wochenlanger Funkstille enthusiastisch wieder aufzunehmen. Gern hätte Ludwig die am Vortag gesagten Worte zurückgenommen.

Umso überraschter war er, als plötzlich die Tür aufging und Natascha ins Zimmer trat.

»Trotz unserer gestrigen Differenzen wünsche ich dir einen wunderschönen Tag.« Natascha drückte ihm einen Kuss auf die Wange. »Ganz schön rau, obwohl ich dich gestern erst rasiert habe«, sagte sie.

Ludwig war erleichtert darüber, dass sie noch da war. »Es tut mir leid, dass ich gestern so ungeduldig und undankbar war. Dabei tust du so viel für mich.«

»Ist schon gut, mit deiner Unfreundlichkeit erleichterst du mir den Abschied.« Ludwig schaute Natascha fragend an. »Ich muss doch wieder nach Berlin wegen des Castings, von dem ich dir erzählt habe.«

Ludwig, der gar nicht mehr an das Casting gedacht hatte, hatte Mühe, seine Enttäuschung zu verbergen. Er spürte regelrecht, wie ihm seine Gesichtszüge entglitten. Panik stieg in ihm auf, er hatte das Gefühl, dass ihm irgendwas in seiner Kehle die Luft abschnürte. Er begann zu hyperventilieren.

»Papa, was ist los?« Hektisch fing Natascha an, die oberen Knöpfe seines Pyjamas zu öffnen.

»Nichts, geht gleich wieder vorbei.«

Ludwig erinnerte sich an einen ähnlichen Anfall vor einigen Wochen. Auch wenn er nirgends von einer derartigen Nebenwirkung gelesen hatte, schob er ihn auf die Chemotherapie. Beim letzten Gespräch mit Sporrer hatte der Professor ihn darauf aufmerksam gemacht, dass Ludwig das Atmen zunehmend schwerer fallen würde, weil die Metastasen sich immer aggressiver durch die Lunge fraßen, die dadurch weniger Sauerstoff aufnahm. Tief in seinem Innern ahnte er aber, dass nicht nur die Metastasen, sondern auch die Angst vor dem Sterben ihm die Luft zum Atmen raubte. Am liebsten hätte er Nataschas Arm genommen, sie gebeten, ihn nicht mehr loszulassen und von nun an ständig an seiner Seite zu bleiben.

Der Gedanke an seinen eigenen Vater, der in seinem letzten Lebensjahr von großer Unruhe erfüllt gewesen war und ihn ständig hatte rufen lassen, um ihm seine körperlichen und seelischen Qualen mitzuteilen, sowie sein eigener Stolz, Natascha möge ihren früher so dynamischen, unabhängigen Vater nicht als ängstlichen Menschen, der unter seiner Einsamkeit litt, in Erinnerung behalten, ließen ihn davon absehen.

Ludwig zwang sich, sich ganz auf seinen Atem zu konzentrieren, und wurde wieder ruhiger. Er verzog die Lippen zu einem schiefen Grinsen und schaute Natascha an.

»Geht schon wieder. Sporrer hat gemeint, das ist eine häufige Nebenwirkung der Chemo«, log er.

Natascha holte vom Tisch ein altes Fotoalbum mit Bildern aus ihrer Kindheit, dessen ersten Seiten sie schon vor ein paar Tagen angeschaut hatten.

Ludwig deutete auf ein Bild, das Nadja mit Natascha bei einem ihrer zahlreichen Besuche bei Ludwigs Mutter in Italien zeigte. Sie saßen auf der Dachterrasse mit Blick aufs Meer. Nadja hatte ein großes Gummikrokodil vor ihren Füßen und einen Blasebalg in den Händen und strahlte in die Kamera. Natascha saß neben ihr auf einem bereits aufgeblasenen blauen Delfin. »Wie hübsch deine Mutter war«, sagte Ludwig.

»Sie ist immer noch eine attraktive Frau.«

»Stimmt.«

Sie hörten, wie jemand an der Tür klingelte. Kurz darauf kam Margot ins Zimmer. »Herr von Lichthagen, ein Herr Holzheimer möchte Sie sprechen.«

»Wenn es etwas mit den Immobilien zu tun hat, soll er sich an Frau Maiwald wenden. Zeigen Sie ihm den Weg zu meinem Büro.«

Gerade als Margot wieder die Tür geschlossen hatte, fiel ihm ein, dass Holzheimer der Bestatter war. Sekunden später öffnete sich die Tür erneut und Margot stand wieder im Rahmen.

»Der Herr sagt, die Angelegenheit habe nichts mit der Lichthagen Immobilien zu tun. Es sei aber dringend.«

»Ich weiß jetzt schon, wer das ist«, raunte Ludwig. Er

wechselte einen Blick mit Natascha und zuckte dann mit den Achseln. »Na gut. Führen Sie ihn in die Bibliothek, dort kann er auf mich warten. Es dauert aber etwas.«

Ludwig fand, dass Holzheimer fast noch affiger aussah als bei ihrer letzten Begegnung im Wald. Das kanariengelbe Laufshirt hatte er gegen einen Zweireiher ausgetauscht, seine Füße steckten in dunklen Lackschuhen, zwischen Hose und Schuhen sah Ludwig dunkelrote Socken. Ludwig musste sich zusammenreißen, um nicht spöttisch zu grinsen, ob des bemüht eleganten und dadurch fast schon lächerlich wirkenden Aufzug des Mannes. Der Spott über Holzheimers Outfit ließ den Gedanken an die unschöne Szene im Wald in den Hintergrund treten. Selbstsicher ging er auf Holzheimer zu, der sich von der Couch erhob, als Ludwig die Bibliothek betrat.

»Was kann ich für Sie tun?«, fragte er.

»Ich habe gehört, dass Sie einen Trauerwald planen.«

»Ich habe die Absicht, ja.«

Holzheimer ließ einen Moment verstreichen, dann sagte er: »Ihnen ist bewusst, dass Sie da in meine Domäne vordringen?«

»Dass Sie auch Friedhöfe betreiben, war mir nicht klar.«

Holzheimer trat einen Schritt zurück und stellte seine Beine etwas weiter auseinander.

»Machen Sie sich nicht dümmer, als Sie sind, Herr von Lichthagen. Ich will nicht, dass andere Bestatter in Lichtenberg Leute begraben.«

Seine tiefe Stimme hatte jetzt einen aggressiven Unterton angenommen.

»Leute vielleicht nicht, aber Menschen. Und da wären sicher einige dabei, deren Angehörige auch Ihre Dienste in Anspruch nehmen.«

Holzheimer schüttelte leicht den Kopf. »Ich will nicht

lange um den heißen Brei herumreden, Herr von Lichthagen. Mir gefällt Ihr Projekt nicht. Ein Wald voller kleiner Urnen ist nicht das, was ich mir unter einer gelungenen und für mich rentablen Bestattung vorstelle.«

»Ob Ihnen mein Projekt gefällt oder nicht, ist mir herzlich egal. Ich bin mir sicher, dass durch meinen Trauerwald auch das eine oder andere Geschäft für Sie abfällt. Außerdem gibt es noch zwei weitere herkömmliche Friedhöfe in Lichtenberg, auf denen Sie das Bestattungsmonopol haben.« Ludwig blickte ihm herausfordernd entgegen. »Kann ich sonst noch etwas für Sie tun?«

Holzheimer hob das Kinn und schaute Ludwig grimmig an.

Er schüttelte den Kopf. »Nein, ich denke, ich habe mich klar genug ausgedrückt.«

»Und ich mich meinerseits.« Ludwig wies mit der Hand zur Tür, Holzheimer ging hinaus, ohne sich zu verabschieden.

»Was war das denn?«, fragte Natascha.

»Ein netter kleiner Versuch, uns einzuschüchtern.« Ludwig grinste und zwinkerte Natascha zu. Er mochte schwer krank sein, ohne Schmerzmittel nicht mehr leben können, aber in geschäftlichen Dingen war er noch immer ganz der Alte.

»Kann er irgendetwas gegen den Trauerwald unternehmen, rechtliche Schritte einleiten?«, fragte Natascha.

Ludwig schüttelte den Kopf. »Eine Klage ist erst möglich, wenn der Gemeinderat das Projekt genehmigt hat. Er wird aber schon viel früher den Hebel ansetzen, denn er sitzt im Gemeinderat, ist meines Wissens in der gleichen Partei wie Langer, sie joggen zusammen, sind wahrscheinlich eng befreundet.«

Ludwig bemerkte, wie Natascha den Blick senkte.

»Glaubst du, du kriegst den Trauerwald trotzdem durch?«, fragte sie leise.

»Ich denke schon. Aufgeben war noch nie eine Option.«

28

An den darauffolgenden Tagen ging es Ludwig besser. Natascha dachte, dass vielleicht das Gespräch mit Holzheimer, bei dem ihr Vater sehr souverän gewirkt hatte, einen neuen Lebenswillen in ihm geweckt hatte. Doch bereits Ende der Woche wurde ihre Hoffnung zunichtegemacht: Ludwig klagte trotz Einnahme hoher Dosen von Schmerzmitteln über deren Wirkungslosigkeit. Natascha wollte ihm – wie mit dem Arzt besprochen – die Morphindosis erhöhen, doch ihr Vater lehnte ab.

»Solange ich lebe, möchte ich noch ein bisschen was von meiner Umwelt wahrnehmen, sonst dämmere ich nur noch vor mich hin. Das kann ich dann machen, wenn ich tot bin.«

Es war bereits Samstag, am Montag war das Casting. Sie waren nur noch zu zweit in der engeren Auswahl, jetzt käme es auf Nuancen in der Spielweise an. Natascha wusste, wenn sie die Rolle bekäme, würde das ihren Bekanntheitsgrad als Schauspielerin vergrößern, weitere Rollenangebote könnten folgen.

Wenn sie am Sonntag nach Berlin fuhr, könnte sie am

Montagvormittag vorsprechen und am nächsten Tag den ersten Zug nach Bayern nehmen.

Margot schien nicht wirklich begeistert zu sein, als Natascha sie bat, ob sie sich die nächsten beiden Tage um Ludwig kümmern könnte.

»Natascha, ich weiß nicht, ob dein Vater wirklich von mir gewaschen und auf die Toilette geführt werden möchte.«

»Es ist doch nur für zwei Tage, Margot. Bitte.«

»Du kennst deinen Vater. Was mache ich, wenn er sich weigert?«

»Das wird er nicht, ich spreche mit ihm.«

»Und was mache ich, wenn er wie am Anfang der Woche keine Luft mehr bekommt?«

»Ich werde mit Dr. Schreiner sprechen, dass er abends und morgens kurz vorbeischaut.« Natascha machte einen Schritt auf die Haushälterin zu und legte ihre Hände auf Margots Oberarme. »Bitte, Margot, es ist wirklich wichtig für mich. Auf die Chance habe ich jahrelang hingearbeitet. Jetzt endlich ist der große Erfolg zum Greifen nah.«

Margot löste sich aus der Umarmung.

»In Ordnung, aber nur, wenn Dr. Schreiner auch wirklich kommt.«

Sie klang erschöpft, was Natascha dazu veranlasste, einen betont fröhlichen Klang in ihre Stimme zu legen.

»Ich werde ihn jetzt gleich anrufen.«

WANN WAR DER RICHTIGE ZEITPUNKT, ihrem Vater zu sagen, dass sie für zwei Tage nach Berlin zurückfahren würde? Natascha beschloss, die Angelegenheit nicht mehr länger aufzuschieben.

»Klar musst du hinfahren«, sagte Ludwig. »So eine Chance lässt du dir nicht entgehen.«

Sie fand, dass sein Lächeln ein bisschen schief ausschaute und seine Augen traurig wirkten, dennoch hatte er seine Emotionen wieder – wie vor der Erkrankung auch – unter Kontrolle. Bereits beim Gespräch mit Holzheimer hatte sie bewundert, wie ihr Vater trotz seiner körperlichen Schwäche unbeirrbar und stark gewirkt hatte. Holzheimer hatte gemerkt, dass seine Drohungen ins Leere liefen, und war wütend, aber ohne etwas ausgerichtet zu haben, von dannen gezogen.

Gerade als Natascha in ihrem Zimmer mit dem Packen begonnen hatte, läutete ihr Handy. Am Display erschien eine unbekannte Nummer.

»Von Lichthagen.«

»Langer am Apparat. Also, Philipp meine ich.« Natascha merkte, wie ihr Herz klopfte. »Ich habe mir die Unterlagen noch mal genauer angeschaut, wirkt alles ziemlich schlüssig und gut konzipiert.« Er sprach schneller als sonst.

»Heißt das, dass einer Genehmigung nichts mehr im Weg steht?«

»Ein paar Sachen müssten schon noch nachgereicht werden, zum Beispiel das vollständige und schlüssige Abwasserkonzept.«

»Okay.«

»Aber ich würde dir das alles gern persönlich genauer erläutern. Können wir uns morgen Abend treffen?«

»Ich muss nach Berlin.«

»Ach so.« Er klang enttäuscht.

»In drei Tagen bin ich wieder zurück.«

Natascha hörte selbst, dass sie zu schnell sprach. Sie hätte es ihm ruhig ein bisschen schwerer machen können und nicht gleich erzählen müssen, wann sie wieder verfügbar wäre.

»Ist Freitagabend okay für dich? Ich meine mit einem Treffen. Wir könnten essen gehen, in Langenbach hat ein neuer Italiener eröffnet.«

»Klingt gut.«

»Um neunzehn Uhr?«

»Du musst mir aber noch die Adresse schicken.«

»Mach ich. Bis dann.«

Gerade als Natascha auflegen wollte, hörte sie Philipp sagen:

»Ich hol dich ab.«

Natascha spürte, wie ihr Herz einen kleinen Luftsprung machte, versuchte aber, sich bewusst cool zu geben. »Alles klar, dann bis Freitag.«

DER ZUG WAR VOLL und Natascha froh, dass sie neben einer älteren Frau einen Platz gefunden hatte. Und auch, dass ihre Sitzplatznachbarin an keinem Gespräch interessiert war und sie ungehindert ihren Gedanken nachhängen konnte.

Immer wieder rief sie sich das Telefonat mit Philipp in Erinnerung. Auch wenn er ein bisschen aufgeregt gewirkt hatte, war er ruhig und verbindlich geblieben. Das gefiel ihr, vielleicht auch deshalb, weil sie es von Timo nicht kannte.

Den letzten gemeinsamen Urlaub, eine lange beabsichtigte Fahrt mit Timos VW-Cabrio nach Apulien, hatte er kurzfristig abgesagt, weil er einem Kumpel bei einem Theaterfestival in der Nähe von Köln bei der Bühnengestaltung helfen musste. »Der steht kurz vor dem Burn-out, und in vier Wochen ist Premiere«, hatte Timo gesagt.

»Das ganze Jahr müssen wir uns nach irgendwelchen Spielplänen richten, und jetzt hast du im August nichts Besseres zu tun, als nach Köln zu fahren und weiter an einer Bühne rumzubauen?«

»Natascha, bitte. Ich kann ihn jetzt nicht hängen lassen.«

Natascha hatte nichts mehr erwidert, die Enttäuschung hinuntergeschluckt und nicht weiter nachgefragt, warum sein

Freund so in Verzug war. Vielleicht, weil sie es gewohnt war, dass Timo kurzfristig Pläne über den Haufen schmiss. Wochenendausflüge in die Umgebung Berlins mussten kurzfristigen Abendessen zum Opfer fallen, weil Timo irgendeinen wahnsinnig innovativen Regisseur kennengelernt hatte, mit dem er irgendwann einmal zusammenarbeiten wollte.

Sie konnte es sich durchaus vorstellen, dass ihn nicht allein die Solidarität zu seinem gestressten Freund nach Köln führte, sondern vielleicht eine hübsche Regieassistentin oder Kostümbildnerin. Am Anfang ihrer Beziehung hatte Timo mit seiner Wankelmütigkeit und seinen kurzfristigen Absagen und seiner Untreue noch regelmäßig Nataschas Gefühlsleben komplett auf den Kopf gestellt.

Mit der Zeit begann sie, sich damit zu arrangieren. Sie fokussierte sich auf ihre eigenen Themen, fing in ihrer spärlichen Zeit an, Taschen zu nähen und bunte Ketten anzufertigen. Auch die eine oder andere Affäre hatte sie gehabt. An Gelegenheiten mangelte es Natascha nicht. Am Anfang hatte sie noch das Bedürfnis gehabt, dass Timo durch demonstrativ auf dem Tisch platzierte Blumensträuße, kurzfristige Absagen oder geheimnisvoll gehaltene Telefongespräche von seinen Nebenbuhlern erfuhr, die mangels Timos Gleichgültigkeit gar keine waren.

Doch tief in ihrem Inneren wusste Natascha, dass sie längst einen Schlussstrich unter die Beziehung mit Timo gezogen hätte, wäre sie nicht in einem Elternhaus aufgewachsen, wo Untreue ein Kavaliersdelikt war, mit dem es sich auf irgendeine Weise zu arrangieren galt. Die Frage, ob die Tatsache, dass sie trotzdem daran festhielt, weniger Bequemlichkeit als ein gefühlsmäßiger Bankrott war, stellte sie sich nicht, weil sie die ehrliche Antwort scheute, die sie sich selbst darauf geben müsste.

Philipp war anders, obwohl er ein paar Jahre jünger als sie und um vieles jünger als Timo war, der sechs Jahre älter als Natascha war. Er war verantwortungsbewusst, entschlossen, beständig. Je näher sie Berlin kam, desto mehr musste sich Natascha dazu zwingen, sich auf das morgige Vorsprechen zu konzentrieren und nicht ständig an Philipp zu denken.

Sie ging noch einmal Szene um Szene durch, griff zu den Notizen, auf denen sie die einzelnen Bewegungsabläufe, Mimiken, die passenden Hand- und Kopfhaltungen aufgeschrieben hatte. Sie fragte sich, ob sie bei dem Satz »Die Puppe ist ja völlig verdreckt«, den sie als Hauptdarstellerin zu ihrer Tochter sagen musste, besser den Kopf schütteln oder beide Hände an den Kopf legen sollte. Sie entschied sich für das Kopfschütteln, weil ihr die andere Geste übertrieben vorkam.

DAS CASTING am darauffolgenden Tag zeigte, dass sie bei der Interpretation der Rolle instinktiv die richtigen Akzente gesetzt hatte. Nach dem Vorsprechen hatte sich der Regisseur noch bedeckt gehalten, hatte nur »gut gemacht, Natascha« und »ich melde mich« gesagt. Am Nachmittag war dann der erlösende Anruf gekommen. »Du hast mich am besten überzeugt. Die Rolle gehört dir.“

ALS NATASCHA schließlich dieselbe Zugstrecke des Vortags zurückfuhr, war sie glücklich wie lange nicht mehr zuvor. Sogar die Krankheit ihres Vaters konnte sie für ein paar Stunden ausblenden. Nach Jahren, in denen sie um jede Theaterrolle hatte kämpfen müssen, schien das Schicksal sie endlich erhört zu haben: Mit Schnyder zusammenzuarbeiten würde sie einem breiteren Publikum bekannt machen. Wenn sie die ihr gebotene Chance nutzte, würden weitere Rollen daraus entstehen. Sie müsste nicht mehr jede Theaterrolle annehmen, konnte sich die für sie passenden aussuchen. Vielleicht war es ein Wink des Schicksals, dass ausgerechnet jetzt auch Philipp Langer ihr über den Weg gelaufen war. Vielleicht war der berufliche Erfolg mit einem privaten Ankommen verbunden.

Zur Feier des Tages hatte sich Natascha in Berlin noch ein Kleid gekauft, hellblau mit gelbem Blumenmuster, mit weitem Rock und einem runden Ausschnitt, das sie zum Essen mit Philipp anziehen wollte.

In Lichtenberg angekommen, gab sie es Margot und bat sie, es aufzubügeln. »Ich schaffe das nicht mehr. Ich muss in einer Stunde fertig geduscht und geschminkt sein.« Margot schmunzelte nachsichtig.

Sie ging in Ludwigs Zimmer. Ihr Vater wirke noch dünner als vor ihrer Abreise. Sie ergriff seine Hände. »Stell dir vor, Papa, ich habe die Rolle. Jetzt werde ich berühmt.«

»Toll. Das freut mich.«

»Wie geht es dir?«

»So lala. Ein Tag läuft besser, ein anderer schlechter. Der heutige gehört eher zu letzteren Kategorie.«

ALS NATASCHA sich fünfundvierzig Minuten später mit geglätteten Haaren im Spiegel ansah, war sie zufrieden mit ihrem Styling. Jetzt noch ein bisschen Wimperntusche und Lipgloss, und ihr Auftritt wäre perfekt. In fünf Minuten würde sie Philipp Langer wiedersehen. Sie holte sich eine Jacke aus dem Schrank, nahm ihre Handtasche vom Stuhl und schaute, bevor sie es in die Handtasche stecken wollte, noch einmal auf das Display ihres Smartphones, auf dem der Eingang einer WhatsApp von Philipp zu sehen war.

»Sorry, Natascha, mir ist ein wichtiger Termin dazwischengekommen, ich schaffe es heute nicht mehr«, las sie auf dem Display. Enttäuscht ging sie wieder in das Zimmer ihres Vaters.

29

»Du hast dich doch nicht für mich so schick gemacht, oder? Du siehst toll aus, hast du heute noch was vor?«, fragte Ludwig.

Natascha schüttelte den Kopf und setzte ein Lächeln auf. Ludwig erkannte sofort, dass es gespielt war.

»Ich dachte nur, etwas Farbe würde dich aufheitern.«

Ludwig legte seine Hand auf ihren Unterarm. »Wirklich?«

Natascha wandte sich ab. »Ich hole schnell ein frisches Handtuch.«

»Natascha? Was ist los?«

»Ich war eigentlich mit jemanden verabredet und bin kurzfristig versetzt worden.«

»Das tut mir leid. Ich kann verstehen, dass du einfach mal rauswillst.«

Zwar hatte Ludwig das Gefühl, dass sich Natascha im Schloss wohlfühlte, was wahrscheinlich auch daran lag, dass Lisa nicht mehr da war. Doch Kontakte zu Menschen außerhalb des Schlosses hatte Natascha keine. Wie sein Vater bei ihm, hatte auch er darauf bestanden, dass Natascha nach der Grundschule in ein Internat wechselte. Er erinnerte sich noch an die ständigen Diskussionen mit Nadja. »Sie kann doch genauso gut mit dem Bus nach Reuth aufs Gymnasium fahren. Wir sind doch nicht mehr im 18. Jahrhundert, wo höhere Töchter im Internat erzogen werden.«

Irgendwann hatte Nadja ob Ludwigs Sturheit aufgegeben und Natascha war nach Reuth ins Internat gewechselt, das schon Ludwigs Schwester besucht hatte. Soweit er sich daran erinnern konnte, hatte er sie nie darüber klagen hören, sie war aber auch nur noch an verlängerten Wochenenden und in den Ferien aufs Schloss gekommen.

»Ich langweile mich hier zu Tode, ich kenne ja auch niemanden mehr«, hatte sie dann nach wenigen Tagen geklagt. Oft war sie schon vor Ferienende abgereist, um eine Internatsfreundin zu besuchen.

Jetzt, da Ludwig so viel Zeit zum Nachdenken hatte, stellte er sich die Frage, warum es Natascha so schwerfiel, einen geeigneten Partner zu finden. Vielleicht wurde der Hang zu Beziehungsproblemen weitervererbt wie blaue oder braune Augen, kleine oder große Ohren, eine Suchtneigung oder die Anlage zu Schizophrenie. Gleichzeitig musste er sich eingestehen, dass er froh war, dass Timo nicht im Schloss aufgeschlagen hatte, obwohl Natascha in den letzten Monaten so viel in Lichtenberg war. Er dachte jetzt gern intensiv über Sachen nach, die er früher mit einem schnellen »Ist halt so« abgetan hatte. Vielleicht, weil Nachdenken eine der wenigen ihm noch gebliebenen Beschäftigung war. Um ein Buch zu halten, fehlte ihm die Kraft und für Hörbücher die Konzentration. In vorher einzeln betrachteten Gegebenheiten die Zusammenhänge zu erkennen, gefiel Ludwig. In manchen Minuten hatte er jetzt das nie gekannte Gefühl, dass sein Leben ein sinnvolles Ganzes ergab. Ob diese kurzen Zustände der Erlösung einer Gnade am Lebensende oder der Morphinpumpe zu verdanken war, die ihm die Schmerzen nahm, war ihm egal.

Seinen Gedanken nachhängend fiel er in einen Schlaf, aus dem er am nächsten Morgen vom Klingeln der Schlosstür erwachte.

Ludwig schaute auf den Wecker am Nachttisch und konnte kaum glauben, dass es bereits zehn Uhr morgens war.

KURZE ZEIT später stand Natascha vor seinem Bett. Sie wirkte noch nervöser als am Vortag. Obwohl sie hinter sich die Tür geschlossen hatte, flüsterte sie fast.

»Lisa will dich sehen.«

»Wirklich?« Ludwig merkte, wie sein Herz schneller schlug und die morgendliche Schwere einer freudigen Erwartung wich.

Natascha nickte und verzog keine Miene.

»Ist Emil auch dabei?«

»Keine Ahnung. Vor der Tür stand er nicht.«

»Sie soll gleich reinkommen.« Als Natascha bereits die Tür geöffnet hatte, hielt er sie zurück und schaute auf sein Pyjama-Oberteil, auf dem neben der Knopfleiste ein weißer Zahnpastafleck zu sehen war.

»Warte, Natascha, kannst du mir helfen, ein frisches Hemd anzuziehen, und mir einen Taschenspiegel bringen?«

Natascha verließ das Schlafzimmer, um kurze Zeit später mit einer Puderdose zurückzukommen, in deren Deckelrückseite ein Spiegel integriert war, den sie ihm jetzt vors Gesicht hielt. »Auf die Schnelle habe ich nichts anderes gefunden.«

Ludwig blickte in den Spiegel und zeigte auf die weißen Speichelreste an beiden Mundwinkeln. »Holst du mir bitte auch noch einen Waschlappen?«

»Ganz schön viel Gezeter um eine Frau, die sich so unschön aus dem Staub gemacht hat«, stichelte Natascha, folgte aber Ludwigs Wunsch.

. . .

Als er mit gewaschenem Gesicht und einem frischen Hemd bekleidet noch einmal in den Spiegel blickte, war er zufrieden. Wenn er auch längst nicht mehr gut aussah, war er zumindest sauber. Das Parfüm, das er auf Hals und Nacken sprühte, würde den Geruch nach Tod und Sterben, den er täglich in stärkerem Maße an sich wahrnahm, übertünchen. Zumindest hoffte er das. Gleichzeitig fand er es bedauernswert, dass er es in zehn Jahren Ehe mit Lisa nicht geschafft hatte, eine Vertrauensbasis aufzubauen, die ihm erlaubt hätte, sich so zu zeigen, wie er wirklich war: Ein sterbender Mann, dessen größter Wunsch es war, in Frieden mit allen diese Erde verlassen zu können.

»Fertig für den Kampf?«, fragte Natascha und zwinkerte ihm zu.

»Natascha, das ist doch kein Kampf.« Er lächelte nachsichtig, sagte dann: »Du kannst sie hereinlassen.«

Wie immer war Lisa geschmackvoll gekleidet. Ein hellblaues Kostüm, das gut zu ihren grau-blauen Augen passte. Die Haare trug sie jetzt etwas länger. Ludwig fragte sich, wann er sie zum letzten Mal gesehen hatte, bis es ihm schmerzlich wieder einfiel. Lisa lächelte, Ludwig sah jedoch, wie erschrocken sie über seinen Anblick war. Um das zu überspielen, gab sie sich betont fröhlich.

»Hallo, Ludwig, wie schön, dich zu sehen.«

Natascha schaute ihren Vater an und rollte mit den Augen. Höflich deutete sie Lisa an, sich auf den Stuhl neben Ludwigs Bett zu setzen. Dann ließ sie die beiden allein.

»Wie geht es dir?«, fragte Ludwig, bemüht, ein Gespräch aufzubauen.

»Gut. Ich habe eine passende Stelle gefunden.«

»Und Emil, hast du ihn mitgebracht?«

Lisa schüttelte den Kopf. »Ich wollte erst selbst schauen, ihn mit der Situation nicht überfordern.«

»Du solltest ihm zumindest die Möglichkeit geben, sich von mir verabschieden zu können, Lisa.«

»Was redest du da, Ludwig?« Lisas Stimme klang schrill und zu hoch.

»Lisa, ich habe keine Zeit mehr für Spielchen. In ein paar Wochen bin ich nicht mehr hier. Du bist Ärztin, du weißt das.«

Lisa zuckte mit den Achseln.

Ludwig hatte gehofft, sich mit Lisa aussprechen zu können, doch jetzt wurde ihm bewusst, wie weit sie sich voneinander entfernt hatten. Um die peinliche Stille zu überspielen, begann er, Fragen über Emil zu stellen. »Spielt er noch immer so gern Fußball?«

Lisas Antworten waren präzise, aber kühl. Ludwig hatte das Gefühl, dass sie am liebsten aufgestanden und gegangen wäre. Irgendwann kam Margot herein, um zu fragen, für wie viele Personen sie kochen sollte.

»Für meine Frau, meine Tochter und mich – und natürlich für Sie selbst, liebe Margot«, sagte Ludwig.

»Eigentlich wollte ich wieder nach Hause fahren«, sagte Lisa.

»Kommt gar nicht infrage. Jetzt, wo du schon da bist, kannst du auch ein bisschen bleiben. Emil ist bei deinen Eltern gut untergebracht.«

Lisa nickte und griff nach der Zeitung, die auf dem Nachttisch lag, da sie sonst nicht wusste, was sie tun sollte. Sie schien mit der Situation überfordert zu sein. Als sie im Lokalteil angekommen war, deutete sie auf das Bild, auf dem eine sehr dünne, große Frau mit einem braunen Kurzhaarschnitt zu sehen war. Sie lachte. »Die kenn ich noch, das ist die Mutter eines Klassenkameraden von Emil. Eine nervige Person.«

»Du hast dich hier nie richtig wohlgefühlt, oder?«

»Ach, so kann man das auch nicht sagen.« Sie zögerte einen Moment, dann fuhr sie fort. »Ich bin mit ziemlich vielen Illusionen hergekommen. Bei unserer Heirat hatte ich das Gefühl, endlich meinen Platz im Leben gefunden zu haben.« Sie lachte auf, eher amüsiert als verbittert, wie Ludwig fand. »Ich hatte die Vorstellung, mindestens drei Kinder zu bekommen, nebenbei meinen Facharzt zu machen und fand mich in der Realität dann ziemlich allein wieder.«

»Ich war doch ständig präsent.«

Lisas Stimme klang nun eine Spur bitterer. »Körperlich vielleicht.«

»Ich habe das nicht so empfunden.«

»Die meiste Zeit saß ich in diesem Bunker und habe auf dich gewartet.«

»Eine Immobilienfirma ist halt kein Selbstläufer, Lisa.«

»Deine Affären auch nicht. Ich habe jede einzelne mitbekommen, Ludwig. Es ist kein schönes Gefühl, wenn man vierundzwanzig Jahre jünger ist als der Ehemann und merkt, dass die Mädels, mit denen er rumzieht, noch jünger sind.«

»Ich weiß, dass ich viele Fehler gemacht habe, Lisa.«

»Ich habe dir meine besten Jahre geschenkt und nichts dafür bekommen. Jetzt, mit achtunddreißig, mache ich meinen Facharzt, und die Leute in meiner Umgebung sind ausnahmsweise mal nicht zwanzig Jahre älter als ich, sondern fünfzehn Jahre jünger, weil sie gleich nach dem Studium durchgestartet sind.«

»Hättest du doch auch machen können, Lisa.«

»Wie denn? Ich hatte doch Emil.«

»Dann hättest du ein Kindermädchen einstellen müssen. Du weißt, dass ich das bezahlt hätte.«

Gereizt warf Lisa ihre Hände in die Luft. »Der Herr Graf stellt ein. Immer alles delegieren.« Sie wurde immer lauter, schrie schon fast, am liebsten hätte Ludwig sich die Ohren zugehalten. »Du glaubst, mit Geld lässt sich alles regeln, aber ein Kind braucht seine Eltern.«

»Ich war einfach schon zu alt für Emil.«

»Aber nicht zu alt, um jeden Abend auf die Piste zu gehen und jungen Mädchen nachzustellen.« Lisa fing zu weinen an und stand auf. »Ich fahr wieder nach Hause, es war ein Fehler, herzukommen.«

Ludwig hielt Lisa am Handgelenk fest und sagte sanft: »Jetzt bleib doch zumindest zum Essen. So aufgewühlt solltest du sowieso nicht ins Auto steigen. Zur Feier des Tages stehe ich auch auf.«

Lisa musste lächeln. Er deutete auf den Kleiderständer neben der Tür. »Bringst du mir den Bademantel?«

Es machte Ludwig nichts mehr aus, seine Schwäche vor Lisa preiszugeben, die ihm den ausgebreiteten Bademantel hinhielt.

»So einfach geht das nicht. Du musst mir beim Aufstehen helfen.«

Lisa schüttelte erst irritiert den Kopf, dann zog sie Ludwig an beiden Händen hoch, schob seine aufgestellten Beine sanft zur Seite und sie fasste ihn unter den Achseln, um seinen Oberkörper positionieren zu können. Schließlich saß er aufrecht an der Bettkante und Lisa bückte sich, um ihm seine Turnschuhe mit Klettverschluss anzuziehen.

»Du bist dünn geworden, fast mager«, sagte sie leise, als sie die Streifen der Verschlüsse festmachte. Sie sah sich im Zimmer um. Ludwig deutete auf die Zimmerecke, hinter dem Schrank, wo der Rollator stand.

»Wie ein altes Ehepaar«, sagte er zu Lisa, als sie den Gang entlang ins Esszimmer gingen, er sich unsicher an den Griffen des Rollators festhaltend, sie ihn fest unterhakend, damit er nicht fallen konnte.

»Eher wie ein älterer Herr mit einer jungen Frau an seiner

Seite«, sagte sie lachend und knuffte ihren Ellbogen sanft in seine Rippen. Ludwig merkte, wie Natascha und Margot vom Tisch aus die Szene mitverfolgt hatten und erstaunt über die Harmonie waren. Natascha schaute irritiert, Margot erleichtert.

Ludwig war froh, dass Natascha ihre Ressentiments gegenüber Lisa zurückstellte und die Unterhaltung am Laufen hielt, gleichzeitig musste er sich eingestehen, dass er lieber allein mit Lisa gewesen wäre. Als Margot den Espresso brachte, spürte er, wie müde er war.

»Ich muss mich wieder hinlegen.«

Lisa stand auf, holte den Rollator und half ihm hoch. Ludwig bemerkte Nataschas eifersüchtigen Blick, erwiderte ihn aber nicht.

30

Die Vertrautheit zwischen ihrem Vater und Lisa war nicht zu übersehen. Eigentlich hätte Natascha erleichtert sein müssen. Die ständige Pflege ihres Vaters brachte sie an den Rand der Erschöpfung, vielleicht konnte sie Lisa dazu überreden, die nächsten Tage die Pflege zu übernehmen, um ein paar Tage ausspannen zu können. Dass ihr Vater und Lisa fast wie zwei turtelnde Verliebte am Mittagstisch erschienen waren, gab ihr einen Stich. Natascha war versucht, eine Anspielung zu machen, damit Lisa endlich kapierte, dass ihr Besuch mit dem das Mittagessen abschließenden Espresso beendet sei. Doch ein Blick zu ihrem Vater, der ihr mit einem kaum merklichen Kopfschütteln demonstrierte, dass sie jede spitze Bemerkung unterlassen sollte, hielt sie davon ab. Ludwig mochte nicht mehr allein aufstehen und nur mit beiden Händen fest an den Rollator geklammert zum Tisch gehen können, seine Autorität hatte er noch nicht verloren. Er musste noch nicht einmal seinen Willen äußern, ein Blick, eine Geste reichte aus, damit die Menschen taten, was er wollte.

Deshalb sorgte Natascha beim Mittagessen für ausreichend Gesprächsstoff, erzählte Berliner Theateranekdoten und fragte nach Emil. Noch irritierter wurde Natascha, als Lisa nach dem Essen wie selbstverständlich aufstand, den Rollator zu Ludwigs Sitz schob und ihm aufhalf. Sie fand Lisas Verhalten völlig unangemessen.

»Sie tut gerade so, als ob sie noch hier wohnen würde und meinen Vater nie verlassen hätte«, sagte sie nach dem Essen zu Margot, der sie beim Abräumen half.

Margot zuckte mit den Achseln. »Sie sind immer noch verheiratet, Natascha, und haben ein gemeinsames Kind, das sie verbindet«, beschwichtigte sie.

»Ich mag sie einfach nicht«, zischte Natascha.

Sie hängte die gusseiserne Pfanne an die Wand, holte sich ein Buch aus ihrem Zimmer und ging in den Schlossgarten. Obwohl Philipp sich bald melden wollte, hatte er ihr noch immer nicht geschrieben. Die Frage, ob das Interesse des jungen Mannes nur ihrer Eitelkeit schmeichelte, die durch Timos regelmäßige Seitensprünge ständigen Nadelstichen ausgesetzt war, oder ob sie ernsthaft Gefallen an Philipp gefunden hatte, konnte sie nicht eindeutig beantworten.

Immer wieder sagte sie sich: »Schlag dir den aus dem Kopf, er ist viel zu jung für dich.« Oder: »Was willst du mit dem Bürgermeister von Lichtenberg, das ist doch lachhaft.« Doch die Selbstsuggestion verfehlte ihre Wirkung. Natascha musste sich eingestehen, dass Philipp ihr mehr gefiel, als ihr lieb war. Er war intelligent, hatte einen feinen Sinn für Humor, im Gegensatz zu Timo gute Manieren und auch wenn es schien, dass er nie woanders als in Lichtenberg gelebt hatte, wirkte er weltoffen und tolerant.

Nach einer Stunde im Park war Natascha mit ihrem Buch keine halbe Seite weitergekommen. In der Zwischenzeit hatten sich dichte Wolken vor die Sonne geschoben, es war kühl geworden, und Natascha wollte wieder ins Schloss zurückgehen.

Bereits auf der Veranda hörte sie Lisas helles Lachen. Die Tür zum Zimmer ihres Vaters stand halb offen. Beim Vorbeigehen spähte Natascha durch den Spalt und sah Lisa auf der Bettkante ihres Vaters sitzen. Lisa musste Natascha gehört haben, denn genau in dem Moment, als sie einen Blick hineinwarf, kreuzten sich ihre Blicke, und Natascha glaubte, eine Spur von Triumph in Lisas Augen zu erkennen. *Typisch für sie*, dachte Natascha. Die letzten Tage hatte sie ganz ihrem Vater gewidmet, jetzt fühlte sie sich abgeschrieben und wusste nichts mit sich anzufangen. Sie legte sich aufs Bett und zog sich die Decke bis über beide Ohren.

Sie musste wohl eingeschlafen sein, denn sie erwachte von einem lauten Geräusch, das aus dem Arbeitszimmer ihres Vaters kam, das neben ihrem Zimmer lag. Etwas Schweres schien auf den Boden gefallen zu sein. Seit Wochen war das Arbeitszimmer durch Ludwigs Krankheit verwaist. Dass plötzlich Lärm daraus zu hören war, fand Natascha ungewöhnlich.

Sie trat auf den Flur hinaus und ging zu dem Zimmer, dessen Tür geschlossen war, was Natascha ungewöhnlich fand. Ludwig konnte das Bett nicht mehr allein verlassen, Margot hätte – falls sie da drinnen nach irgendetwas suchte oder putzte, nie die Tür hinter sich geschlossen. Misstrauisch geworden hielt Natascha ihr Ohr an die Tür. Sie hörte, wie drinnen eine Schranktür auf- und zugemacht wurde. Leise öffnete sie die Tür.

Lisa stand mit dem Rücken zu ihr, ihre rechte Hand steckte im linken Fach des Aufsatzes von Ludwigs Barocksekretär. Als sie Natascha bemerkte, drehte sie sich mit einem Kuvert in der Hand erschrocken um.

»Warum schnüffelst du in Papas Sekretär herum?«

»Ich suche Emils Geburtsurkunde. Die habe ich hiergelassen.«

»Wirklich? Das glaubst du doch selbst nicht. Das sind die privaten Unterlagen meines Vaters.« Natascha ging zu Lisa und riss ihr das Kuvert aus der Hand. *Entwurf*, stand in Ludwigs schwungvoller Handschrift darauf. »Jetzt reicht es. Wir gehen zu Papa.« Natascha war selbst erschrocken darüber, wie barsch und herrisch ihre Stimme klang.

»Bitte nicht.« Natascha sah, dass Lisa Tränen in den Augen hatte. »Es regt ihn nur unnötig auf.«

»Mein Vater soll endlich mal sehen, was er sich mit dir angelacht hat.«

Natascha schob Lisa aus dem Zimmer, durch den Gang und öffnete das Schlafzimmer ihres Vaters, der leise schnarchend schlief. Sie schüttelte ihn am Oberarm, Ludwig schrak auf.

»Lisa war an deinem Sekretär zugange. Sieh mal, was sie gefunden hat.« Sie hielt Ludwig das Kuvert unter die Nase.

»Ihr müsst mich doch auch verstehen. Emil und ich müssen abgesichert sein«, sagte Lisa leise, die im Türrahmen stehengeblieben war.

»Deshalb brauchst du nicht im Schreibtisch meines Vaters herumzuschnüffeln. Sag doch auch etwas, Papa.«

Ludwigs Blick wanderte von Natascha zu Lisa und dann wieder zurück. Er war noch blasser geworden. »Weder meine Frau noch meine Kinder müssen sich Sorgen machen. Es ist für alle gesorgt.« Ludwigs Stimme klang schwach.

»Sie hat in deinem Sekretär geschnüffelt«, wiederholte Natascha. »Wenn du sie nicht rauswirfst, tue ich es.«

»Natascha, bitte mäßige dich«, sagte Ludwig leise.

»Ich gehe freiwillig. Ich war hier sowieso nie zu Hause.« Lisa nahm ihre Handtasche, die auf einem Stuhl neben dem Schrank lag. An der Türschwelle drehte sie sich noch einmal um. Ohne Natascha eines Blickes zu würdigen, sagte sie feindselig zu Ludwig: »Und eines schwöre ich dir: Sterben wirst du ohne Emil und hoffentlich mutterseelenallein.« Sie verließ das Zimmer. Kurze Zeit später hörte Natascha die Eingangstür.

»Es tut mir leid«, sagte sie leise zu ihrem Vater. »Aber was muss sie auch in deinem Arbeitszimmer herumschnüffeln?«

»Natascha, bitte lass mich jetzt allein. Ich habe für solche Szenen keine Kraft mehr.«

Natascha fühlte sich schlecht, sie wusste genau, dass sie eine Grenze überschritten hatte. Aber das hatte Lisa auch. Genauso wie die Frau ihres Vaters war sie nur zu Besuch in Lichtenberg. Wahrscheinlich war Lisa, die in den vergangenen Jahren mit Ludwig hier gelebt hatte, sogar ein bisschen mehr hier zu Hause als sie. Obwohl ihr Leben in Berlin stattfand, hatte sie in den vergangenen Wochen begonnen, sich wie die Hausherrin zu fühlen und genauso aufgeführt. Was hatte sie hier verloren? Sie musste ihren Vater auf seinem letzten Weg begleiten, aber gab ihr das das Recht, sich in seine Beziehung einzumischen? In ein paar Monaten wäre ihr Vater nicht mehr am Leben, und sie wäre wieder in Berlin. Warum tat sie dann so, als ob alles von ihr abhing?

Sie hörte ihr Handy im Zimmer läuten und schaffte es gerade noch, ranzugehen. »Von Lichthagen«, sagte sie atemlos.

»Hey«, sagte Philipp am anderen Ende der Leitung gut gelaunt.

Er schien kein schlechtes Gewissen wegen seiner kurzfristigen Absage vor ein paar Tagen zu haben.

»Ach, du bist es«, erwiderte Natascha.

»Du klingst ein bisschen zerknirscht, was ist los?«

Natascha seufzte. »Ich hatte gerade einen kleinen Disput mit der Noch-Ehefrau meines Vaters.«

»Um was ging es?« Es klang nicht neugierig, sondern einfühlsam und interessiert.

»Nicht so wichtig. Wir haben eigentlich noch nie miteinander gekonnt. Was ist der Grund deines Anrufs?«

»Der Grund meines Anrufs ist, Frau von Lichthagen, dass ich Ihnen noch ein Abendessen schulde. Oder hast du das schon vergessen?«

Natascha ganze Wut fiel von ihr ab, und sie entspannte etwas. Philipps Unbekümmertheit war ansteckend, sein natürlicher Charme bestechend. »Ach genau, da war noch was. Ein Abendessen.«

»Ich hole dich morgen Abend gegen neunzehn Uhr ab.«

»Und wenn dir wieder was dazwischenkommt?« Natascha bemühte sich, ihren Ton nicht vorwurfsvoll, sondern neckisch klingen zu lassen.

»Mir kommt nichts dazwischen.«

»Und was machst du, wenn das Rathaus brennt?«

»Es wird nicht brennen. Versprochen.« Er hatte aufgelegt.

Natascha ging wieder in das Zimmer ihres Vaters und setzte sich auf den Stuhl, auf dem vor Kurzem noch Lisa Platz genommen hatte.

»Entschuldigung, es tut mir wirklich leid.« Sie sah auf den Wecker am Nachttisch. Es war siebzehn Uhr. In spätestens zwei Stunden würde Lisa zu Hause sein. »Ich rufe sie heute Abend noch an.«

Ludwig schüttelte den Kopf. »Lass erst einmal ein bisschen Gras über die Sache wachsen.«

NATASCHA NAHM SICH VOR, das Treffen mit Philipp leger anzugehen. Beim letzten Mal hatte sie sich viel zu viele Gedanken über ihr Outfit und ihr Make-up gemacht, um dann fertig gestylt seine Absage auf einer WhatsApp zu finden. Das Kleid, das sie sich für die letzte Verabredung extra in Berlin gekauft hatte, ließ sie im Schrank und entschied sich stattdessen für Jeans und ein Top, über das sie einen Blazer zog. Pünktlich fuhr Philipp in einem Alfa Romeo-Cabrio im Schloss vor.

Wer ein solches Auto fährt, hat keine kleinen Kinder, schoss es Natascha in den Kopf. Beim Einsteigen hielt Philipp ihr mit einem leisen »Voilà« die Beifahrertür auf. »Ich habe einen Italiener in Dürksheim ausgewählt.« Weil Natascha nichts erwiderte, fuhr er fort: »Keine Sorge, ich war bereits zweimal dort und habe immer sehr gut gegessen.«

PHILIPP SCHIEN nichts dem Zufall überlassen zu haben. Als er seinen Namen sagte, führte sie der Kellner zu einem kleinen Tisch am Rande des Raums und sie nahmen auf schwarzen Stühlen mit braunen Lederbezügen Platz. An den Wänden hingen Fotos von italienischen Filmstars der Fünfziger und Sechziger Jahre wie Marcello Mastroianni, Sofia Loren und Gina Lollobrigida.

Als Philipp merkte, dass Natascha die Fotos anschaute, zwinkerte er ihr zu und sagte: »Ich dachte, hier bist du in guter Gesellschaft.«

Natascha schüttelte lachend den Kopf. »Das wäre ein bisschen vermessen.«

Sie dachte kurz daran, Philipp von der Rolle zu erzählen, unterließ es aber. Er hingegen ließ nicht locker und fragte sie, in welchen Theatern sie so auftrat. Sein Interesse schien nicht gespielt, sondern echt.

Natascha erzählte ihm von ihren schwierigen Anfängen in Berlin. »Am Anfang bin ich sogar mit einem Krimi-Dinner in Berlin und Brandenburg herumgetingelt.«

»Und wie hast du dann den Sprung zu größeren Theatern geschafft?«, fragte Philipp.

»Wie fast alle im Schauspielbereich über Beziehungen. Ich

habe einen Regisseur kennengelernt, der in einem kleinen Theater einige sehr besondere Inszenierungen gemacht hat, und auf diese Weise sind auch andere Regisseure auf mich aufmerksam geworden, die auf größeren Bühnen inszenieren.«

»Und Film? Würde dich das gar nicht reizen?«

»Ach.« Natascha seufzte. »Ein schwieriges Thema.« Gerne hätte sie Philipp von dem Casting und der Rolle für den Sechsteiler erzählt, sie wollte aber auch nicht angeberisch wirken. Andererseits zeigte sich Philipp als so interessierter Gesprächspartner, wie sie es schon lange nicht mehr bei einem Mann erlebt hatte. Timo etwas zu erzählen war schwer. Er fiel ihr ins Wort, tat Ängste und Sorgen mit den Worten »Ich weiß gar nicht, warum du dich so anstellst« ab oder hörte erst gar nicht zu. Ähnlich erging es ihr mit Bekannten in der Theaterszene, alle sonnten sich in ihrer Eitelkeit und waren so mit sich selbst beschäftigt, dass es sehr selten zu ehrlichen Gesprächen kam. Mit den Jahren in Berlin hatte sich Natascha schweren Herzens daran gewöhnt und sich auch fürs Privatleben verschiedene Rollen zurechtgelegt, die sie – je nachdem, wer ihr Gegenüber war – spielte. Der Aufenthalt in Lichtenberg war nicht nur eine Auszeit von Berlin, sondern eine Pause vom Schauspiel, die Natascha die Möglichkeit gab, endlich einmal wieder sie selbst zu sein und niemandem etwas vormachen zu müssen.

Sie wollte Philipp, der so viel ehrliches Interesse zeigte, nicht anlügen. »Ich habe jetzt die Zusage für eine vielversprechende Rolle in einem Sechsteiler fürs Fernsehen. Einerseits freue ich mich total auf die Dreharbeiten, andererseits werde ich dann nicht mehr so oft bei meinem Vater sein können. Du weißt, dass er schwer krank ist?«

Philipp nickte. »Ich habe davon gehört. Das tut mir leid.« Er wirkte verlegen.

Mittlerweile hatte der Kellner den ersten Gang gebracht. Nataschas Ansinnen, nur eine Pasta als Hauptgericht zu essen, hatte Philipp zunichtegemacht und darauf bestanden, Vorspeise, Hauptgericht und Dessert zu bestellen. Schließlich entschieden sie sich für das Menü, wobei Philipp das Ossobuco als Hauptgericht und Natascha eine Seezunge nahm.

Die Unterbrechung durch den Kellner nahm Natascha zum Anlass, dem Gespräch eine Wendung zu geben. Sie zwinkerte Philipp zu.

»Wir haben jetzt ausführlich alle Aspekte meines Lebens beleuchtet. Jetzt erzähl mal von dir«, sagte sie. »Wie kommt es, dass du mit nicht einmal dreißig Jahren schon Bürgermeister bist?«

Philipp erzählte von seinen Anfängen in der Kommunalpolitik und gab zu, dass er sich das Amt des Bürgermeisters einfacher vorgestellt hatte.

»Ständig auf dem Präsentierteller zu stehen und merken, dass die Menschen alles, was man tut, bewerten, ist nicht einfach«, gestand er.

Als sie das Lokal verließen, regnete es, was Philipp nicht davon abhielt, Natascha vor die Fahrertür des Autos zu schieben und sie nochmals leidenschaftlich zu küssen. Er küsste ihr einen Regentropfen von der Wange, nahm sie an der Hand und zog sie auf die andere Seite des Wagens, wo er ihr die Tür öffnete.

»Ich glaube, wir finden einen geeigneteren Ort.«

Als sie im Auto saßen und Philipp den Motor startete, sah Natascha durch die Windschutzscheibe einen schwarzhaarigen Mann, der auf dem Bürgersteig stand und wie besessen in den Wagen stierte. Natascha versuchte, den Blick einzuordnen, in dem eine Mischung aus Neugier, Häme und Boshaftigkeit lag. Sie sah zu Philipp, der wie versteinert den Mann anstarrte, als er Nataschas Blick auf sich bemerkte, aber sofort die Augen senkte, um den Rückwärtsgang zu suchen. Philipps Selbstbewusstsein und seine Leichtigkeit schienen abrupt verschwunden zu sein. Den Rückwärtsgang fand er nicht gleich. Als er ihn endlich hatte, fuhr er den Wagen ungelenk aus der Parklücke. Natascha musste kurz überlegen, woher sie den Mann kannte, dann fiel es ihr ein: Es war der Bestatter, der kürzlich so unvermittelt im Schloss aufgetaucht war, um ihren Vater unter Druck zu setzen. Hatte ihr Vater bei dieser Gelegenheit nicht erwähnt, dass er ihn und den Bürgermeister zusammen beim Joggen gesehen hatte? Er und Philipp schienen sich also zu kennen. Warum war jetzt zur gleichen Zeit wie Philipp und sie in Dürksheim? Und warum stieg Philipp dann nicht aus dem Wagen, um ihn zu begrüßen oder winkte ihm zumindest durch die Windschutzscheibe zu?

Als sie auf der Landstraße waren, durchbrach Philipp die angespannte Stille: »Aber das Essen war fantastisch, oder? Ich hoffe, es konnte auch dich begeistern, du bist bestimmt von Berlin etwas viel Spektakuläreres gewohnt.« Natascha pflichtete ihm bei, fragte sich jedoch, was das »Aber« am Beginn seines Satzes zu bedeuten hatte.

»Ich gehe ehrlich gesagt in Berlin kaum essen.« Er schaute sie fragend an, sodass Natascha das Gefühl hatte, sich erklären zu müssen. »Mein Leben dort ist ziemlich durchgetaktet, ich bin froh, wenn ich mal nirgends hinmuss.« Sie erwog, ihm zu erzählen, dass sie selbst mal in einem Restaurant gejobbt hatte oder wie sehr sie die Abende in ihrer Wohnung mochte, die sie sich erst nach Jahren gemütlich eingerichtet hatte – zuvor war sie zu selten zu Hause gewesen. Sie entschloss sich, zu schweigen. Die Stimmung war zu angespannt, der Zauber, der Philipp und sie über die gesamte Zeit des Essens begleitet hatte, war dahin.

Natascha war froh, als er durch den Torbogen des Schlosses fuhr. Zwar hatte sie sich das Ende des Abends anders vorgestellt, hatte gehofft, dass die ausgetauschten Zärtlichkeiten in Philipps Wohnung weitergehen würden, doch die

Stimmung hatte sich in Sekundenschnelle gedreht, genau an dem Punkt, als Holzheimer mit einem stumpfen Gesichtsausdruck durch die Windschutzscheibe ins Auto geglotzt hatte.

Dennoch war Philipp bemüht, nichts falsch zu machen – bevor sie die Autotür öffnen konnte, stand er davor, um ihr formvollendet aus dem Wagen zu helfen. Natascha musste an Timo denken, der ihr nicht mal nach einer Premierenfeier in den Mantel half. Doch auch von Philipp kam jetzt nicht mehr als ein kurzes, verlegenes »Ich melde mich«. Dann stieg er ins Auto und fuhr davon. Kein Kuss, kein »war ein schöner Abend«. Als Natascha die oberste Stufe der Treppe erreichte und vor der Schlosstür stand, hatte Philipps Wagen längst den Schlosshof verlassen.

Natascha drehte sich um und atmete tief die kühle Nachtluft ein. Minutiös ließ sie den Abend noch einmal in ihrem Kopf abspielen, jeden Satz, den sie geäußert hatte, hinterfragend, aber sie konnte keinen Fehler finden. Warum konnte ein schleimiger Typ wie Holzheimer Philipp derart aus der Bahn werfen? In Sekundenschnelle war aus dem Souveränen ein in sich selbst zurückgezogener, unsicherer junger Mann geworden. Natascha schaute auf die Uhr. Es war Viertel nach zwölf. Sie öffnete einen Spaltbreit die Tür zu Ludwigs Zimmer. Er schnarchte leise.

31

Lisas Abreise hatte Ludwig aufgewühlt. Trotz der hohen Morphindosen schlief er unruhig. War es ein Fehler gewesen, Natascha gebeten zu haben, ihm in den letzten Wochen beizustehen? Mit ihrer ungestümen Art hatte sie es geschafft, Lisa vorschnell zur Abreise zu bringen. Vielleicht wäre alles anders gelaufen, wenn Natascha nicht ständig hier gewesen wäre, vielleicht wäre Lisa sogar zurückgekehrt.

Sein ganzes Leben hatte Ludwig sich nie damit aufgehalten, in die Vergangenheit zu blicken oder sich mit Vorwürfen zu martern. Jetzt, wo er so viel Zeit zum Nachdenken hatte, hinterfragte er sein ganzes Leben. Was ihn schmerzte, war, dass es mit Lisas unschönem Abgang unwahrscheinlicher wurde, Emil noch einmal zu sehen. Ludwig fühlte sein Herz viel zu schnell klopfen, er wurde panisch. Die Widersprüche seines Lebens schienen sich am Ende seines Weges nicht, wie er gehofft hatte, aufzulösen, sondern noch schärfer zu werden. Er rief Dietmar an, doch es war nur der Anrufbeantworter, der Ludwig daran erinnerte, dass sein Freund sich im Urlaub befand. Mit Margot konnte er solche Sachen nicht besprechen, und Natascha war Teil des familiären Problems. Ludwig entschloss sich spontan, Frau Landsberger anzurufen.

»Sie haben Glück, heute habe ich sowieso nichts vor. Ich kann Sie also besuchen.« Sie klang wie immer fröhlich und ausgeglichen.

ZWEI STUNDEN später stand sie vor seinem Bett. Sie trug einen knielangen engen Rock und einen pinkfarbenen Pulli mit V-Ausschnitt. Ihre Haare waren heller als das letzte Mal, was sie weicher und weiblicher aussehen ließ. Dass sie attraktiv war, wusste Ludwig, wie sehr sie ihm gefiel, hatte sich Ludwig nie eingestanden. *Für solche Überlegungen ist es jetzt auch zu spät*, dachte Ludwig und musste grinsen.

»Was ist so amüsant?«

»Ach nichts, mir ist nur etwas aufgefallen.«

»Sagen Sie schon, was denn?«

»Dass Sie eine sehr attraktive Frau sind, aber angesichts meines Gesundheitszustandes es reichlich spät ist, mich noch einmal zu verlieben.«

»Es ist nie zu spät«, antwortete Frau Landsberger unbekümmert und strich Ludwig leicht über den Kopf.

»Wo drückt der Schuh? Ich bin doch gekommen, weil Sie etwas loswerden wollten.«

Ludwig nickte. »Meine Frau war da, erst lief alles super, doch dann hat meine Tochter sie erwischt, wie sie in meinem Sekretär herumschnüffelte.«

Frau Landsberger dachte einen Moment darüber nach, bevor sie ihre Vermutung äußerte: »Sie hat wohl ein Testament gesucht?«

»Wahrscheinlich.«

»Und fällt das zu ihren Ungunsten aus?« Ludwig senkte den Blick. »Sagen Sie bloß, Sie haben gar keins.«

Ludwig zuckte mit den Achseln. »Ich habe ein altes, ich schätze, Lisa hat das gefunden.«

»Wie alt?«

Ludwig zog die Stirn in Falten und die Mundwinkel nach unten, dann flüsterte er fast: »Ein uraltes.«

»Aus der Zeit, als Ihre Frau noch nicht von Ihnen getrennt lebte?« Ludwig wandte den Blick von ihr ab. »Von wann ist denn das Schriftstück?«

»Ich habe es aufsetzen lassen, als ich noch mit meiner ersten Frau verheiratet war.«

»Ach du meine Güte.« Frau Landsberger zog die Augenbrauen hoch. »Es wundert mich nicht, dass Lisa wütend ist. Sie müssen schnellstens ein neues Testament machen, sonst ist Ihr Sohn nicht abgesichert.« Sie schüttelte noch einmal den Kopf, dann stand sie auf. »Haben Sie irgendwo einen Stift und ein Stück Papier?«

Ludwig deutete auf den Schreibtisch, der an der Wand gegenüber seinem Bett stand. Sekunden später saß Frau Landsberger wieder an seinem Bett. In der Hand hatte sie einen Kugelschreiber und ein Stück Papier, vom Nachttisch nahm sie ein Buch zur Unterlage.

»Also, was soll mit Ihrer Firma werden?«

»Die bekommt Natascha.«

»Und das Schloss?«

»Das soll einmal Emil bekommen. Aber erst Lisa.«

Im Nu hatte Frau Landsberger eine Skizze angefertigt, die bildlich darlegte, wer was bekam. Dann malte sie ein paar Münzen und Geldscheine unter die bisherigen Notizen. »Haben Sie ein Barvermögen?«

»Ja.«

»Und was passiert damit?«

»Das teile ich an alle drei auf.«

»Ich verstehe nicht, warum Sie so lange gewartet haben,

ein Testament zu verfassen, wenn Sie sowieso schon alles wissen.« Sie reichte Ludwig das Telefon.

»Jetzt müssen Sie nur noch einen Notartermin ausmachen.«

Nachdem Ludwig auch das erledigt hatte, sagte er: »Zur Feier des Tages lade ich Sie in den ›Lichtenberger Hof‹ ein.«

SCHORRER, DER WIRT DES »LICHTENBERGER HOFES«, schaffte es immer wieder aufs Neue, seinen Schrecken über Ludwigs stets weniger werdendes Äußeres geschickt zu verbergen.

»Schön, Sie zu sehen, Herr Graf«, säuselte er und führte Ludwig und Frau Landsberger an einen Tisch am Ende des Raumes. Für einen frühen Mittwochabend war der »Lichtenberger Hof« erstaunlich gut gefüllt. Ludwig entdeckte Franz Preller an einem Tisch und nickte ihm zu. Früher hatten sie einmal zusammen Tennis gespielt, irgendwann hatte sich der Kontakt aber verloren, ohne dass irgendwas vorgefallen war. Der schaute ihn nur stumpf an, sodass Ludwig sich nicht sicher war, ob Preller ihn überhaupt erkannt hatte. Auch die neugierigen Blicke der anderen Gäste bemerkte Ludwig. Ihm war es bewusst, dass sie über ihn tuschelten, aber mittlerweile auch egal. Es machte schließlich keinen Unterschied für ihn, ob die Lichtenberger wussten, dass er in Kürze sterben würde oder nicht. Ob sie es besprachen oder nicht, ob sie es bedauerten oder nicht, ob sie es hämisch beurteilten oder nicht. Ihm näherte sich das unausweichliche Ende, ganz egal, was die anderen Menschen darüber sagen würden.

Auch Frau Landsberger schien die Blicke zu bemerken.

»Stört es Sie, wenn sie starren und tuscheln?«, fragte sie leise.

»Starren und tuscheln, welch unschöne Worte.« Er schüttelte schmunzelnd den Kopf, dann fuhr er fort: »Da bin ich längst drüber hinaus. Ich gehe schließlich meinem Lebensende entgegen. Und das Schöne daran ist, dass es immer mehr mein eigenes Leben wird. Verstehen Sie, was ich meine?«

Frau Landsberger zuckte mit den Schultern und schüttelte leicht den Kopf.

Ludwig fuhr fort: »Wenn man so nahe am Scheidepunkt zwischen Leben und Tod steht, werden die anderen Menschen und ihre Urteile über einen klein und unwichtig. Das Diesseits wird zunehmend uninteressanter und ich frage mich oft, was auf der anderen Seite auf mich wartet.«

Ludwig hob den Kopf und sah Holzheimer und Philipp Langer sich im Nebenzimmer einen Platz suchen, sie schienen offenbar ungestört bleiben zu wollen.

»Mit meinen Gedanken über das Jenseits scheine ich die Geister heraufbeschworen zu haben. Wenn man vom Tod spricht, kommt schon der Totengräber.« Frau Landsberger zog die Augenbrauen zusammen und schaute Ludwig fragend an. Ludwig hob das Kinn und deutete auf die beiden Männer im Nebenzimmer, die sich ausgerechnet so platziert hatten, dass er sie ständig im Blick hatte.

»Das sind der Bürgermeister und sein Freund, der Bestatter, der meinen Trauerwald verhindern will.«

Frau Landsberger wandte ihren Kopf nach links und sagte: »Junge Leute mit viel Elan und wahrscheinlich jeder Menge Flausen im Kopf.«

Ludwig nickte. »Mit Ihrem untrüglichen Gespür für jede Situation haben Sie es natürlich gleich erkannt. Das Spiel ist unfair. Ein sterbender Alter, der gegen zwei in den besten Jahren stehende, vor Kraft strotzende junge Männer kämpft.«

»Jetzt werden Sie aber pathetisch.«

»Stimmt.« Ludwig grinste. »Vor ein paar Wochen hat mich dieser ungleiche Kampf wütend gemacht. Voller Neid blickte ich auf die beiden, die ihr ganzes Leben noch vor sich haben, die jeden Kampf in dem Bewusstsein aufnehmen, dass sie als Sieger daraus hervorgehen. Ich war voller Bitterkeit, dass ich an einem ganz anderen Punkt auf meiner Lebenslinie stehe. Bis vor Kurzem, ich meine vor meiner Erkrankung, war ich vielleicht nicht mehr so jung wie die beiden, aber noch voller Kraft. Und was die beiden mir an Vitalität und Stärke voraushatten, machte ich mit Lebenserfahrung wett. Nachdem der Krebs nach der ersten Chemo wieder zurückgekommen war, war ich unausstehlich. Ich fand es ungerecht, dass ausgerechnet ich sterben solle, schließlich gehört man mit zweiundsechzig Jahren noch nicht auf den Friedhof.«

»Und jetzt?« Frau Landsberger legte ihre Hand auf Ludwigs Unterarm.

»Ich habe gelernt, es zu akzeptieren. Wer hat schon ein Recht darauf, seine Lebenszeit zu bestimmen? Manches tut weh, ich werde meine beiden Kinder nicht mehr lange begleiten können, aber vieles ist auch einfacher geworden. Viele Dinge, die mir früher wichtig waren, sind mir mittlerweile völlig egal.«

»Was denn?«

»Zum Beispiel, dass fast der ganze Saal hier über mein Aussehen spekuliert und sich fragt, wie lange es der alte Lichthagen wohl noch macht.«

Der Kellner kam mit dem Essen.

Ludwig schaute ins Nebenzimmer. Holzheimers Hemdsärmel waren bis zu den Ellenbogen zurückgeschoben, seine muskulösen Unterarme lagen auf dem Tisch. Seinen Oberkörper hatte er weit über den Tisch gebeugt, er schien auf Langer, der immer weiter zurückwich, einzureden. Das normalerweise wenig ausdrucksstarke, stumpf und dadurch fast dümmlich wirkende Gesicht Holzheimers hatte jetzt einen aggressiven Ausdruck angenommen.

Ludwig beobachtete die Szene genau. Anfangs schien es

noch, als ob Langer versuchte, Holzheimer etwas entgegenzusetzen. Mehrmals sah Ludwig, wie er seinen Rücken straffte. Doch seine Versuche, sich im Gespräch zu behaupten, schienen ins Leere zu laufen, Langer wich immer weiter zurück. Ludwig fragte sich, wie er die Szene zu deuten hatte. Holzheimer lachte hämisch. Die jugendliche Leichtigkeit, die sonst Langers Charme ausmachte, schien er jetzt völlig verloren zu haben. Entsetzt und eingeschüchtert starrte er Holzheimer an. »Wie ein Schulbub«, murmelte Ludwig vor sich hin.

»Wie ein Schulbub«, wiederholte Frau Landsberger.

Ludwig wandte den Blick von den beiden ab und schaute in Frau Landsbergers grün-graue Augen. »Ach, Entschuldigung.«

»Was ist denn so interessant an den beiden?«, fragte sie. »Allein die Tatsache, dass der eine ein Bestatter ist, kann es doch nicht sein.«

»Ich habe das Gefühl, als ob es in dem Gespräch der beiden auch um meine Interessen geht«, sagte Ludwig leise.

»Sie meinen den Trauerwald?«

»Genau. Das finde ich aber noch heraus.« Er winkte entschlossen ab. »Jetzt wenden wir uns aber den schönen Dingen des Lebens zu: Darf Ihnen noch Wein nachschenken?«

Frau Landsberger nickte.

Am Abend war Ludwig einerseits erleichtert, wieder allein zu sein und sich jederzeit hinlegen zu können, andererseits vermisste er Frau Landsberger. Er schätzte die Konversation mit ihr, sie war heiter, jedoch hatte alles, was sie sagte, Gewicht. Vor allem hatte sie nicht diesen mitleidigen Blick, mit dem ihm alle Menschen außerhalb seiner Familie begegneten.

Obwohl er schon sehr müde war, ging er noch in die Bibliothek. Natascha saß auf der Couch.

»Hattest du einen schönen Tag?«, fragte sie.

Ludwig nickte. »Schon.«

»Sie ist wirklich sehr sympathisch, diese Frau Landsberger«, stellte Natascha fest.

»Hätte ich mal eher kennenlernen sollen.«

Als Ludwig Natascha erzählte, dass er Holzheimer und Langer im »Lichtenberger Hof« gesehen hatte, bemerkte er, wie sie rot anlief und verkrampft auf den Bildschirm starrte.

»Natascha?«

Ludwig fiel ein, dass seine sonst so häusliche Tochter vergangene Woche einmal abends weg war. Dann erinnerte er sich an die Szene vor einigen Wochen, als sie perfekt angezogen und geschminkt enttäuscht an seinem Bett gesessen hatte.

»Nein! Du hast etwas mit Langer laufen?«

Natascha nickte kaum merklich und senkte wieder den Blick.

»Schlimmer, du hast dich verliebt.« Ludwig sah, wie Natascha schluckte und ihr Tränen in die Augen stiegen.

Umständlich stand er auf und schob seinen Rollator hinter sie aufs Sofa. Er strich ihr übers Haar. »Und Timo?«

Natascha zuckte mit den Achseln. »Das ist schon lange eine sehr schwierige Geschichte.«

»Ich konnte ihn sowie so nie leiden.«

»Ich weiß.«

»Aber dann ist es doch schön, wenn du jemanden anderen gefunden hast.«

»Da bin ich mir nicht so sicher.« Natascha erzählte ihm von ihrem letzten Treffen mit Philipp und davon, wie sich plötzlich die Stimmung gewandelt hatte, als Holzheimer aufgetaucht war.

Sie drehte sich um, um Ludwig ins Gesicht schauen zu können. »Glaubst du, ich sollte ihn anrufen?«

Ludwig schüttelte den Kopf. »Ich glaube, das ist keine gute Idee.« Er schilderte Natascha seine im »Lichtenberger Hof« gewonnenen Eindrücke. »Langer scheint mächtig unter Druck zu stehen. Wenn du ihn jetzt auch noch aufforderst, sich klar zu positionieren, explodiert er.« Natascha nickte und schluchzte laut auf. Ludwig setzte erneut an: »Außerdem will ich nicht, dass du zum Spielball unterschiedlicher Interessen wirst.«

Natascha schaute ihn fragend an. »Ich bin überzeugt davon, dass er wegen der Genehmigung des Trauerwalds bei Holzheimer so unter Druck steht.«

32

Ludwig hatte Natascha nichts von dem Notartermin erzählt. Er wollte lästiges Nachfragen vermeiden und hatte deshalb Margot gebeten, ihm beim Aufstehen behilflich zu sein und zum Notar zu fahren. So sehr er Natascha jetzt brauchte und ihre Nähe schätzte, manchmal wurde sie ihm auch zu viel. Im Gegensatz zu Lisa, mit der er während ihrer gemeinsamen Jahre alles ruhig bereden konnte, neigte Natascha zu unvorhergesehenen Gefühlsausbrüchen. Diesen irgendetwas entgegenzusetzen, fehlte ihm mittlerweile die Kraft, er ließ sie einfach über sich ergehen.

Nachdem Frau Landsberger gefahren war, hatte er sich die Skizze, die die Grundlage für das Testament war, noch einmal durchgesehen und sie für gut und richtig befunden. Das Einzige, was er noch geändert hatte, war, dass er Natascha und Lisa ein lebenslanges Wohnrecht im Schloss, das an Emil ging, gewähren würde.

Ludwig fühlte sich erleichtert, als er mit Margot, die im Wartezimmer gesessen hatte, wieder das Notariat verließ. Margot öffnete gerade die Beifahrertür des Wagens, als Ludwig jemanden ein »Herr von Lichthagen« rufen hörte. Auf der anderen Straßenseite stand Philipp Langer, im Begriff, die Straße zu überqueren. Ludwig hielt sich an der geöffneten Autotür fest.

»Haben Sie eine Viertelstunde für mich? «, fragte Langer, als er beim Auto angekommen war.

Ludwig nickte. »Wir könnten in das Café gehen.«

»Ich warte im Auto«, sagte Margot.

Das Café war ungefähr hundertfünfzig Meter vom Auto entfernt und lag wie fast alle wichtigen Einrichtungen in Lichtenberg an der Hauptstraße, die jetzt am Vormittag viel befahren wurde. Mehr Aufmerksamkeit hätten sie gar nicht erlangen können, stellte Ludwig fest. Er schob seinen Rollator auf dem Gehweg entlang, der Bürgermeister ging neben ihm, um eines langsamen Schrittes bemüht. Am Café angekommen, half er ihm, die Stufe zu überwinden.

Als sie beide sich an einem Ecktisch gegenübersaßen, fiel Ludwig auf, wie müde Langer aussah. Unter seinen Augen waren dicke Schatten. Er wirkte nervös.

Ohne Höflichkeitsgeplänkel stieg er sofort ins Gespräch ein. »Er erpresst mich.«

»Sie sprechen von Holzheimer?«

Langer nickte. »Er hat mich und Natascha gesehen und jetzt …« Langer stockte. Er schien sich zu fragen, wie viel Ludwig über seine Liaison mit Natascha wusste, dann fuhr er fort: »Er will es meiner Frau erzählen.«

»Der Klassiker also«, sagte Ludwig grinsend. »Und jetzt sollen Sie den Trauerwald nicht genehmigen, damit er schweigt.«

»Bingo.«

»Ich muss schon sagen, eine verzwickte Situation.«

»Das Konzept ihres Trauerwaldes finde ich gut, der Entwurf ist eins a. Sie haben sich viele Gedanken und Mühe gemacht.«

»Dann spricht nichts dagegen, ihm zuzustimmen.«

»Holzheimer.«

Es entstand eine längere Stille, bis Ludwig wieder die Stimme erhob. »Was ich Ihnen jetzt sage, das sage ich nicht als Antragssteller und auch nicht als Nataschas Vater, sondern als Mann, der nur noch wenige Wochen zu leben hat. Es sind nicht die schwierigen Entscheidungen, die mich jetzt umtreiben und mich nachts wachhalten, sondern die faulen Kompromisse, die ich in meinem Leben gemacht habe. Diese lassen einen am Lebensende fragen, was wäre, wenn ich an dieser Kreuzung die andere Abzweigung genommen hätte. Die Immobilienfirma habe ich meinem Vater zuliebe und aus Bequemlichkeit weitergeführt. In der Zeit, in der ich mich mit Bauunternehmern und anspruchsvollen Kunden herumgeschlagen hatte, hätte ich viele Skulpturen anfertigen können. Ich habe es nicht getan, fragen Sie mich nicht, warum. Aus Feigheit, aus Bequemlichkeit, aus Loyalität zu meinem Vater und meiner Herkunft gegenüber? Ich kann diese Frage nicht beantworten. Mein Leben lang habe ich die Erwartungen von anderen erfüllt, an meinem Lebensende will ich endlich *mein* Ding machen und sei es nur, dass es der Entschluss ist, mich nicht in die Familiengruft zu legen, sondern ein Häufchen Asche unter einem Baum zu sein. Deshalb ist mir der Trauerwald auch so wichtig, er ist für mich ein letztes Stück Selbstbestimmung.«

Als Langer nichts darauf erwiderte, fuhr Ludwig fort: »Sie können jetzt einknicken und Holzheimer nachgeben. Aber dann wird er in ein paar Monaten oder Jahren den nächsten Punkt finden, an dem er sie erpressen kann. Wenn Sie jetzt nachgeben, werden Sie den Rest Ihres Lebens vor Menschen wie Holzheimer kuschen.«

»Aber ich weiß doch gar nicht, ob das mit Natascha etwas wird.«

»Es geht nicht um Natascha, es geht um Selbstbestimmung, seinen eigenen Weg trotz Widerstände zu gehen und sich nicht zum Spielball eines Menschen wie Holzheimer zu machen, der ausschließlich und - sagen wir mal höflich – mit fragwürdigen Methoden seine eigenen Interessen vertritt und dabei über das Lebensglück von anderen Menschen hinweggeht.«

»Aber wenn rauskommt, dass ich meine Ehefrau betrogen habe, ist meine politische Karriere beendet.«

Alle Selbstsicherheit war aus Langer entschwunden. Er wirkte sehr angespannt. Das tagelange Nachdenken darüber, was der richtige Weg war und wie er ihn beschreiten sollte, stand ihm ins Gesicht geschrieben. Ludwig hätte ihn am liebsten geschüttelt, damit die Zweifel aus seinem Körper wichen und er ins Handeln kam.

»Hören Sie auf, sich zum Objekt zu degradieren. *Sie* entscheiden, wann Sie die Politik beenden, nicht andere.«

»Ich denke, es ist wirklich nicht so einfach, wie Sie sagen.«

»Sie machen es schwierig, weil Sie nicht klar Stellung beziehen. Positionieren Sie sich, stehen Sie zu sich und ihren Entscheidungen.«

Langer, der noch immer mit eingezogenen Schultern dasaß, nickte halbherzig.

Ludwig streckte seinen Arm aus und zog den Rollator, den Langer in die Ecke geschoben hatte, neben sich. Er stützte sich vom Tisch ab, um aufstehen zu können. »Ich habe noch viel zu erledigen. Wie Sie wissen, bleibt mir nicht mehr viel Zeit.«

Auch Langer erhob sich und folgte Ludwig zum Ausgang des Cafés, vor der Tür überholte er ihn, um ihm die Tür aufzuhalten.

IM SCHLOSS ANGEKOMMEN, spürte Ludwig, wie müde er war. Die Unterhaltung mit Langer hatte ihn emotional mehr mitgenommen, als er gedacht hatte. Vielleicht, weil er in Langer sein jüngeres Selbst erkannt hatte. Mühsam stieg er aus dem Auto aus.

Als Margot die Tür zum Schloss öffnete, glaubte Ludwig, eine helle Kinderstimme zu hören.

»Emil?«, fragte er völlig außer Atem.

»Papa.« Emil stürzte auf Ludwig zu und streckte seine Arme aus, um seinen Vater trotz des Rollators, der zwischen ihnen stand, umarmen zu können. Er schmiegte, so gut es ging, sein Gesicht an Ludwigs Bauch. Lisa tauchte im Flur auf. Sie lächelte.

Ludwig freute sich, sie zu sehen. »Du hier?«, fragte er.

»Natascha hat mich angerufen und sich entschuldigt. Ich habe mich aber auch nicht korrekt verhalten.«

Ludwig musste schmunzeln. »Korrekt« war eines von Lisas Lieblingswörtern. Wie oft hatte er sich in den vergangenen Jahren gewünscht, dass sie unkomplizierter, weniger korrekt und spontaner gewesen wäre. Nicht nur einmal hatte er sich gefragt, ob Emil vielleicht dann nicht so störrisch gewesen wäre und in der Schule nicht so viele Schwierigkeiten gehabt hätte.

Er schob den Gedanken wieder beiseite. Das vergangene halbe Jahr hatte ihn Demut gelehrt, mit einer nie gekannten Leichtigkeit und Toleranz akzeptierte er jetzt seine eigenen Unzulänglichkeiten und die Fehler seiner Mitmenschen. Wie viel Kummer und Leid hätte er sich erspart, wenn ihm das schon eher gelungen wäre?

»Willst du einen Kaffee trinken?«

»Nur einen schnellen. Der Tag gehört dir und Emil.«

Kaum hatte Lisa ausgetrunken, holte sie ihre Jacke aus der Garderobe und verabschiedete sich. Sie habe ein Zimmer im

»Lichtenberger Hof« gebucht, aber Emil könne gern im Schloss übernachten. Am Nachmittag wolle sie sich mit Miriam treffen, einer Bekannten aus Lichtenberg, die sie seit ihrem Umzug nicht mehr gesehen hatte.

»Magst du in die Werkstatt?«, fragte Ludwig Emil.

»Ja, du kannst ja nicht mehr Fußball spielen, hat Mama zumindest gesagt.«

Obwohl Emil, seitdem ihn Ludwig das letzte Mal gesehen hatte, wieder gewachsen war, hatte er noch immer die gleiche einprägsame Kinderstimme, die leicht heiser klang. Noch immer nuschelte er und ließ einen Großteil der Endungen der Wörter weg.

Kaum waren sie am Atelier angekommen, stürzte sich Emil auf Ludwigs Zeichnungen.

»Da ist Natascha und das bin ja ich«, rief er, als er in Ludwigs Skizzenblock blätterte. Dann wollte er selbst zeichnen. Ludwig war überrascht, wie viele Fortschritte Emil seit dem letzten Mal gemacht hatte. Die Linien waren gerader, die Striche, die er aufs Papier setzte, entschlossener. In ein paar Minuten hatte er einen alten, am Stock gehenden Mann aufs Papier gebracht. Für den Kopf hatte er nur Kreise ineinandergefügt, sodass die Identität der skizzierten Figur offenblieb.

»Wirst du sterben?«, fragte Emil plötzlich. Der Junge hielt sich eine Hand vor den Mund, erschrocken, die Frage gestellt zu haben. Jetzt stand sie im Raum, mächtig und nicht mehr rückgängig zu machen.

Ludwig stiegen Tränen in die Augen und er bekam einen Kloß im Hals. Er brachte es nicht übers Herz, Emil von der Diagnose der Ärzte zu erzählen. »Ob ich sterbe, weiß nur Gott.«

»Warum kommst du mir jetzt mit Gott?« Emil schrie fast.

»Als ich dich früher mal nach Gott gefragt habe, hast du gesagt, du weißt nicht recht, ob es überhaupt so einen gibt. Warum entscheidet er dann jetzt über dein Weiterleben?«

Noch bevor Ludwig etwas erwidern konnte, hatte Emil die Werkstatt verlassen.

33

Natascha hatte Philipp in Gedanken schon abgeschrieben. Je öfter sie über die abrupte Wendung der so vielversprechend begonnenen Verabredung nachdachte, desto mehr wuchs ihre Wut auf Philipp. Sie machte sich Vorwürfe, mit ihm ausgegangen zu sein. »Ich habe doch immer gewusst, dass ich nicht hierher passe.«

Weil das Wetter schön war, entschloss sie sich, einen Spaziergang zu machen, nahm sich aber vor, den Ortskern von Lichtenberg zu meiden, aus Angst, dort auf Philipp zu stoßen.

Als sie auf dem Rückweg ins Schloss das Industriegebiet passierte, hielt rund fünfzig Meter vor ihr ein dunkelblauer Audi an.

Natascha erkannte Philipp, der ausstieg, sich auf den Gehweg stellte und wartete, bis sie bei ihm angekommen war. Er trug einen Zweireiher mit Krawatte. »Hi, Schöne, lang nicht mehr gesehen.«

Natascha fand, dass er sich für den seltsamen Abgang bei ihrem letzten Treffen eine Spur zu gut gelaunt gab. »Vielleicht auch richtig so«, entgegnete sie knapp.

Dann fiel ihr ein, dass ihr Philipp im Grunde keine Rechenschaft schuldig war. Außer dass sie zweimal miteinander ausgegangen waren und einmal miteinander geschlafen hatten, war nichts Weltbewegendes vorgefallen. Sie wollte weder kleinkariert und vorwurfsvoll sein noch wie jemand wirken, der zu große Erwartungen an andere Menschen hatte. Hatte Ludwig ihr nicht davon abgeraten, Philipp unter dem Vorwand des Trauerwalds anzurufen, weil er sowieso schon mächtig unter Druck gesetzt zu sein schien?

Sie zwang sich zu einem Lächeln und sagte: »Schön, dich zu sehen.«

»Ganz meinerseits. Darf ich dich ein Stück begleiten?«

Natascha zuckte mit den Achseln. »Wenn du willst.«

Philipp parkte sein Auto in der ersten Reihe auf dem Parkplatz eines Elektromarktes auf der anderen Straßenseite.

»Keine Angst, gesehen zu werden?«, fragte Natascha.

»Darüber bin ich längst hinweg.«

Er fing an zu erzählen, beginnend mit Holzheimers Erpressung.

»Er hat uns zusammen gesehen und gedroht, es meiner Frau zu sagen, falls ich den Trauerwald genehmige.«

Natascha seufzte. »Ich habe doch geahnt, dass du verheiratet bist.«

»Seit Jahren nicht mehr glücklich.«

»Das erzählt einem doch jeder Mann, der nebenher eine Affäre laufen hat.« Philipp blieb stehen und fasste nach Nataschas Handgelenken.

»Du bist für mich viel mehr als eine Affäre, Natascha.«

Sie befreite sich aus Philipps Griff. »Ich weiß nicht, Philipp.«

»Ich habe reinen Tisch gemacht und meiner Frau alles erzählt. Und bin auch schon ausgezogen, im Moment wohne ich im Hotel.«

Natascha wurde leicht übel. »Das … wollte ich nicht«,

stammelte sie. »Ich wollte nichts kaputt machen. Habt ihr Kinder?«

»Gott sei Dank nicht, war wohl ein Wink des Schicksals, dass es nicht funktioniert hat.«

»Philipp, werde jetzt nicht pathetisch. Du weißt doch, dass ich in Berlin mein Leben habe, und du bist hier Bürgermeister. Also warum setzt du alles auf eine Karte, die noch dazu gezinkt ist?«

»Hat dir dein Vater gar nichts von unserer Unterhaltung im Café erzählt?«

Natascha schüttelte den Kopf. »Sollte er?«

»Keine Ahnung. Aber er war mein Impulsgeber, derjenige, der mir den richtigen, letzten Schubs verpasst hat. Durch ihn fühle ich mich endlich wieder frei, so, als ob ich wieder im richtigen Leben bin, in meinem Leben.« Philipp sprach schnell und aufgeregt. »Ich habe dir doch erzählt, dass es mich schon lange nervt, nicht zu meinen Überzeugungen stehen zu können, weil ich immer auf Freunde, Parteikollegen oder irgendjemand anders Rücksicht nehmen muss. Aber Holzheimer hat den Bogen überspannt und ich habe aufgehört, seine Marionette zu sein.«

Natascha fragte sich, was dieser ganze Filz aus Abhängigkeiten mit ihr zu tun hatte. Und ihr wurde bewusst, wie glücklich sie sich schätzen konnte, weit weg von diesem ganzen Firlefanz, in Berlin zu leben. Wenn Philipp sein Leben ändern wollte, war das seine Entscheidung, mit ihr hatte das nichts zu tun. Auf keinen Fall wollte sie in diese Art von Machenschaften hineingezogen werden. Sie fühlte sich unwohl und schaute auf ihre Uhr.

»Philipp, ich muss jetzt wieder zurück ins Schloss, um nach meinem Vater zu sehen. Wenn du den Trauerwald genehmigen würdest, wäre das toll.«

»Steht nächsten Donnerstag im Gemeinderat zum

Beschluss. Der geht durch, da würde ich alles darauf verwetten. Holzheimer hat nicht wirklich viele Freunde in Lichtenberg, viele werden ihm auf diese Weise sogar eins auswischen wollen.«

Natascha nickte und sagte: »Du weißt ja, wie wichtig der Trauerwald für meinen Vater ist.« Sie schwieg einen Moment. »Über das mit uns muss ich erst einmal nachdenken.« Verlegen blickte sie zu Boden. »Ich muss jetzt los, bis dann.«

Philipp sagte schnell: »Ich kann dich fahren.«

»Lass mal, ich gehe lieber, die frische Luft tut mir gut.«

Er schaute sie irritiert an. Nachdem sie ein Stück weit entfernt war, drehte sie sich um. Philipp stand noch immer am Bürgersteig und schaute ihr nach. Natascha dachte daran, umzukehren, konnte sich aber nicht dazu entschließen und winkte ihm nur kurz zu.

Die Tür zu Ludwigs Zimmer war nicht geschlossen, durch den offenen Spalt sah sie Lisa neben ihrem Vater am Bett sitzen und ihm die Hand halten. Zum ersten Mal verspürte sie keinen Stich, die beiden in trauter Zweisamkeit zu sehen, sondern Erleichterung darüber, ohne Gewissensbisse in ihr Zimmer gehen zu können.

Natascha legte sich aufs Bett und versuchte, das Durcheinander ihrer Gedanken zu ordnen. Sie fühlte sich schlecht, hatte sich doch ihre Vermutung bestätigt, dass Philipp verheiratet war. Statt ihn konkret danach zu fragen, hatte sie sich auf die Affäre mit ihm eingelassen. Wie oft hatte sie ihre Mutter, wenn ihr Vater wegen einer neuen Affäre kaum mehr zu Hause war, stumm in der Bibliothek sitzen und aus dem Fenster starren sehen? Obgleich sie ihre Traurigkeit geschickt vor ihrer Tochter hatte verbergen können, hatte Natascha doch eine leise Melancholie in ihr gespürt. Jetzt saß eine andere Frau allein in einem Haus oder einer Wohnung – sie hatte Philipp nie nach seinem alltäglichen Leben gefragt, wahrscheinlich weil sie geahnt hatte, dass dann etwas ans Licht kommen würde, was die unbeschwerte und unverbindliche Leichtigkeit ihrer Zweisamkeit hätte stören können. Und diese unbekannte Frau würde wahrscheinlich die gleiche Traurigkeit und Verletztheit spüren, die Natascha bei ihrer Mutter wahrgenommen hatte.

Sie stand auf und ging in die Küche, die Tür zum Schlafzimmer ihres Vaters war jetzt geschlossen.

Sie machte sich einen Kakao und setzte sich auf die Eckbank im Esszimmer. Je mehr sie über Philipp nachdachte, desto mehr verwandelten sich die Gewissensbisse in Wut. Was hatte sie mit den Querelen der Lichtenberger Geschäftsleute zu tun? Im Grunde gar nichts, befand sie. Ihr Lebensmittelpunkt war Berlin, ihr Leben das Theater. Würde sie ihren Freunden und Bekannten in Berlin über die kleinkrämerischen Querelen und den Neid in Lichtenberg erzählen, würde sie allenfalls spöttische Blicke und ein Achselzucken ernten.

»Der Kleinmut der Eingeborenen«, hatte Timo oft gesagt, wenn sie eine Anekdote von Lichtenberg erzählt hatte. Doch war ihr Leben in Berlin wirklich so frei von Abhängigkeiten? Ihr fielen die vielen Likes ein, die sie bei Instagram hinterließ, wenn ein Regisseur wieder ein neues Stück aufgeführt hatte, das Natascha insgeheim noch grässlicher fand als sein letztes. Wie oft hatte sie ganze Nachmittage in irgendwelchen Szenecafés verbracht, nur um »zufällig« einen Kollegen zu treffen, der besser als sie im Geschäft war und sie deshalb vielleicht für ein neues Stück ins Gespräch bringen konnte? Die späte Einsicht, dass das menschliche Zusammenspiel sich in Lichtenberg und in Berlin nicht grundlegend voneinander unterschied, hob ihre Laune auch nicht.

Sie kippte einen Schuss Amaretto in den Kakao und ging in die Bibliothek, wo sie den Fernseher einschaltete und bei irgendeinem Film hängen blieb. Doch Philipps Frau wollte ihr nicht aus dem Kopf gehen. Natascha fragte sich, wie sie wohl aussah, ob sie blond oder brünett war, helle oder dunkle Augen hatte, lieber Hosen oder Röcke trug und welchem Beruf sie nachging. Sie griff zu ihrem Smartphone und war kurz versucht, nach Philipps Ehefrau zu googeln. Als Frau eines Bürgermeisters mussten bestimmt einige Fotos von ihr im Netz kursieren. Schließlich legte sie ihr Handy wieder beiseite. Sie wollte kein Gesicht zu der Frau, der sie so viel Leid zugefügt hatte.

Plötzlich stand Emil vor ihr, im Schlafanzug und mit einem Kuscheltier im Arm.

»Wo ist Mama?«

»Ich denke, dass sie bei unserem Vater ist, soll ich sie holen?«

Emil schüttelte den Kopf und setzte sich neben sie aufs Sofa.

»Ich bleibe bei dir.«

»Willst du auch einen Kakao?«

Er nickte.

Als sie wieder, jeder mit einer Tasse Kakao in den Händen, auf der Couch saßen, fragte Emil: »Wird Papa sterben?« Er schaute Natascha direkt ins Gesicht.

Um Zeit für eine Antwort zu gewinnen, entgegnete sie: »Hat noch niemand mit dir darüber gesprochen, Emil?«

Er schüttelte den Kopf und Natascha sah Tränen über seine Wangen laufen. »Niemand sagt mir etwas. Papa hat irgendwas von Gott erzählt, und Mama will ich die Frage nicht stellen. Sie hat, nachdem wir ausgezogen sind, so oft geweint. Erst in den letzten Wochen lacht sie wieder öfter. Ich will sie nicht wieder zum Weinen bringen.«

Natascha legte ihren Arm um Emil, kurze Zeit später fühlte sie seinen Kopf auf ihrer Schulter. Sie nahm seine kleine Hand und fing zu erzählen an, von dem ersten Befund, von der ersten Chemo und dem Beginn der zweiten.

»Die Ärzte sagen, dass sein Körper nicht mehr die Kraft hat, sich den bösen Krebszellen entgegenzustellen.«

Plötzlich sprang Emil auf und stellte sich vor Natascha und schrie: »Aber die Ärzte sind nicht Gott, sie können nicht wissen, ob Papa sterben wird. Und genauso wenig weißt du es.« Er lief aus der Bibliothek, Natascha hörte, wie er die Tür seines Zimmers zuknallte.

Sie folgte ihm und klopfte an die Tür, dann trat sie ein. Emil lag auf dem Bett, sein Gesicht in den Kissen versteckt. Natascha setzte sich auf die Bettkante.

»Du hast recht: Die Entscheidung, ob Papa stirbt, treffen nicht die Ärzte. Aber es geht ihm zusehends schlechter, sodass es aussieht, als ob sein Körper nicht mehr lange die Kraft hat, gegen die Krankheit anzukämpfen.«

Emil hob seinen Kopf vom Kissen und drehte sich zur Seite, sodass er in Nataschas Gesicht blicken konnte. »Wenn Papa stirbt, habe ich nur noch Mama.«

Natascha schluckte, sie wusste, dass sie jetzt irgendetwas sagen musste. »Mich darfst du nicht vergessen. Ich bin doch deine Schwester. Außerdem ist Papa nicht ganz weg, er wird auf irgendeine Weise hierbleiben, wir werden ihn aber nicht mehr sehen.«

»Kann ich dann noch mit ihm sprechen?«

Natascha wusste, dass sie jetzt nichts Falsches sagen durfte. Insgeheim fragte sie sich, warum sie sich auf dieses schwierige Gespräch eingelassen hatte. Gleichzeitig tat ihr Emil unendlich leid.

»Ich denke mal, du wirst Papa durchaus noch Fragen stellen können. Das mit den Antworten wird aber anders sein, nicht so wie jetzt, wo du eine Frage stellst und direkt darauf eine Antwort bekommst.«

»Wie wird es dann sein?«

»Was ist dein liebstes Stofftier?«

»Nils, mein Nilpferd.«

»Sprichst du manchmal mit ihm?«

»Ja, schon, vor allem, wenn Mama nicht zu Hause ist.«

»Und antwortet er dir?« Sie lächelte Emil aufmunternd zu.

»Nicht wirklich, er kann ja gar nicht sprechen«, stellte Emil im Tonfall eines Erwachsenen fest.

»Was tut er dann?«

»Er antwortet mir so, wie ich es mir vorstelle, dass er es tun würde.« Emil biss sich nachdenklich auf die Unterlippe, dann setzte er sich auf und sagte: »Wenn ich traurig bin, sagt er mir, dass alles wieder gut wird. Wenn ich müde bin, wünscht er mir eine gute Nacht. Und wenn ich wütend bin, weil meine Mannschaft bei einem Fußballspiel schlecht war, sagt er zum mir: ›Nächstes Mal klappt es bestimmt besser, ärgere dich nicht‹.«

»Und hilft dir das?«

Emil nickte. »Dann geht es mir meistens wieder besser.«

»Siehst du, so wird dir Papa auch antworten.«

Emil dachte einen Moment über ihre Worte nach und klatschte sich anschließend mit einer flachen Hand auf die Stirn. »Ach, jetzt verstehe ich, was du meinst.« Er sah erleichtert aus.

»Ich glaube, du musst jetzt ins Bett gehen. Hat dir Papa erzählt, wo er beerdigt werden möchte?«

Emil schüttelte den Kopf.

»Dann zeige ich es dir morgen, aber jetzt ab ins Bett.«

34

Ludwig fragte sich, warum er und Lisa es nicht früher geschafft hatten, respektvoll und selbstverständlich miteinander umzugehen. Immer war da eine unterschwellige Aggression gewesen, nicht ausgesprochene Dinge, was nicht nur ihn und Lisa, sondern vor allem Emil belastet hatte. Auch wenn er gestern weinend das Atelier verlassen hatte, schien der Junge jetzt insgesamt ausgeglichener zu sein. Und Lisa war selbstständiger und selbstbewusster geworden. Viele Jahre hatten sie sich gegenseitig die Hölle heißgemacht, jeder um die Anerkennung des anderen buhlend.

Ludwig war froh, als die Tür aufging und Lisa mit einem Tablett mit Tee und einem Croissant hereinkam.

»Margot hat gesagt, du trinkst jetzt lieber Tee als Kaffee, ich war ganz erstaunt«, sagte Lisa.

»Das ist längst nicht alles, was ich verändert habe«, erwiderte Ludwig mit einem matten Lächeln. »Du wirst schon bemerkt haben, dass ich meine schlechte Laune nicht mehr an anderen Menschen auslasse.«

Lisa grinste. »Stimmt.«

»Aber du hast dich auch verändert. Du bist jetzt selbstständiger, steht dir gut, dieses neue Selbstbewusstsein.«

»Danke. Auch ich habe Fehler gemacht, viel zu viel von dir erwartet, anstatt selbst mein Ding durchzuziehen.« Ludwig nahm Lisas Hand, im Gegensatz zu seiner war sie warm und weich. »Lassen wir's gut sein. Zumindest scheinen wir den Endspurt noch hinzukriegen.«

»Das ist auch für Emil wichtig«, sagte Lisa. »Uns ausgesöhnt zu erleben.«

»Ich will dir etwas zeigen, Lisa. Außer Chemo, Arztbesuche und jetzt aufs Sterben zu warten, habe ich im vergangenen Jahr noch ein Projekt initiiert, dessen Realisierung ich wahrscheinlich gar nicht mehr erlebe, ich will einen Teil meines Waldes zu einem Trauerwald machen.«

»Natascha hat das mal erwähnt. Typisch Ludwig, habe ich gedacht, immer am Machen.«

»Ich will ihn dir zeigen. Er ist mir wichtig.«

»Glaubst du, du schaffst das noch?«

»Wir können fast alles mit dem Auto fahren.«

DENNOCH BLIEB eine kurze Strecke zwischen dem Ende des Feldwegs und dem Andachtsplatz, die nur zu Fuß begangen werden konnte. Ludwig hatte sich keine Vorstellung gemacht, dass er mit dem Rollator auf dem Waldboden kaum vorankam. Ständig war eine Baumwurzel im Weg oder Laub blieb an den Rändern kleben, sodass er stehen bleiben musste. Jedes Mal bückte sich Lisa geduldig, um Zweige oder Blätter vom Rolllager zu entfernen, damit Ludwig ein paar Meter weiterschieben konnte.

»Darf ich?«, fragte Lisa und schob ihre Hand unter seinen Oberarm. Sie schien Angst zu haben, dass Ludwig stürzen könnte. Der schwerste Teil des Weges, die Steigung zum

Andachtsplatz, lag noch vor ihnen. Ludwig musste sich eingestehen, dass er den Weg weniger steil und mit weniger Unebenheiten in Erinnerung hatte. Zeitlebens hatte er Schwierigkeiten gern ausgeblendet und dabei manchmal die Realität falsch eingeschätzt. Im Geschäftsleben hatte er oft Projekte begonnen, ohne die Details der Umsetzung zu beachten. Das hatte ihn einerseits vor nie gekannte Herausforderungen gestellt, die nur durch den Einsatz von viel Geld und viel Arbeitskraft zu bewältigen waren. Andererseits hatte er sich dadurch in der Branche den Ruf eines Machers erworben, der spektakuläre Bauten auf Flächen, die als nicht bebaubar galten, umsetzte. Auch wenn diese Waghalsigkeit die Firma oft an ihre finanziellen Grenzen gebracht hatte, war Ludwig jetzt dankbar dafür, sich nicht mit den erstbesten Lösungen zufriedengegeben, sondern das Mögliche ausgeschöpft zu haben.

Seine Hände umklammerten die Griffe des Rollators. Entschlossen sammelte er seine Kräfte, um ein paar Meter weiterzukommen, doch er kam keinen Zentimeter voran. Enttäuscht drehte er sich zu Lisa um. »Wenn du mich nicht anschiebst, komme ich da nicht hinauf.«

»Ludwig, ich weiß nicht. Vielleicht bleibst du einfach unten und ich gehe allein, um es mir anzusehen.«

»Ich will es dir aber zeigen. Ohne Erklärung ist das Ganze nur eine brache Lichtung im Wald.«

»Na gut.« Lisa schien nicht wirklich überzeugt zu sein, positionierte sich aber hinter Ludwig und legte ihre Hände auf seinen Rücken. Obwohl sie anschob, bewegte sich der Rollator nicht von der Stelle.

So steil können die Wege nicht bleiben, dachte Ludwig. Er würde noch einmal mit Frau Bernhardt vom Planungsbüro »KonkretKonzept« sprechen müssen, damit sie das Gelände und die Wege so gestaltete, dass gehbehinderte Menschen oder Rollstuhlfahrer sie ohne Probleme zurücklegen könnten. Vielleicht sollte an einer Seite auch ein Geländer mit Handlauf angebracht werden.

»Mit mehr Schmackes, Lisa, so kommen wir nicht weiter«, wies er Lisa ungeduldig an.

»Ich probier's. Du bist zwar wesentlich dünner geworden, aber immer noch zu schwer für mich. Außerdem will ich dir nicht wehtun.«

»Ich bin so voll gepumpt mit Schmerzmitteln, dass du mir gar nicht wehtun kannst, Lisa. Reiß dich jetzt bitte mal zusammen, sonst stehen wir in einer halben Stunde noch am selben Fleck.«

Lisa sagte nichts, Ludwig merkte aber, wie sie ihre ganze Kraft auf seinen Rücken stemmte.

Ludwig hielt sich krampfhaft fest, die Räder blockierten, er konnte sich nicht mehr auf den Beinen halten. Der Rollator kippte um, Ludwig mit. Er spürte den kalten Waldboden im Gesicht und etwas auf seinem Rücken liegen.

»Ludwig.« Er hörte Lisas Stimme, die nicht verärgert, sondern besorgt klang. Sie strich über seinen Hinterkopf. »Alles in Ordnung?«

»Ich weiß nicht.«

Ludwig spürte, wie sich Lisas Körper von seinem löste. Sie kniete sich neben ihn. »Du blutest ja.« Sie zog aus ihrer Jackentasche ein Taschentuch und tupfte leicht seine Stirn ab. »Nichts Schlimmes«, flüsterte sie. »Nur eine Schramme.«

Sie stand auf, hob sanft seinen linken Oberarm an und versuchte, den Rollator hervorzuziehen, was ihr nur teilweise gelang. »Kannst du dich vielleicht noch ein bisschen mehr auf deine rechte Seite drehen?«, fragte sie.

Ludwig versuchte, ihrer Bitte nachzukommen, was ihm nicht gelingen wollte. Seine rechte Hüfte schmerzte. Um diese zu entlasten, drückte er seine rechte Schulter stärker auf den

Boden, was einen stechenden Schmerz hervorrief. »Au, meine Schulter.«

Lisa kniete sich neben ihn. »Glaubst du, du kannst aufstehen, wenn ich dich unter den Schultern fasse?«

Sie schob ihre Hände unter seine Achseln, der Schmerz in der rechten Schulter ließ Ludwig erneut aufschreien.

»Wir müssen Hilfe holen«, stellte Lisa fest. Sie schaute zu den Baumwipfeln hinauf. Der dunkelgraue Spätherbsthimmel war einem leichten Violett gewichen. »Es beginnt schon zu dämmern.«

Sie stand auf, ging zu dem Baumstamm, vor dem sie ihren Rucksack gelegt hatte, öffnete den Riemen und löste die Schleife. Sie fuhr mit einer Hand hinein und schüttelte den Kopf. »Mist, ich kann mein Handy nicht finden. Ludwig, hast du dein Handy dabei?«

»Nein.« Seine Stimme war schwach.

»Was machen wir jetzt?“, fragte Lisa. »Vielleicht schaffst du es doch zum Auto. Mit meiner Hilfe, meine ich.«

Sie griff noch einmal unter seine Arme, Ludwig schrie auf vor Schmerzen.

»Hol Hilfe, Lisa, du bist ja gleich beim Auto.«

»Ich hole einen Notarzt.«

»Beeil dich, bitte.«

Lisa zog ihre Jacke aus und breitete sie über Ludwigs Beinen aus. Dann strich sie ihm über die Wangen. »Ich bin gleich wieder da.«

»Pass auf, dass du nicht auch noch über eine Wurzel stolperst.«

35

Natascha hatte den Nachmittag mit Emil genossen. Ohne seine Eltern war der Junge viel entspannter. Beim Mensch-ärgere-dich-nicht hatte sie erstaunt festgestellt, dass er mittlerweile sogar verlieren konnte. Natascha hatte Kakao gemacht und zeigte Emil einen Bildband mit den Sehenswürdigkeiten, die sie sich zusammen anschauen würden, wenn er sie endlich in Berlin besuchen durfte. Sie hatte Emil gerade den Kakaoschnurrbart über der Oberlippe mit einem mit Spucke befeuchteten Taschentuch weggewischt, als es heftig an der Tür klingelte.

»Soll ich aufmachen?« Emil war schon vom Sofa aufgesprungen.

»Ich schau lieber selbst nach. Ist doch seltsam, das heftige Geläute.«

Als Natascha die Tür öffnete, stand Lisa völlig außer Atem davor.

»Schnell, ruf den Notarzt, dein Vater ist im Wald gestürzt.«

Mit wachsendem Entsetzen schlug Natascha die Hände vor den Mund zusammen. »Um Gottes willen! Wo ist das passiert?«

»Bei diesem Andachtsplatz.«

Natascha stürzte zum Telefon und rief die eins-eins-zwei.

Lisa ließ sich von Margot eine Taschenlampe und Decken bringen, dann stieg sie wieder ins Auto. Natascha und Emil folgten ihr.

Wie zuvor parkte Lisa den Wagen am Ende des Feldwegs. »Von hier aus ist es nicht mehr weit. Ich schalte die Warnblinkanlage ein, dann weiß der Notarzt gleich, wo er hin muss.«

Natascha fand, dass Lisa jetzt erstaunlich ruhig wirkte, was wohl an ihrer Arbeit als Ärztin lag. Sie leuchtete in den Wald hinein. Nach ungefähr einhundert Metern konnte Natascha Ludwigs Umrisse auf dem Boden erkennen.

»Ludwig, wir sind da«, rief Lisa. Er antwortete nicht. Sie ging neben ihn in die Hocke.

»Er hat das Bewusstsein verloren«, sagte sie atemlos. »Ludwig.« Lisa klatschte Ludwig immer wieder mit dem Handrücken auf die Wange, in der Hoffnung, er würde auf diese Weise wieder das Bewusstsein erlangen.

»Jetzt hör doch mal auf damit«, sagte Natascha. Auch sie kniete neben ihrem Vater und hatte Mühe, ihre Panik zu unterdrücken. »Er ist ganz ausgekühlt.« Sie blickte auf den Rollator, der neben Ludwig lag, und schüttelte den Kopf. »Wer kommt denn auf so eine Schnapsidee, mit dem Rollator durch den Wald zu gehen?«

»Sei bitte mal still, Natascha, ich muss seinen Puls fühlen.«

Natascha schwieg einen Moment, dann konnte sie sich nicht mehr zurückhalten. »Du bist doch schuld, dass er jetzt völlig ausgekühlt hier liegt.«

»Er wollte mir unbedingt den Andachtsplatz zeigen, kannst du das nicht verstehen?«

»Ob man etwas versteht, ist das eine, aber ob man dann einen todkranken Mann durch den Wald schleppt, das andere.«

Das Martinshorn war zu hören. »Der Sani kommt,

endlich«, rief Emil, der die ganze Zeit still und leise weinend dabeigestanden hatte.

»Natascha, jetzt ist nicht die Zeit für Vorwürfe«, stellte Lisa ruhig fest.

»Und wann dann?« Nataschas Wut darüber, dass Lisa sie in den vergangenen Monaten mit Ludwig allein gelassen hatte, brach an die Oberfläche. »Jetzt spielst du die treusorgende Ehefrau, die ihrem Mann in seinen letzten Tagen beisteht. Wo warst du denn die Monate davor?

Emil hielt sich die Ohren zu und rief. »Hört mit dem Streiten auf!« Dann lief er den Sanitätern entgegen. »Hier müssen Sie hin, da liegt mein Vater«, hörte Natascha ihn rufen.

Einer der beiden Sanitäter, ein bärtiger großer Mann, kniete sich neben Ludwig hin und tastete seinen Puls. Dann holte er ein Blutdruckmessgerät aus seinem Koffer und legte es um Ludwigs Arm. »Der Blutdruck ist sehr niedrig, er ist völlig ausgekühlt.«

»Und er hat sich an der Schulter verletzt«, sagte Lisa.

»Mein Vater ist schwer krebskrank«, erklärte Natascha. »Lungenkrebs, im Endstadium.«

»Wir müssen ihn sofort in ein Krankenhaus bringen.« Er wandte sich an seinen Kollegen, der hinter ihm stand. »Hol die Trage.«

Sie hievten Ludwig darauf und trugen ihn zum Krankenwagen. »Wir bringen ihn in die Klinik nach Harthanheim.« Der Notarzt wandte sich an Lisa. »Sie können uns folgen.«

Die Stimmung im Auto war frostig. Emil fing wieder an zu weinen. »Was ist, wenn Papa jetzt stirbt? Ich wollte ihm noch so viel sagen und vor allem meine Zeichnungen zeigen.«

Natascha drehte sich zu Emil um. »Er wird nicht sterben, Emil. Er ist nur stark unterkühlt.«

»Aber er hat gar nichts mehr gesagt«, fuhr Emil fort und wischte sich die Tränen weg.

»Weil er das Bewusstsein verloren hat. Das ist aber eher eine Schutzfunktion des Körpers«, erklärte Lisa.

»Na ja, so kann man es sich auch zurechtbiegen.« Kaum hatte Natascha den Satz ausgesprochen, ärgerte sie sich über ihren Kontrollverlust. Doch Lisa blieb gelassen.

»Wer ist hier die Ärztin, du oder ich?«

Natascha schaute Lisa von der Seite an und musste grinsen. »Touché«. Auch Lisa schmunzelte. Natascha spürte, dass Lisa durch die Trennung von Ludwig an Selbstbewusstsein gewonnen hatte. Ihre neue Geradlinigkeit gefiel Natascha.

Als sie an der Klinik ankamen, war Ludwig bereits auf die Intensivstation gebracht worden. Die brünette Frau an der Anmeldung deutete auf eine Sitzgruppe im Eingangsbereich, wo sie warten sollten. Natascha holte für Lisa und sich einen Kaffee aus dem Automaten, Emil brachte sie einen Kakao.

Nach einer Weile kam ein Arzt.

»Er ist jetzt wieder bei Bewusstsein, aber in sehr schlechtem Allgemeinzustand und klagt über die stark schmerzende Schulter. Wir können jedoch erst morgen röntgen. Bis dahin geben wir ihm was gegen die Schmerzen. Sie können jetzt aber zu ihm.« Er führte sie mit Lisa und Emil in ein Krankenzimmer.

Natascha erschrak, wie bleich ihr Vater war. Er atmete schwer.

Als Ludwig Emil sah, lächelte er.

36

Die junge Krankenschwester hatte Ludwig irgendetwas von einem Sturz im Wald erzählt, als er im Krankenhaus wieder zu Bewusstsein gekommen war. Emil, mit dem er in der Werkstatt war, und Lisa, die so lange an seinem Bett gesessen hatte, waren ihm wieder eingefallen.

Was sollte er dann plötzlich im Wald? Dass er seit Langem wieder mal dort gewesen war, konnte nur mit seinem Herzensprojekt zusammenhängen, dachte Ludwig. »Ich glaub, ich weiß jetzt, warum ich im Wald war«, sagte er zu der Schwester, die gerade die Infusionsflasche wechselte.

Sie schien nicht an Ludwigs Ausführungen interessiert zu sein, sondern sagte freundlich, aber bestimmt: »Das ist jetzt gar nicht so wichtig, ruhen Sie sich doch einfach aus.«

Ludwig wollte protestieren, ihr erzählen, wie wichtig der Trauerwald für ihn war. Sein letztes großes Projekt, bevor er endgültig die Bühne des Lebens verließ. Als er erneut ansetzte, schüttelte die Schwester leicht den Kopf. Ludwig verstummte.

Kurze Zeit später erschien ein Arzt, der sich mit Dr. Dragan vorstellte. »Sie haben also Schmerzen an der Schulter«, stellte er mit osteuropäischem Akzent fest.

Er hob Ludwigs Arm hoch, mit wenig Gefühl, wie Ludwig fand. Er hätte schreien können vor Schmerz. Nachdem der Arzt den Arm wieder abgelegt hatte, betastete er die Schulter. »Ist das druckempfindlich?«

Ludwig atmete aus. »Ja, sehr.«

»Wir machen eine Röntgenaufnahme.« Er wandte sich von Ludwig ab. »Schwester Rega, sorgen Sie bitte dafür.«

Der Arzt hatte den Raum bereits verlassen, und Ludwig fragte sich, ob er über seine Krebserkrankung und seinen dadurch schlechten Allgemeinzustand überhaupt Bescheid wusste.

Es dauerte eine gefühlte Ewigkeit, bis die Schwester Ludwig auf der Liege unter dem Röntgengerät richtig positioniert hatte, jede Bewegung tat ihm weh.

Mit den Worten »Es dauert nicht lange« schloss die Schwester die Tür hinter sich und Ludwig sah, wie der Röntgenapparat über seinen Oberkörper fuhr.

Danach wurde Ludwig wieder auf den Gang geschickt, wo wenig später Dr. Dragan mit den Röntgenbildern in der Hand auf ihn zukam. Er zeigte ihm die Aufnahme.

»Ein komplizierter Schulterbruch, müsste eigentlich operiert werden. Angesichts der Metastasen«, er hielt inne und deutete auf viele kleine dunkle Punkte in der Aufnahme, »die bereits überall in den Knochen verstreut sind, macht das wenig Sinn. Wir befestigen das gebrochene Gelenk und das nächste würde dabei zerspringen.« Er hielt wieder inne. »Darf ich ehrlich zu Ihnen sein?«

»Sind Sie doch schon«, sagte Ludwig.

Der Arzt lächelte gequält und fuhr dann fort: »Die Wahrscheinlichkeit, dass Sie eine Narkose angesichts Ihres schwachen Allgemeinzustands überstehen, ist sehr gering.«

»Dachte ich mir schon«, sagte Ludwig, weil er das Gefühl hatte, dem mitleidigen Blick, mit dem Dragan ihn ansah, irgendetwas entgegensetzen zu müssen.

Der junge Arzt erhob sich bereits wieder. »Sie sind ja Privatpatient, ich werde mit dem Chefarzt Dr. Ruber sprechen, was wir für Sie noch tun können.« Er rief die Schwester, die Ludwig wieder in sein Zimmer brachte.

Kurze Zeit später kam Dragan mit Dr. Ruber zurück.

»Dr. Dragan hat Ihnen bereits gesagt, dass wir hier nichts für Sie machen können. Als einzige Möglichkeit sehe ich, zu versuchen, dass wir einen Hospizplatz für Sie bekommen können.« Er reichte Ludwig einen Prospekt, auf dessen erster Seite das Foto eines Raumes mit einer riesigen Kerze auf einem flachen Tisch stand, um dessen vier Seiten Sitzbänke mit Lehnen standen.

Ludwig fühlte sich fast ein bisschen an den Andachtsplatz erinnert und nahm sich vor, sein Konzept noch einmal zu überdenken. Vielleicht war es zu wenig originell.

Er gab den Hospizprospekt dem Arzt zurück und versuchte, sich nicht anmerken zu lassen, wie aufdringlich und unangebracht er das Benehmen des Arztes fand. »Ich will zu Hause sterben«, sagte er, um Festigkeit in seiner Stimme bemüht.

»Sterben ist kein Kinderspiel«, stellte Ruber trocken fest.

»Haben Sie jemanden, der Sie zu Hause so versorgen kann, dass sie jederzeit intravenös Schmerzmittel bekommen, der Ihre Wäsche wechselt und sie auch spirituell begleitet? Ich sehe jetzt niemanden an Ihrer Seite.«

»Meine Tochter wird gleich kommen, um mich abzuholen. Außerdem habe ich einen guten Hausarzt.«

Ludwig war froh, durch die offene Tür Nataschas Stimme zu hören. Sie schien gerade auf eine Frage zu antworten: »Ich bin seine Tochter, vielen Dank.«

Sie betrat das Zimmer, nickte beiden Ärzten grüßend zu und ging zu Ludwig, um ihm einen Kuss auf die Wange zu geben. »Wie geht es dir, Papa?«

Bevor Ludwig antworten konnte, setzte Ruber räuspernd an: »Ich habe Ihrem Vater gerade die Möglichkeit vorgestellt, die letzten Wochen in einem Hospiz zu verbringen. Denn wir können hier leider nichts mehr für ihn tun.«

Natascha sah Ludwig fragend an, der winkte ab und sagte: »Wir gehen nach Hause, Natascha.«

37

Bereits am Tag nach Ludwigs Sturz hatte sich Lisa wieder verabschiedet. Sie müsse arbeiten und Emil in die Schule. Natascha fand, dass Emil an die Seite seines sterbenden Vaters gehörte, wollte sich aber nicht einmischen. Sie hoffte nur, dass ihm nicht irgendwann ein Puzzleteil beim Abschiednehmen fehlen würde. Jenes, das zwischen den Gesprächen mit seinem Vater und dem Betrachten dessen leblosen Körpers lag.

Ihren Vater konnte sie damit nicht mehr behelligen, er war bereits in einem Zustand, in dem er keine Meinung mehr hatte oder die zumindest nicht mehr kundtat. Auch Margot war ausgewichen, als Natascha ihren Zweifel über Emils Abreise geäußert hatte. Sie hatte mit der Schulter gezuckt und sich dann umgedreht.

Ludwig war immer noch ansprechbar, schien aber doch schon in einer anderen Welt zu sein. Minutenlang schaute er aus dem Fenster auf die Bäume im Schlosspark, dann döste er wieder vor sich hin. Natascha war sich nicht sicher, ob seine Nächte genauso ruhig wie seine Tage verliefen oder ob er sich vor ihr nur zusammenriss. Bevor sie sich selbst schlafen legte, was oft nach Mitternacht war, schaute Natascha noch einmal ins Zimmer ihres Vaters. Wenn er schlief, machte sie leise wieder die Tür zu. Hatte sie das Gefühl, dass er gerade wach lag, drückte sie ihm die Hand und fragte, ob alles in Ordnung sei. Meistens nickte er nur, manchmal rang er sich ein Lächeln ab. Die darauffolgende Nacht war Natascha plötzlich mit dem Gefühl wach geworden, dass sie in das Zimmer ihres Vaters gehen musste.

Als Natascha die Tür geöffnet hatte, sah sie Ludwig mit seinen Händen über seinem Gesicht herumfuchteln.

»Vati, wo bist du?«, rief er immer wieder. »Wo bist du? Geht es dir gut?«

Natascha konnte gerade noch verhindern, dass er sich den Sauerstoffschlauch aus der Nase riss. Sie wollte seine Hand halten, er versuchte aber, sie immer wieder abzuschütteln.

»Papa, ich bin's, Natascha, deine Tochter.«

Für einen kurzen Moment schaute er ihr direkt ins Gesicht, schien sie wahrzunehmen, dann zog er sich wieder in sich selbst zurück. Es sah aus, als ob sein Blick von einem Schleier verdeckt war, hinter der er in seiner eigenen Welt blieb. Eine Welt, die Natascha, die »Zwischenwelt« genannt hatte und in der kein Platz mehr für sie war. Trotzdem schien Ludwig froh, dass sie jetzt neben ihm saß, er wurde ruhiger, hörte auf, ihre Hände abzuschütteln und fiel in einen ruhigen Schlaf. Natascha blieb noch eine Weile an seiner Seite sitzen, dann ging sie in ihr Zimmer zurück.

Sie lag noch im Bett, als sie am darauffolgenden Morgen hörte, dass jemand an der Tür klingelte. Nach ein paar Minuten klopfte Margot.

»Natascha, bist du schon wach?«

»Halbwegs«, murmelte sie und öffnete die Tür.

»Der Bürgermeister ist da, er will mit deinem Vater sprechen. Ich habe ihm schon gesagt, dass das nicht möglich ist. Dann hat er nach dir gefragt, was soll ich ihm ausrichten?«

»Dass ich gleich komme, er soll in der Bibliothek auf mich warten.«

Sie ging ins Bad und wusch sich das Gesicht. Dann zog sie sich Jeans und einen Pulli an, tuschte sich die Wimpern, zog die Lippen mit einem Gloss nach und strich sich mit den Händen die Haare glatt.

Philipp strahlte sie an. Als ihm auffiel, dass Natascha sein förmliches Outfit musterte, sagte er: »Ich war heute schon in der Regierung, deshalb der Zweireiher.«

»Steht dir.«

»Danke, ich habe gute Nachrichten für deinen Vater. Gestern Abend hat der Gemeinderat mit nur einer Gegenstimme den Trauerwald genehmigt. Dein Vater kann loslegen. Ich würde ihm das gern selbst sagen.«

»Er wird nicht mehr loslegen, Philipp. Er hat nur noch ein paar Tage zu leben, wenn überhaupt.«

Philipp machte einen Schritt auf Natascha zu und nahm sie in den Arm. »Das tut mir leid, ich dachte nicht, dass es so schnell gehen wird.«

Natascha merkte, wie die Last der letzten Stunden etwas leichter wurde. Dennoch löste sie sich gleich wieder aus der Umarmung. »Vielleicht solltest du es ihm wirklich selbst mitteilen. Ich schau mal, in welcher Verfassung er gerade ist.«

Ludwig sah aus dem Fenster, den Blick wieder in der Zwischenwelt, wie Natascha fand. Sie beugte sich vor sein Bett, sodass sie ihm direkt in die Augen schauen konnte.

»Papa, der Bürgermeister Philipp Langer ist da und möchte mit dir sprechen.«

Natascha erkannte, wie ihr Vater sie deutlich wahrnahm und plötzlich ganz klar wurde. »Es ist wegen des Trauerwalds, oder? Hat der Gemeinderat endlich entschieden?«, fragte Ludwig.

Natascha nickte. »Ich lass ihn rein.«

Ludwig versuchte, sich an der Lasche über seinem Bett hochzuziehen, hatte aber nicht die Kraft dazu. Natascha schob ihn ein Kissen unter den Rücken, damit er aufrechter saß.

Philipp trat ein und stellte sich ans Fußende von Ludwigs Bett. »Herr von Lichthagen, ich habe gute Nachrichten für Sie, wir haben Ihren Trauerwald durch den Gemeinderat gebracht.« Er nickte in Nataschas Richtung. »Ich habe es Ihrer Tochter schon gesagt, außer dem Gemeinderat Holzheimer waren alle dafür. Und es gibt auch keinen Bestatterzwang. Die Verstorbenen beziehungsweise ihre Angehörigen können völlig frei den Bestatter ihres Gustos wählen.«

Ludwig lächelte und sagte leise: »Endlich. Mir fällt der letzte Stein von meinem Herzen.« Er atmete schwer ein und aus und fügte süffisant hinzu: »Außerdem werde ich der erste Lichtenberger sein, der nicht in eine von Holzheimers Kisten muss. Das bereitet mir eine gewisse Genugtuung.«

Auch Philipp grinste jetzt. Im vergangenen Jahr war Natascha oft zugegen gewesen, wenn Menschen auf ihren kranken Vater trafen. Doch nur wenige schafften es, sich in der Gegenwart eines schwerkranken Menschen, dessen Aussehen sich stark verändert hatte und dessen Temperament und Leidenschaft allenfalls noch einer stillen Freude gewichen war, so natürlich zu benehmen wie Philipp. Es musste mindestens vier Wochen her sein, dass er ihren Vater zum letzten Mal getroffen hatte. Seitdem hatte sich Ludwigs Aussehen noch einmal stark verändert. Der gelb gefärbte Teint spannte über die eingefallenen Wangen, die früher so lebhaften Augen, in denen sich jede seiner Gefühlsregung gespiegelt hatte, blickten jetzt melancholisch in die Ferne. In Ludwigs Zimmer roch es nach einer Mischung aus Urin und Schweiß mit einer leicht süßlichen Note, die Natascha im Stillen »das Parfüm des Todes« nannte.

Ludwig hob wieder den Kopf und blickte Philipp an. »Es fällt Ihnen wahrscheinlich nicht schwer, zu beurteilen, dass ich den Trauerwald nicht mehr selbst fertigstellen kann. Aber Natascha wird das, und ich hoffe, Sie unterstützen sie dabei bestmöglich.«

»Darauf haben Sie mein Wort, Herr von Lichthagen.«

38

Ludwig wurde bewusst, dass er alles erledigt hatte. Für die Immobilien hatte er einen kompetenten Geschäftsführer gefunden. Sein Testament, in dem er seiner Meinung nach Natascha, Emil und auch Lisa gerecht geworden war, lag beim Notar. Jetzt war auch der Trauerwald genehmigt. Ludwig hatte zum ersten Mal das Gefühl, nicht mehr kämpfen zu müssen, sondern gehen zu können. Er bat Natascha, Lisa und Emil anzurufen, dann fiel er wieder in einen Dämmerzustand.

Als er erwachte, spürte er eine warme Hand in seiner, er blickte auf und sah Emil und Lisa, die mit Natascha an seinem Bett standen. Dann schloss er wieder seine Augen. Doch dahinter war keine Dunkelheit mehr, sondern ein weißes Band hellen Lichts.

Sechs Monate später …

Der Andachtsplatz war schöner geworden, als es sich Natascha vorgestellt hatte. Ludwigs Skulptur, die kreisförmige Holzplatte mit der sich nach oben windenden Spirale, stand in der Mitte des Platzes. Natascha hatte in Ludwigs Adressbuch den Namen eines Holzbildhauers gefunden, der sich nach mehreren Telefonaten bereit erklärt hatte, den Entwurf ihres Vaters umzusetzen. An ihren drehfreien Wochenenden war Natascha oft in Lichtenberg gewesen, um den Trauerwald zu gestalten und konnte dabei auf die Erfahrung von Frau Landsberger zurückgreifen. Diese war auch mehrmals unter der Wochen nach Lichtenberg gekommen, hatte die Waldarbeiter angeleitet, die bereits begonnen hatten, verkümmerte Bäume zu fällen, Dickicht zu entfernen und den Boden von wild wachsenden Brombeersträuchern zu befreien.

»Auch wenn es ein Naturfriedhof ist, soll das Ganze eine Struktur bekommen«, hatte Ludwig Natascha noch am Sterbebett angewiesen. »Jeder Baum soll seine Wirkung entfalten können, damit die Angehörigen nicht das Gefühl bekommen, der Bestattete wird einfach in einem Loch neben einem Baum verscharrt.«

Ludwig wurde unter der imposanten Eiche bestattet, die er Natascha bei ihrem gemeinsamen Waldspaziergang gezeigt hatte. Damals hatte er ihr zum ersten Mal von seinen Plänen erzählt, hier einen Trauerwald zu errichten. Den Durchmesser des Stammes schätzte Natascha auf dreißig Zentimeter. Auf Sichthöhe hatte Natascha – wie von ihrem Vater gewünscht – ein Messingschild anbringen lassen, auf dem nur »Ludwig« und das Geburts- und Sterbedatums ihres Vaters stand.

Im Vorfeld hatte Natascha Lisa gefragt, ob sie ihr bei der Organisation der Trauerfeier helfen wollte, aber die hatte dankend abgelehnt, sich nur immer wieder ungeduldig erkundigt, wann denn endlich die Bestattung sei.

»Wir müssen erst die Skulptur und die Bänke auf den Andachtsplatz aufstellen, außerdem sollte zumindest der Weg zu Papas Baum befestigt sein«, hatte Natascha erwidert.

Rund drei Monate nach Ludwigs Tod hatte Emil Natascha von einem Freund seiner Mutter erzählt, mit dem Lisa und er zuweilen etwas unternahmen und der auch schon mal bei ihnen übernachtet habe.

Vielleicht ist er der Grund, warum sie Papa möglichst bald ganz unter der Erde sehen will, sie will mit diesem Kapitel endgültig abschließen, hatte Natascha gedacht, ohne sich aus der Ruhe bringen zu lassen.

Sie war selbst erstaunt darüber, dass ihr die Tatsache, dass die Witwe ihres Vaters einen neuen Mann an ihrer Seite hatte, kein flaues Gefühl in der Magengegend bescherte. Ludwigs Tod hatte Natascha das Loslassen gelehrt.

Sie war überrascht gewesen, dass ihr Vater sich kein klassisches Begräbnis gewünscht und in seinem Testament verfügt hatte, sowohl in der Kirche als auch bei der Bestattung auf Reden, Gedenkworte oder Nachrufe zu verzichten. Denn eigentlich hatte ihr Vater immer Wert daraufgelegt, durch seinen Humor und seine Leichtigkeit als glänzender Unterhalter in der Gesellschaft zu gelten.

Gleichzeitig spiegelte der Verzicht auf ehrende Worte auch die Veränderung wider, die er durch seine Krankheit gemacht hatte: Im Laufe des vergangenen Jahres war er konkreter, auf das Wesentliche konzentriert geworden.

Ludwigs Urne stand jetzt auf der Holzplatte der Skulptur. Von den acht um die Skulptur gruppierten Holzbänken waren nur vier besetzt, auf denen die wenigen Gäste saßen: Lisa, Emil und Margot, Ludwigs langjähriger Freund Dietmar und Sieglinde, dessen Frau. Auch Nataschas Mutter Nadja war gekommen und hatte neben Frau Landsberger Platz genommen.

Natascha hatte lange überlegt, ob sie den Geschäftsführer der Lichthagen Immobilien und Philipp einladen sollte, schließlich gehörte keiner von beiden zum engsten Familienkreis. Doch Christoph Renger hatte ihr in den vergangenen Monaten viel geholfen, ihr in mehreren Gesprächen die Grundlagen des Immobiliengeschäfts vermittelt und ihr die jüngste Bilanz erklärt. Natascha hatte Vertrauen zu ihm und das Gefühl, dass er die Lichthagen Immobilien im Sinne ihres Vaters weiterführen würde. Darüber hinaus fand sie es unhöflich, Frau Maiwald einzuladen, ihn aber nicht. Und Philipp hatte es schließlich ermöglicht, dass sie mit Ludwigs Begräbnis zugleich den Trauerwald einweihen konnten. Natascha wusste, dass er viel dafür aufgegeben hatte: Seine Freundschaft mit dem Bestatter Holzheimer und vielleicht sogar seine Ehe. Außerdem war es eine Chance, das Wiedersehen mit ihm zwanglos aussehen zu lassen. Sogar Rachid, den Taxifahrer, hatte Natascha gebeten, zu kommen. Er war einige Tage nach Ludwigs Tod ins Schloss gekommen, um ihr zu kondolieren, und hatte ihr von den zahlreichen Gesprächen während der vielen Fahrten erzählt.

Natascha hatte einen Lebenslauf ihres Vaters verfasst, den der Pfarrer jetzt vorlas. Anschließend hatte er die in den Himmel windende Säule von Ludwigs Skulptur zum Sinnbild genommen, um über Unendlichkeit und Ewigkeit zu sprechen.

Das Wetter hätte nicht besser für eine Bestattung sein können. Natascha hatte die Trauergesellschaft nach der Zeremonie im Trauerwald auf einen Imbiss und anschließendem Kaffee und Kuchen in den Schlosspark eingeladen. Weil es am Vortag gelegentliche Regenschauer gegeben hatte, hatte sie mit Margot ein Zelt aufgestellt, das angesichts des wolkenfreien Himmels und der milden Temperaturen jetzt gar nicht benötigt wurde.

»Schön, dich wiederzusehen«, sagte Philipp. »Bist du allein aus Berlin gekommen?«

Natascha nickte und umarmte ihn zur Begrüßung. »Danke, dass du da bist.«

»Ist mir eine Ehre.« Er sah gut aus, die Haare etwas kürzer, der Dreitagebart im Gesicht ließ ihn reifer aussehen. »Wie lange bleibst du?«

»Ich muss morgen wieder zurück nach Berlin, ich habe übermorgen am Abend schon wieder eine Aufführung.«

»Schade, ich hätte gern etwas mit dir unternommen.«

»Tut mir leid, Philipp. Ich bin aber in vierzehn Tagen schon wieder hier. Für August plane ich nämlich ein kleines Theaterfestival hier im Schlossgarten. Da werde ich deine Unterstützung brauchen.«

»Der kannst du dir immer sicher sein.« Er zwinkerte ihr zu und gab ihr zum Abschied einen Kuss auf die Wange.

Am Abend, nachdem alle Gäste gegangen waren und sie mit Margot die Tische und Stühle in den Keller geräumt hatte, setzte sie sich auf eine Bank im Schlossgarten. Sie blickte zum Atelier ihres Vaters. Es war ihr, als ob Ludwig am Fenster stand, ihr zulächelte und mit allem sehr einverstanden war.

ALEXANDRA BECK

Alexandra Beck lebt mit ihrer Familie in Bayern. Sie mag Wellen, Wind, sonnige Wintertage, Reisen, ihre Katze Mona, ihre Hunde Greta und Sally und Menschen. Denn Menschen sind es schließlich, die sie zu ihren Geschichten führen, sei es durch Gespräche oder Beobachtungen. Ein Trauerwald, der in der Nähe ihres Wohnorts hätte entstehen sollen, aber nicht realisiert worden ist, inspirierte sie zu „Lichthagen“, ihrem ersten Roman.

©Fräulein Rötzer Photographie